澁澤龍彦の思考

エクリチュール化した「私」

谷崎龍彦

彩流社

目次

はじめに　7

第一章　サドの自然　11

一　『神聖受胎』　13
二　『サド復活』　15

第二章　玩具・天使・アンドロギュヌス・世界の終り　19

『夢の宇宙誌』　21
一　「玩具について」　26
二　「天使について」「アンドロギュヌスについて」　37
三　「世界の終りについて」　44

第三章　エロスの解剖　53

『エロスの解剖』　55
一　「女神の帯について」　55
二　「性とは何か」　58
三　「近親相姦について」　60
四　「愛の詩について」　61
五　「優雅な屍体について」　63
六　「サド=マゾヒズムについて」　67
七　「ホモ・ビオロギクス(生物学的人間)」　71
八　「オナンの末裔たち」　72
九　「乳房について」　74
十　「ドン・ジュアンの顔」　75
十一　「『エドワルダ夫人』について」　77
十二　「玩具考」　78
十三　「マンドラゴラについて」　81

第四章　胡桃の中の世界　85
『胡桃の中の世界』　87
一　「石の夢」　88
二　「プラトン立体」　92
三　「螺旋について」　99
四　「幾何学とエロス」　108
五　「宇宙卵について」　114
六　「動物誌への愛」　120
七　「紋章について」　126
八　「ギリシアの独楽」　131
九　「怪物について」　136
十　「ユートピアとしての時計」　153
十一　「胡桃の中の世界」　159
第五章　思考の紋章学　171
『思考の紋章学』　173

一　「ランプの廻転」　173
二　「夢について」　182
三　「幻鳥譚」　190
四　「姉の力」　196
五　「付喪神」　198
六　「時間のパラドックスについて」　204
七　「オドラデク」　208
八　「ウィタ・セクスアリス」　214
九　「悪魔の創造」　220
十　「黄金虫」　227
十一　「円環の渇き」　235
十二　「愛の植物学」　242

主要参考文献　251

あとがき　259

はじめに

澁澤龍彥という文学者は博覧強記な文学者である。しかし、澁澤はもともと、サドやコクトーやジュネ、あるいはジョルジュ・バタイユのフランス語で書かれた書物の言葉を、見事に日本語に翻訳した翻訳者であった。この翻訳者であることは、澁澤が近現代文学の源泉に触れている重要な要点であることは見逃せない。

辻原登が、二〇〇九年四月十六日から七月十六日まで東京大学で講義をした「近現代小説」の講義録をまとめた『東京大学で世界文学を学ぶ』で述べているように、日本の近現代の散文は、二葉亭四迷のツルゲーネフ『あひゞき』の翻訳文が源泉となるからだ。

辻原はヴァルター・ベンヤミンの「翻訳者の使命」を引用しながら、「翻訳者は自国語を外国語によって拡大し深めなければならない」という。例としてベンヤミンは「ルターの聖書のドイツ語訳」を挙げ、ルターは「(ラテン語の)『純粋言語』を、ドイツ語という通俗、一般の人たちが読み書きしている言語に翻訳することによって取り戻した」というのだ。

二葉亭も『あひゞき』で同じことを行なっていたのだと辻原はいう。「作品の中にとらえられている純粋言語を日本語によって救い出す」、つまり「ロシア語作品」を「外国語である日本語で揺さぶることにおいて解き放つ。同時に翻訳の日本語が日本語そのものをも揺さぶる。結果的に新しい日本語をつくった」のだというのである。

澁澤が厖大な書物を読む＝書くということは、結局フランス語の書物を読み、日本語として言葉＝エクリチュールとして書くことであったということになる。ただ、このとき筆者が副題としたエクリチュールは、ジャック・デリダがいう「言葉」という概念よりも「言説」、つまり言うこと、読む＝書くということの、言葉の波動する「連なるもの」のようなものだと捉えている。

なぜなら澁澤の読む＝書くという行為には、「(フランス語の)純粋言語を日本語によって救い出す」という運動が働いているからである。しかしそのとき、澁澤という「私」性はどこにあるのか。澁澤の読む＝書くという行為は「純粋言語」を救出するとともに、澁澤という「私」性は消滅してしまうのではないかというのが、筆者が捉える澁澤におけるエクリチュール化した「私」という意味なのである。

そしてそのエクリチュール化した「私」は、消滅するとともに翻訳行為と同様に、他者の「純粋言語」にまつわりつく「純粋思考」をも限りなく取り込んでゆくことになったのではないか。最後には、澁澤の博覧強記な、読む＝書くという行為は、澁澤の「私」性が消滅してエクリチュールに他者、さらには評者である筆者までをも巻き込んでしまうことになったのである。

ではそこに浮上する澁澤の「思考」とは何か。それを逐語訳的に翻訳、抽出したのが本書なのである。

第一章　サドの自然

現代芸術論叢書
澁澤龍彥
サド復活
サド　この想像力の冒険者，自由な暴力の
思想家は今こそその奇蹟＝復活を実現する
I　暗黒のユーモア。暴力と表現。権力意志と悪。
薔薇の帝国。母性憎悪。
II　サド復活。文明否定から新しき神話へ。
非合理の表現。
弘文堂　¥400.

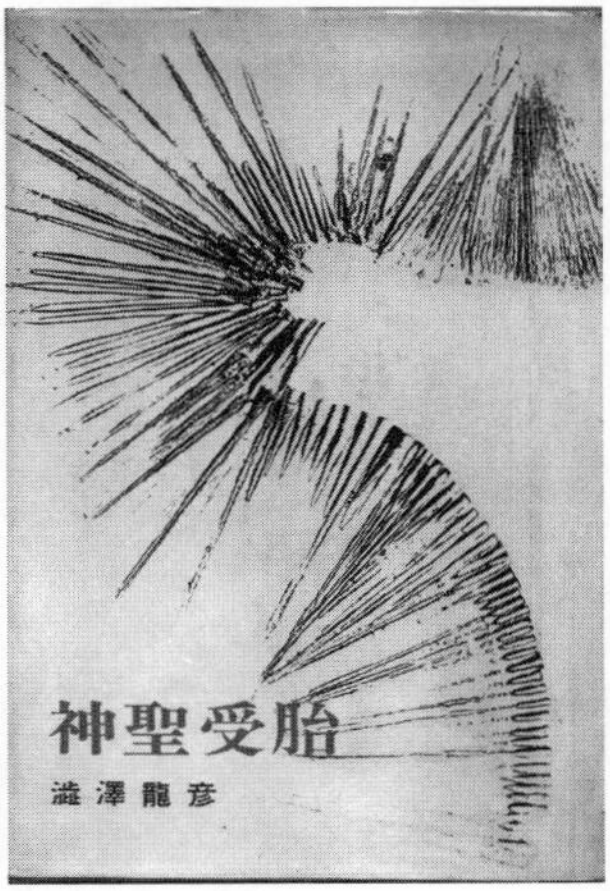
神聖受胎
澁澤龍彥

『神聖受胎』（初版、現代思潮社、一九六二年、装丁・加納光於）
『サド復活』（初版、弘文堂、一九五九年、装丁・加納光於）

一　『神聖受胎』

アルチュール・ランボーは、『地獄の季節』の「錯乱」Iで、「地獄の夫」は「悪魔なのです、あなた様はご存じです。かれは人間ではないのです」と「狂った処女」となって叫んでいる。ランボーはこのとき、ランボーその人ではない。書く者としてエクリチュール化し、拡散し続ける「私」のひとりとしての「狂った処女」と生成している。

澁澤龍彥もまた、その文学者の魅力を語ろうとするとき、ランボーと同じように、読む＝書くというエクリチュール化した、拡散し続ける「私」の像の全体を語る必要にせまられる。澁澤にとっては、読むと書くとはもともと区別がつかないが、ここから澁澤の無感動(アパテイア)が生まれ、一層澁澤自身のエクリチュール、すなわち思考そのものの無性性、「私」の拡散への傾向を強めてゆく。当然それは、反人間中心主義、多様な快楽主義、読む＝書くという瞬間ごとの波状するエクスタシーを生む。まさに、逆説的に汎神論的自我による思考のエクスタシーに到達するための運動となる。

まずそれは、澁澤の場合、サドであったことは間違いがない。マルキ・ド・サドとは澁澤にとっては「怖るべき実践理性の公準の上に、一種のユートピア的怪物を創造」した作家であったが、そこには「いわば形而上学的主題のユートピアともいうべき知性の実験、精神の賭け」がみられる。サドという作家には、本来の西洋の思想の核となるものをあくまでも批評する思考の回路が読み取られ、サドを翻訳してゆくエクリチュール化した「私」としての澁澤の内奥で、サドの「自然」が思考化されてきたとみなければならない。

その思考は、サドにおけるユートピア、エロティシズム、絶対の運動、カニバリズム、殺人、近親相姦と多様な思考の回路を結びつけることになる。そしてそこにみられるのは、主客の関係の問題性を超越した「私」という、ランボーがいう「わたしといふのは一人の他人です」、つまり主客の関係性を侵犯し超越する主体と客体とが合一したものである。思考の回路は、サドという読む客体のエクリチュールと、澁澤の書く主体のエクリチュールがともに侵犯しあい一定の流れをつくってゆく。

サドにおける文学空間において自然は、だから「形而上学的ユートピア」でなければならない。それはサドの思考が「世界の創造に達していなければならぬ」からだ。言い換えれば、「ユートピアは世界の構造そのものの総体的表現」に他ならないからだ。当然それは、キリスト教的唯一神の前では「神から独立した宇宙論」はないゆえに、宗教的世界とも切り離されたものだ。サドのエロティシズムが権力の問題から切り離されているのも、サドのユートピア、つまり自然が、創造された「世界の構造」、エクリチュールの運動のうちに構築されているものだからである。そこには

「プロパガンディストの功利主義」も宗教家の「人間の本性」の崇高さも求められない。サドの自然は思考され、書かれたユートピアそのものであり、文学空間そのものなのだ。エクリチュールによって構築された文学空間におけるサドの自然は、「ユートピアの停滞性」そのもので、消滅する一回性の恐怖は生まれない。ユートピアにおける恐怖にも魅惑にもアパテイアに徹するサド＝澁澤の思考が運動するからだ。それはサドを読み、書くというエクリチュールの思考が起動したとき、何度でも瞬時によみがえるものである。

二　『サド復活』

では、サドの思考の根幹になる自然とは何か。サドの文学空間の裡で活動する「至上的人間」は現実には「至上権をもたぬ、フィクションの人物」であり、サドの思考にあっては、いかなる負目も限定も受けない。しかし、重要なのは、サドの描く至上者も、「他者の前に自由ではあるが、自己の至上権の犠牲者となることを避ける」ことができないという思考の運動があることだ。そしてその思考の根幹となるのがサドが対峙した本来の自然で、澁澤の思考に注入されたサドの自然とは、「他者の否定がそのまま自己自身の否定」となる、つまり「他者の否定と自己の肯定」という原理を超える無定形の自然なのである。

澁澤にみられる幼児性、多面的な快楽主義は、この自己肯定の至上性に対するエクスタシーとともに、他者の否定の至上者に対するエクスタシーが重ねられる、サドの自然に対する思考と同一のものなのである。それはまるで幼児がひとり、自ら積み上げた積み木のお城に満足するとともに、次の瞬間には自ら積み上げた積み木のお城を、ものの見事に崩してしまうようなものだ。この繰返される構築し、破壊するエクリチュールの思考の運動態としてみえてくるのが、サドの自然を捉えた思考と一体化して、自らの思考の運動の核とした澁澤のエクリチュール化した「私」の「純粋思考」なのである。

この運動態のエクリチュール化した「私」の「純粋思考」は、イメージとしてひとつの運動様態としか表現のしようがないものである。自己の肯定も他者の否定も、他者の否定を包含した自己肯定の自然の裡においては、普遍的で無定形なものだけが問題になるのだが、そこから顕現するサドの自然は、悪の極北において個体が享楽し、エクスタシーに達しようと、反対にサドの主体が崩壊しようと、澁澤のサドの思考から注入された「私」が崩壊しようと、読む＝書くというエクリチュールの極北に達すれば、サドには、勿論、澁澤にとってもどうでもよいことなのだ。そこにはサドの自然と重ねられるエクリチュール化した「私」の「純粋思考」があるだけだからだ。

サドの自然から導き出された思考のエクリチュールは、サドの思考の持続することがないエクスタシーを澁澤の思考にも注入したが、澁澤のエクリチュール化した「私」のエクスタシーは、既に「個人の外」にあり、運動そのものを個人の「私」の上位に置くもので、運動は増幅しながら、個人を超えて澁澤も、澁澤を読む読み手をも侵犯する。

サドはもともと自然を、「個人的なエゴイズムの彼方」、つまり「いわば非個性的なエゴイズムの運動」としてみていたのではないかと澁澤は考える。勿論、そこには「ヘーゲルの絶対精神に似た、絶対悪とでもいうべき普遍的な意志」もみられるが、重要なのは、読む＝書くというエクリチュール化した「私」の「純粋思考」は、澁澤の主体が崩壊したところに顕現するものだ。そこにあるのは言葉で構築された思考の運動態だけである。サドの思考から注入された澁澤の「私」性が消滅して顕現する「純粋思考」は、「世界の普遍的な大殺戮が同時に世界の普遍的な肯定」でもあるという逆説的な思考であるのも当然である。それは「純粋思考」が、構築と崩壊を同時におこす至上のエクスタシーを思考する言葉によって運動しているものだからだ。そしてここに澁澤のアンドレ・ブルトンの思考が注入されたと思われる、崩壊のエクスタシーの「否定の運動」の傾斜がみられるのだが、それは澁澤がヘーゲルを援用して挙げるキリスト教的思想、西洋思想、日本においてもしかりの、人間中心主義、ヒューマニズムを完全に否定するエクリチュールの地点に立つことを意味するものであることは間違いがない。

澁澤の「私」性が消滅して顕現するエクリチュール化した「私」の「純粋思考」が、キリスト教的思想を「人間の虚無」と捉えたとき、サドの自然は「一つの救い」となる。澁澤がヘーゲルを援用しながら思考するのは、アダムが動物たちを支配した行為は、彼ら動物に名前をつけることだというエクリチュールにみられる支配である。このときから人間を頂点に据えたヒエラルキーの構造が神によって承認されたという思想がみえてくる。アダムが人間存在として実存し、名前をつけられた牛や豚は支配され、人間に食べられる存在だと思考されるキリスト教思想は、サドの思考にある人間に限定された、食べる・食べられる平等の地平にあるカニバリズムを否定する。他の動植物を食べなくては生きてゆけない、傲岸な人間の登場、つまり人間中心主義の思想は、サドの自然の思考の回路にはない。反対にサドの再構築した自然とは、人間中心主義の関係性のなかにみられるカニバリズムによる崩壊のエクスタシーを保証するものなのである。

サドの唯一よりどころとした思考が対象とする、自然の意味もここで了解されてくる。澁澤がサドにおける「オカルト的アナロジイによって暴力の本質」を理性のエクリチュールの運動で掬いあげるのも、サドの登場人物たちが暴力を行使するのは人間だけで、その人間の殺戮を繰り返すのも、さらには人肉を主食として食べるミンスキーや、ジュリエットがすすんで人肉を食べることも、またエクリチュールで構築された世界による普遍的な西洋思想の否定も、すべてサドが捉えた自然から、サド自身が「私」性そのものを消滅して顕現させたエクリチュール化した「私」の「純粋思考」の運動態が、エクスタシーに到達するためのものだったということになる。

第二章　玩具・天使・アンドロギュヌス・世界の終り

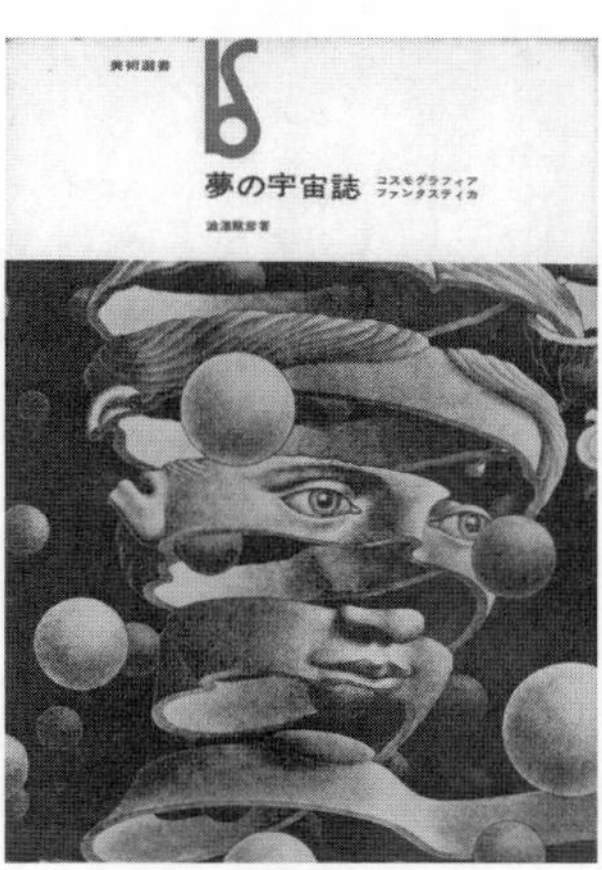

『夢の宇宙誌』(初版、美術出版社、一九六四年、装画・エッシャー)

『夢の宇宙誌』

澁澤にとってサドを徹底して読み込み、日本語という言葉で翻訳することは、サドの思考を日本語という言葉で解体し、再構築することであった。これ以降澁澤は、既に挙げた「否定の運動」という弁証法的な思考の運動を開始する。サドの根幹にある自然という思考を得た澁澤は、『夢の宇宙誌』でエクリチュール化した「私」の「純粋思考」の回路を、四通八達に通じさせ、融通無礙に思考の快楽に惑溺してゆくことになる。その嚆矢となるエッセー集が『夢の宇宙誌』で、澁澤自身も「六〇年代に刊行した十数冊の著書のなかで、私のいちばん気に入っているのが『夢の宇宙誌』である」と後に「文庫版あとがき」で述べている。しかしそれよりも重要なのは、この「文庫版あとがき」で、「この作品によって、私は自分なりにエッセーを書くスタイルを発見した」と断言していることだ。勿論、澁澤がいう「自分なり」のエッセーを書くスタイルというのは、サドを読み、書くというエクリチュール化した「私」の「純粋思考」の「発見」であったことは言を俟たない。

ここには「玩具について」を読み、書くというエクリチュール化した「私」の「純粋思考」が達するエクスタシーが、言説とともにある図版と通底しながら、打ち震えており、それは「天使について」、「アンドロギュヌスについて」、さらに「世界の終りについて」でも同様の状態が生じている。勿論、玩具・天使・アンドロギュヌス・世界の終りを、それぞれの図版と並列に愛好のオブジェとして並べることで、澁澤はそれぞれを読み、書きながら、自らの思考もまた、オブジェ化した身体的エロスの快楽をエクスタシーへと昂揚させ、澁澤の「私」性はエクリチュールの裡に収斂させてゆくことになる。この澁澤の「私」性の消滅は、言葉で再構築された玩具・天使・アンドロギュヌス・世界の終りを愛好のオブジェと捉えたとき、澁澤にとっては、吉本隆明が言うように「性交で快美の極限を体験」しているのと変わりがないものとなる。言い換えれば、読み、書くというエクリチュール化した「私」が、何度も「性交で快美の極限を体験」をしているのと同様の様態が、澁澤の言説からみえてくるということである。澁澤自身も『夢の宇宙誌』の「あとがき」で、「ここに集められた四つのエッセーは、それぞれ時期を異にして書かれ、かつ上梓の前に、大幅に手を加えられて面目を一新しているが、現在、読み返してみると……」と、既に何度も身体的エロスのエクスタシーに達して、『夢の宇宙誌』というエッセーと交わっていることを吐露している。

とまれ、『夢の宇宙誌』の「あとがき」で、澁澤自身が、読み返して「幾つかの共通したモチーフが底に流れている」と述べているので、それをまずみてみよう。なぜなら、共通したモチーフとは、澁澤が自ら、思考の運動を提示したことと同様のものと考えてよいからだ。

その一つとして「人間の変身(メタモルフォシス)」があるという。「自然と精神の曖昧な境界に位置する人間」は、「動物から天使までの、あらゆる存在に変身し得る可能性」があるからだ。澁澤の思考の回路に流れるエクリチュール化した「私」は、「動物から天使」、「世界の終り」という観念までも、必ずそれぞれに澁澤という「私」性が消滅するエクスタシーを身体的に感じていると読み取らねばならないだろう。だからエッセーで扱う「自動人形」、「畸形」、「怪物」、「矮人(ホムンクルス)」、「男女両性人(アンドロギュヌス)」、「天使」は、「人間が人間たるの限界を超えることによって成立する、永遠の夢の具象化」だということになる。

ここで間違ってはいけないのは、澁澤の思考が、「天使」だけを「人間が人間たるの限界を超える」ものとして指向対象にはしていないことだ。ヴァレリーの言葉を引用しながら澁澤が言いたいのは、「自動人形」という機械から、「畸形」、「怪物」、「矮人」、「男女両性人」という人間性の中心から周縁へと追放されていた人間、さらにはサドのカニバリズムの思考の裡に既に萌芽をみせていた動植物までをも包含して「神」、つまり人間以上のものと捉えていることだ。澁澤はこの思考の運動をこういう。

「わたし自身は、同時に天使の方向と動物の方向とに引き裂かれる自己をつねに意識している。わたしは自然を愛するから、動物になりたい。動物という大きな類概念のなかに、溶け込んでしまいたい。一方、わたしは精神性に惹かれるから、天使になりたい。足を地上から離してしまいたい。人間性とは、わたしには一つの空虚な先入見であるようにしか見えないのである」。

この思考が、サドを世の人々が怪物と捉えようと天使と捉えようと、悪魔と捉えようと神と捉えようと、澁澤の思考を微動だにさせないのである。澁澤の「私」性が消滅してエクリチュール化した「私」が同時にエクスタシーのなかで獲得する思考は、澁澤の実存そのものを超越するために身体的に一体化するということである。言い換えれば、澁澤自身が、それらのオブジェ(客体)を渇仰したまま、溶解するということだ。平易な言葉でいえば、すべての澁澤が愛好する指向対象として発見する人間性を超越したもの(オブジェ)と主客一体となって性交し、エクスタシーに達してエクリチュールを射精するのだ。勿論、これは奇態な比喩ではない。

澁澤は石川淳という作家が大変好きで、まさに一体化したい客体のひとりなのだが、その石川淳のエッセー「恋愛について」の解説で、「このエッセーの冒頭近く、石川さんはまず、『陽根の運動は必ず倫理的に無法でなくてはならない』という、胸のすくような定言的命令を読者にたたきつける。私はひそかに思うのだが、(そして、このことはまだだれも指摘していないのだが)、石川さんには一種のファリック・ナルシシズムがあるのではないだろうか」と述べている。この澁澤の言説はそのまま澁澤もまた、「一種のファリック・ナルシシズムがある」と言えるということだ。(なかには、別冊新評『澁澤龍彥の世界』に載る、昭和四十四年に「土井氏作の模造男根をつけて、恍惚ダンスを踊りまくる」澁澤自身の四葉の写真を想起する人もいることだろう。)

二つ目は「イメージの形態学とも呼ばれるべきもの」だという。これは最初の澁澤の思考と密接に関連している。澁澤はこういう。

「視覚的なイメージによる思考の方法は、子供の頃からのわたしの最も好ましい思考方法であった。それ以外の方法では、何ごとも語れないような気さえした。知的なものを感覚的にあらわし、精神的なものを肉体化して定着する、――これが、およそ表現ということに関しての、わたしの最高の道徳でなければならなかった」。

そこで澁澤は続けて、自分の思考の方法に執着するあまり、近頃では「ある種のイメージの原型の、気違いじみた蒐集家になってしまった」ようだといい、C・G・ユングやガストン・バシュラール、あるいはバルトルシャイティスなどの「豊かなイメージ主義者の著作を読むと、わたしの心は感動に打ち震える」と澁澤のエクリチュール化した「私」が共振して震えている。だからだ。日本における「イメージ主義者として、明治のエンサイクロペディスト南方熊楠」や、「昭和の詩人、稲垣足穂」に、身体的エロスをもつエクリチュール化した「私」は心が打ち震えるのだ。(ちなみに、この『夢の宇宙誌』は、「わが魔道の先達、稲垣足穂氏」にささげられている。)

そして澁澤のイメージの原型は、「円いもの、球形のもの、シンメトリックなもの、また大宇宙、小宇宙などといった錬金術的なイメージ」で、澁澤にとっては、エロティシズム、セクソロジイ、さらには終末論(エスカトロジイ)も「観念の一種の円環的な運動として解釈される」。澁澤の思考を語るエクリチュール化した「私」は実に穏やかだ。「それ自体では目に見えない観念が、アナロジイによって、可視的なものになる。それが、わたしには楽しいのである」と澁澤は言い切る。

澁澤の思考の回路が錯雑とならず、穏やかに流通するのは、エクリチュール化した「私」が、観念のオブジェを渇仰し、それらを可視的なものに再構築しながら、澁澤の「私」性が消滅してゆく、幼児の稚気の気分のまま、時も忘れて思考することで遊んでいるのが楽しいからだ。澁澤自身も、

「私」性が消滅し、エクリチュール化した「私」の「情熱の根源」を、「昆虫採集でもしている子供のような」情熱、熱狂と表出し、友人から「インファンティリズム(小児型性格)」と評されたと楽しげに書き、「わたしは根っからのホモ・ルーデンス」だと言説化している。

一 「玩具について」

さてこの項では、澁澤がいう「人間の変身」や「イメージの形態学」という思考が、「玩具」についてでは、どのように運動するのかをみてみたい。さらに、そこから澁澤が「私」性を消滅することで顕現する、エクリチュール化した「私」が、指向対象で客体としてある「玩具」と身体的エロスをもって、どのように交錯するのかをもみてみたい。

自動人形、複雑な装置のある時計、噴水、花火、オルゴール、びっくり箱、パノラマ、このような「非実用的な、機械と玩具の合の子みたいな巧緻な品物」は、「どちらかといえば、うしろめたい快楽に属する」。これらに対するときは、玩具よりも「精神にある種の装備をほどこす」必要を感じさせる種類の快楽がある、と澁澤は書き出す。つまり、玩具にも自動人形、時計、噴水、パノラマと通底する「うしろめたい快楽」が潜んでいるというわけである。そして「胡散くさい、非人間的な、魔術師めいた種族」である、それらを制作する技術者を、「芸術家の真似をする猿」と言説化する。この技術者たちは、「芸術および技術のデカダンスの交錯する奇妙な一点」にいつも繰り返し立ち現われてくるが、澁澤がこれらの技術者たち、「芸術家の真似をする猿」を、決して貶下的に言説化していないことは看過できない。さらにここに、澁澤の思考が少し熱を帯びていることも読み取らねばならない。このとき、澁澤の「私」性が消滅して顕現するエクリチュール化した「私」は、この「胡散くさい、非人間的な、魔術師めいた種族」で、「芸術家の真似をする猿」である、これらの技術者を讃美していることも忘れてはならないからだ。

事例が並列して並べられる。中世錬金道士。彼らは「自然を相手に神の創造行為を真似」したのだ。「新たな一個の矮人(ホムンクルス)」を造り出す熱望をもって、すべては中世錬金道士の夢がそこに賭けられる。ヘロンの遊戯機械。アラビア人の発明した象の時計。水オルガンの製作者、オーリヤックの修道僧ジェルベエル。自動人形の製作者たちから、ルドルフ二世の錬金術や魔術に惑溺していたプラーグの宮廷へと澁澤の言説は自在に進む。

「鉄の処女」、別名「シュトラスブルクの許嫁」または「ニュールンベルクの許嫁」。「全体が鋼鉄製のマントを着た女の人形の形」をしていて、人形の胸は観音開きになっている。その中に罪人が閉じ込められると内側にある鋭利な太い針で突き刺され、「圧搾器にかけられたように血をしぼり取られて」絶命する。写真版には「明治大学法学部所属の犯罪博物館」所蔵とある。「想像力のサディズム」。勿論、玩具から少し脱線しているが、エクリチュール化した「私」には楽しくて仕方がないだろう。

十六世紀のプラーグに話は戻る。マニエリスム。ルネ・ホッケの『マニエリスム』を澁澤が読み、書くという思考の運動による言説がよく了解できる。ルドルフ二世にとって「政治的な理想は挫折せざるを得なかった」が、澁澤はそこに「ヨーロッパの精神的な統一」としての「遊び」を見出し、讃美している。ハプスブルク家の「妖異博物館」である。ここには「鬼面ひとを驚かす態」の世界中から蒐集された「およそありとあらゆる奇妙きてれつなものが、所狭し」と並べられる。澁澤はここで、子供の頃の「役にも立たぬ壊れた時計の部分品」から、「眼鏡の玉」、「メダル」、「ビイ玉」、「トカゲの死骸」、「短くなったバヴァリアの色鉛筆」等々を、「ひそかに箱のなかに蒐集することに、得も言えぬ快楽を味わった記憶」を読み手に喚起させ、さらにジャン・コクトーの『怖るべき子供たち』のなかにある「小さなガラクタの数々を蒐集する子供たちのエピソオド」をも挙げて、ハプスブルク家の「妖異博物館」の蒐集品と蒐集のオブジェをイメージの様態で重ねてしまう。だから「これらの『宝物』は、子供たちの想像力にとって、一つの別世界を開顕する神聖なオブジェ」となる。続けて、澁澤の思考の運動は、「これらの呪物(フェティッシュ)は、わたしたちの種の記憶の底によどんでいる物体への汎性欲的な愛着の端的な現われ」であり、「それらの物体の集大成は、そのまま、それ自身で完結する一つのエンサイクロペディックな、自立的な宇宙を意味するものになる」と言説化するのである

オブジェ(物体)が並列に並べられ、それはそのまま、「完結するエンサイクロペディックな、自立的な宇宙」であると捉えるのは、確かに澁澤の思考が到達し、提示しているところである。オブジェに対する「汎性欲的な愛着」というのも重要で、これは「ハプスブルク家の皇帝たちの幼児性

欲的な蒐集癖」、さらには澁澤が「私」性を消滅させて顕現するエクリチュール化した「私」の記憶の底、つまり思考の根幹に触れてくるものである。

当時のバロック趣味の最たるものである「神聖ロオマ皇帝の妖異博物館」は、「ルネサンス以来の自然に対する探求心」及び「歴代の皇帝の病理学的資質」と相俟って、「博物学や畸形学への偏奇的な嗜好」にのめりこむことになったと澁澤はいう。まさに、澁澤の「私」性が消滅して顕現するエクリチュール化した「私」が、サドとの思考の回路を通わせたのもこのところで、このエクリチュール化した「私」は、「汎性欲的な愛着」をもったオブジェに囲まれて、「それ自身で完結する一つのエンサイクロペディックな、自立的な宇宙」、つまりサドの自然のなかで、幼児性欲を横溢させて「皇帝」として君臨しているのである。

幼児性欲をもつ皇帝であるエクリチュール化した「私」にとって、「ルネサンス人の自然に対する旺盛な百科全書的な好奇心」が、「ハプスブルク家の魔術的な宮廷の雰囲気の裡」に移行することも病的とはみえず、「科学と偏奇的な嗜好」は、ボッシュの「北方ヨーロッパの幻想的雰囲気のなか」で容易に混同、溶解することになる。こうして北方特有のバロックであり、マニエリスムという思考もまた、読み、書くというエクリチュール化した「私」に取り入れられることになる。

人間の畸形である「末端肥大の女」や、「シャム双生児の一種」の図版が、エクリチュール化した「私」の「うしろめたい快楽」を、身体的エロスに直截に訴えるイメージの様態で刺激する。プラーグの宮廷の「妖異博物館」には、「単に奇怪な形をした植物の根や果実の変態、あるいは動物の畸形ばかりでなく、また人間の畸形をも含んでいた」からだ。十五世紀の旅行記にも人間の畸形が溢れている。人間魚、犬の頭の種族の図版が踊る。マルコ・ポーロの『驚異の書』の図版にある「メルキット国の人種」は大きな顔がそのまま胸や背中にめり込んでいる人間だ。「頭が二つ、腕が四本、脚が二本、しかも骨盤は一つという珍奇な怪物は、学者によって『クシュポデュメー』と名づけられ、スコットランド王ジェイムス四世の宮廷で、二十八歳」まで生きていたという。さらに「チロルのフェルディナンド大公の博物館の画廊にも、小人や、巨人や、獣のように毛深い人間や、末端肥大症や、シャム双生児や、その他のグロテスクな人間を描いた画像が、ずらりと掲げられていた」と澁澤は、エクリチュール化した「私」を、その言説と刺激的な図版とを重ねたイメージの様態の太い鞭で、めった打ちにする。澁澤の思考は、「グロテスクな人間」を、人間性を超越するものと捉えるものだ。その熱を帯びた思考の運動によって、澁澤の「私」を消滅させて顕現するエクリチュール化した「私」の「純粋思考」は、さらに自らを打ち、思考の運動の鞭で血まみれになりながら、イメージの様態としてのグロテスクな人間を神と渇仰しつつ、一体化し、エクスタシーに達するのである。

澁澤のエクリチュール化した「私」は、マニエリスム絵画の「一種のトロンプ・ルイユ(だまし絵)」をも捉え直して、「モノマニアックな描写の方法ないし構図の採り方」は「いわば世界の雛形を実現せんとする画家の執念を読みとる」ことができるとみる。さらにこの「世界の雛形」の実現は、「物体に対するエロティックな執念と、世界に対するメタフィジックな執念」が生み出したものとして、「ヨーロッパの造園術」と発展することになったと澁澤はいう。「世界の雛形としての庭園には、必らず洞窟(グロッタ)があり、迷路(ラビリントス)があり、噴水があり、日時計があり、人像柱」がなければならない。このような庭園を論じたのが、十六世紀の「フランスの陶工ベルナール・パリッシイ」で、「あらゆる自然の事物にアレゴリイ」を発見しようとして、「一種のユートピアとしての理想的な造園計画」を画策したという。澁澤は、ベルナール・パリッシイが「紫貝という一種のヤドカリの殻から思いついて、外部から中心へ一本道が螺旋状に引かれるような、一つの城砦都市の設計を考案」したと言説化する。「サルヴァドル・ダリのいわゆる『耳形渦巻の形態学』」を想起する澁澤である。「渦巻」は澁澤のイメージの様態の原型「円いもの」であるし、澁澤の思考の運動は「一種の円環的な運動」を生じているとみられる。『サド復活』や『神聖受胎』で論じられていた、サドの自然と通底する「ユートピア」が、再びここで取り上げられることになる。

澁澤のイメージを喚起させる思考が運動し、そのエクリチュール化が提示する「ユートピア」をここで挙げてみる。「好むと好まざるとにかかわらず、あらゆるユートピアには、遊びの部分がある。砂場で砂の山や家をつくる子供のように、真剣にユートピア的都市計画に熱中しているユートピストのすがたには、どこか高貴で、可愛げなところがあって、卑しさがみじんもない。砂遊びや、積み木や、箱庭つくりに我を忘れて熱中するような子供は、ユートピスト的素質があると認めて差支えなかろう」。

既に『サド復活』や『神聖受胎』で澁澤が自らの言説に、「我を忘れて熱中する」ことで「私」

性を消滅させ、顕現したエクリチュール化した「私」の「純粋思考」が、「ユートピア」に見出した思考として、再びここで繰り返されている。ただ差異を言えば、「ユートピアとは、芸術的空想力よりもむしろ科学的空想力の所産」だというところで、ユートピスト、つまりエクリチュール化した「私」は、「詩的創造の領域」よりも、「純粋思考の領域、知的実験の領域に遊ぶこと」への方向をめざすというのだ。当然だろう、澁澤の「私」性が消滅したエクリチュール化した「私」こそ、まさに「純粋思考の領域、知的実験の領域に遊ぶ」ものだからである。このエクリチュール化した「私」は、「世界の概念、全体の概念をつねに手玉」にとるユートピストである。なるほど、「全体をめざした労働は、遊びと区別がつかない」。エクリチュール化した「純粋思考」の「私」の概念は、全体をめざすゆえにあくまでも遊びの領域にある。つまり「神の世界創造の仕事」と重ねられることになる。

既に書かれた、イメージの様態を明瞭にする図版のある書物というオブジェを、読み、書くことで澁澤が言説化に熱中すれば、エクリチュール化した「私」の「純粋思考」は、「偽物の世界」を創造する。ユートピスト＝子供＝「純粋思考」は、「つねに閉ざされた宇宙」を創造する。澁澤の「私」性が消滅して顕現するエクリチュール化した「私」は、遊びにふけり、「小さな玩具の世界に釣り合った、時間空間の縮小された、自分一個の世界」に自ら閉じこもるのである。

そしてここでエクリチュール化した「私」のイメージの様態が、ベルナール・パリッシイの「小さな貝殻のユートピア」であったことが了解されてくる。澁澤は、「玩具ついて」の項につけられた註「貝殻について」で、ガストン・バシュラールの「生命は飛躍するというよりも、むしろ回転しながら始まるのだ。いわば回転する生の飛躍（エラン・ヴィタル）である」という言葉を引用し、図版の「貝殻のなかの人間」、貝殻から上半身を出したままの男のイメージの様態が、エクリチュール化した「私」の「純粋思考」が「知的実験」の領域で遊ぶ「私」の様態だと提示するのだ。勿論、その「純粋思考」は、澁澤が言うように、「この絵の妖しい魅力」である「隠された下半身」で遊び続けなければならないものでもある。

エクリチュール化した「私」の「純粋思考」は、自ら運動しながら、遊びの様態を保持しているのである。玩具である人形というオブジェもまた、十六世紀マニエリスム時代が楽しめるものだ。「マニエリスティックな人形つくりの要諦」は、「イリュージョンを与えて相手をだますことである」。バロック絵画にみられる「トロンプ・ルイユの幻覚的効果」や、建築、天井画、造園術も同様である。だから人形は、「恐怖あるいはユーモアをもたらす別世界からの使者」であるとともに、オブジェとして「貝殻のなかの人間」の様態をもつエクリチュール化した「私」の「隠された下半身」と交わることができるのである。

「江戸時代の遊戯機械」に関する書物や、十七世紀の「スイスの物理学者で、数学者で、博物学者で、考古学者で、言語学者で、地理学者で、神学者で、神秘哲学者で、魔術師のアタナシウス・キルヒャー師」の「遊戯機械の発明家」に、エクリチュール化した「私」は逍遥する。エクリチュール化した「私」が行きつく先などはない。「純粋思考」が楽しければよい。それは右の「キルヒャー師」の紹介の言説化が何よりの証左である。

「キルヒャーを代表とする、後期マニエリストの実験機械には、知的で、イロニックで、遊戯的な時代の文化を尖鋭に反映した要素が多分にあり、汲めどもつきぬ面白さにみちている」とは、キルヒャーのことともに、澁澤の「私」性が消滅して顕現するエクリチュール化した「私」の様態のことでもあることを看過してはいけない。図版がある。キルヒャー師の考案した幻想時計「オロロギウム・ファンタスティクム」。あるいは、キルヒャー師考案の一種の「聴音器」。この「聴音器」は、「屋外の音を室内に導き、あたかもそれが胸像の口から発せられるかのようにした」装置だそうだが、図版をみる限り、壁の内奥に巨大な巻貝が設置されているだけのようにみえ、実に怪しげで、いかがわしい装置である。エクリチュール化した「私」の「純粋思考」は、ここに「無限に魔術的な性格」をみいだし、人間を不安に駆りたてる芸術ではない「技術」を、「悪魔の技」だとみる。「人間の知的好奇心、魔術的探求心」は、「小さな芸術の王国」を超越して、広大な「純粋思考」の遊びの領域に広がることになる。

「人間に酷似していて、しかも人間ではない存在」、「現実の精巧な模造品」を作り出すことこそが、古来の錬金道士の「ひそかな形而上学的な夢」であれば、人形作りも含めて、「マニエリスム時代の趣好」は、「自然のなかのあらゆるもの、動物の形態、植物の形態、岩石の形態にすら、人間のイメージを執拗」に追求する。アナロジーの徹底。エクリチュール化した「私」にとって重要なのは、「怪物趣味や畸形学の流行」を、「動物・植物・鉱物の三界を分かつ垣根を完全」に撤廃していることだ。さらにマルセル・ブリヨンの『幻想芸術』を読み、書く澁澤の「畸形学は転換期の特徴的な嗜好であって、文明の交錯は、怪物の誕生に好都合な混乱状態を生ぜしめる」という言説化は、エクリチュール化した「私」の「純粋思考」が好むところである。転換期や文明の交錯は、「純粋思考」の運動の様態のまさにアナロジーで、これはデカダンスでもある。

「各時代のデカダンスは、大なり小なり、それぞれの時代に固有な自動人形、遊戯機械を所有したにちがいない」というのが、「玩具について」の項の澁澤の見解だというが、澁澤の「私」性が消滅して顕現するエクリチュール化した「私」の「純粋思考」は、デカダンスの運動の様態をこそ面白いものとしているのであって、マニエリスムの本質に触れる作家たちは、なにか胡散くさく「贋物めいたところ」や無気味なところがあって、「貝殻のなかの人間」は「隠された下半身」で思考をするのである。それは、デスノスのいう「きわめて脳髄作用的なエロティシズム」に取り憑かれており、「知的な、あまりに冷たい精神主義の印象と、倒錯にまで高まる、燃える狂気の欲望とが、等分に混在している」からだ。これこそエクリチュール化した「私」の「純粋思考」であって、その唯一の運動は、「冷たい精神主義」と「倒錯にまで高まる、燃える狂気の欲望」という振幅の大きい波動する運動である。デカダンスはその運動の様態の一つに過ぎないと言えよう。

ハンス・ベルメールの写真。エクリチュール化した「私」は、澁澤の思考の運動による言説化で、「倒錯にまで高まる、燃える狂気の欲望」のまま、一気にエクスタシーに達してエクリチュールの射精を行なう。澁澤の言説もまた燃え上がる。ハンス・ベルメールの人形は、「関節によって繋がった脚と胴体。胴を中心として、上半身も下半身も脚である。その伸びあがった脚のあいだから覗いている女の首。あるいは、そこに首がなくて、少女めいた陰部の溺孔が深く刳れている。関節によって痙攣的に身をよじらせた人形は、おおむね裸体であるが、パンティをはいていることもあり、ストッキングやソックスをはいていることもある。その生ま生ましいエロティシズム。……」。さらに重要なのは、澁澤はハンス・ベルメールの二葉の写真の説明をしているのではないということなのだ。なぜなら澁澤は、ここでハンス・ベルメールの写真集『人形』にある別の写真の言説化をしているからだ。エクリチュール化した「私」の「純粋思考」は、ハンス・ベルメールの人形というオブジェの客体と、ここでは写真図版のイメージの様態をともなわない澁澤の言説化だけによって、アナロジカルな性愛行為をおこない、かすかに主体性を保持しながらもエクスタシーに達しているのである。

「玩具について」の項の他の澁澤の言説化などは、もうエクリチュール化した「私」の「純粋思考」にはどうでもよいのかもしれない。澁澤の言説の「精神主義」への傾斜は、ジョルジュ・バタイユを引用して、「表現における節度とは、すべて永続きしないもの、少なくとも永続きしてはいけないと思えるものに対する、恐怖以外の何ものも意味していない」という。エクリチュール化した「私」の「純粋思考」が、バタイユの言葉のどこに反応するかが、もうみえてくる。「永続きしないもの」とは具体的にはエロティシズムのことで、エクリチュール化した「私」が好む芸術におけるエロティシズムは、運動を喪失した古典主義を内部から破壊するものである。「作品はバロックになり、マニエリスティックになり、やがて猥褻になる」。この崩壊する運動が、エクリチュール化した「私」の「純粋思考」の様態である。

「玩具について」のエッセーは、「もう一歩踏み出せば猥褻そのものと選ぶところがない、といったような外道の芸術作品」を愛好する澁澤が、「見る者をして芸術的感動よりも肉欲の昂奮を惹起せしむること」を言説化したものである。例えば、ハンス・ベルメールの言説化のように、澁澤が言説化しつつ熱狂し、「私」性を消滅させたとき、エクリチュール化した「私」は顕現するのだ。人形を核とした「玩具」という概念のオブジェとエロティックに交われば、「純粋思考」もまた、「肉欲の昂奮を惹起」していると了解できるのである。

二　「天使について」「アンドロギュヌスについて」

エクリチュール化した「私」の「純粋思考」は、人形というオブジェに対して「芸術的感動よりも肉欲の昂奮を惹起」する反応を示したのだった。敢えて言えば、「天使」という概念のオブジェに対しても、エロティシズムは「純粋思考」の内奥に組み込まれている。天使の概念も澁澤には明解だ。「天使は男性でもなければ女性でもなく、第三の性、一箇のアンドロギュヌス(両性具有者)にほかならない」という。澁澤は、ジャン・ジュネの『花のノートルダム』から、「天使たちはいったい、歯や性器を備えているのであろうか」という言葉を引用して、最初から天使に聖性などをみてはいない。天使は、「第三の性、一箇のアンドロギュヌス」で、「歯や性器」をもつ身体的エロスの対象としてのイメージの様態である。つまり、天使もまた、エクリチュール化した「私」の「純粋思考」にとっては、人形と同様、オブジェとして「肉欲の昂奮を惹起」するものである。

澁澤の言説は、「天使に関する曖昧な概念」の分類に入り込むが、そこから導き出されたのは、「スコラ学者の天使論はついに孤立した、聖書にはない霊の体系」であったということに尽きている。「ビザンティン伝来のケルビムの旧約聖書的なイメージ」の様態など、「西洋の芸術家」だけではなく澁澤も好まない。ただ、澁澤がおこなう分類する言説化は、エクリチュール化した「私」が好んでいることとは忘れてはならない。

それよりも、「現代の画家チャナラ」のデッサン「アンドロギュヌスとしての幻想的天使」の顔と、フィレンチェの「聖アンブロジオ教会壁画」に描かれたアンジェロ・ポリッツィアーノとピコ・デラ・ミランドラとマルシリオ・フィチーノのそれぞれの顔を、天使の顔として図版で示していることの方が重要である。

澁澤が最後に、「イタリアの神秘思想家ピコ・デラ・ミランドラ」は、「最も愛するルネサンス汎神論者の一人」だという言説が、エクリチュール化した「私」が唯一、反応するところだろうか。天使をアンドロギュヌスと捉える思考は、対象のオブジェを愛好する「汎神論」的で、身体的なエロスの運動を提示するものだからである。

「アンドロギュヌスについて」の項に移ろう。「両性具有の理想的な最高天使を意味する」バルザックの『セラフィータ』のアンドロギュヌスの概念は、「北欧の神秘思想家スウェーデンボルクに負うもの」として、スウェーデンボルクの「天界での結婚について」を読み、書くというところから、澁澤の思考は運動を開始する。「最高天使」がアンドロギュヌスであれば、「天界にあっては、夫婦は二人の天使ではなくして一人の天使である」とスウェーデンボルクが、「天使の両性具有」を解析するのも当然だというわけだ。

さらに、澁澤の言説が向かうのは、ミルチャ・エリアーデを読み、書くことで、ここに「完全な人間の原型と見なされた、アンドロギュヌス(両性具有者)」という「人間学の基本的なテーマ」を提示するところにある。これは身体的エロスをもつエクリチュール化した「私」の「純粋思考」が、バルザックの『セラフィータ』を読み、書くという言説化の裡に、地上における人間としてのセラフィータをみていることと重ねられる思考の運動である。それゆえに、「二つの性を同時に愛することであり、その愛は抽象的な愛ではなく、個別的、具体的な愛でなければならない」。「純粋思考」にとっては、地上における天使は、聖性や浄化作用を帯びたものではなく、「一個の完全な人間、アンドロギュヌスとして、具体的な男性と女性とをこもごも愛する」存在としての愛好の指向対象である。ただ、間違ってはいけないのは、「純粋思考」は、「現実の生まれつきの半陰陽」が、古代においては両親に殺害された現実をみているのでは決してないということである。

澁澤の言説は、「アンドロギュヌス伝説の遠い起源」に向かう。ミルチャ・エリアーデを読み、書く澁澤の言説は、アンドロギュヌス伝説を人類共通の神話のなかにみる。「原初に、二つの性のしるしをもつ唯一の存在があって、それがやがて二つの部分に分れ、一方が男性、他方が女性になる」。そして二つの部分が結合して人類が誕生する。つまり、澁澤の思考は、人間の思考の発生を思考する求心的な運動である。その思考の核となるのが、古代インドのシヴァ神の説話で、「ヨニ(女陰)のなかに嵌まったリンガ(男根)によって象徴された永遠の夫婦シヴァ＝シャクティ」が、「神格の完全な表現として生命」を保持しているという、「反対物の統一」のイメージの様態がここに提示される。

「反対物の統一」あるいは「結合」という澁澤の思考は、宇宙発生論の思想に他ならない。アンドロギュヌスを思考する澁澤は、「昼と夜、光と闇、奇数と偶数、一と多、右と左」という対立する概念に両性をもった神のイメージを重ねてゆく。これこそアンドロギュヌスの具体的なイメージの様態だというわけである。「ヘルマフロディトスの彫像」もまた、「反対物の結合」、あるいは「性の混淆のテーマ」が「神の姿」に具現化したもので、「統一への夢想とエロスの合体を、民衆の想像力の水準において具象化」したものである、と澁澤の言説が熱を帯び始めることで、「純粋思考」も顕現する。

澁澤は、オーストラリアのある部族の成人式の青年の身体に、「女性生殖器をあらわす小さな孔」を穿つ行為や、古代ギリシアのスパルタなどでみられた「男女の衣裳交換(トランスヴェスティズム)」までも、「反対物の結合」の風習とみる。ミルチャ・エリアーデの見解を引用して、これらの「人間が自己の外に脱出すること、その特殊な立場(男性または女性の立場)を超越すること、そして人間社会の組織に先行する、超歴史的な原始の立場を取りもどすこと。つまり、人間をしてアンドロギュヌスたらしめることなのである」と言説化することで、より一層、エクリチュール化した「私」の「純粋思考」を刺激することになる。

　後半は、アンドロギュヌスについての概念が、「ヘブライズムの伝統」、「錬金術」、「ドイツ・ロマン派」、「深層心理学」、「生物学」、「生殖に奉仕しない愛欲」と並べられて、「純粋思考」を楽しませる。「ヘブライズムの伝統」のなかでは、「アンドロギュヌスの観念」を教義の中心に据えたのは、「とくにシリア、アレクサンドレイアを中心に起ったキリスト教的グノーシス主義の諸派」で、そのなかの「オフィテス派」によれば、アダム自身もアンドロギュヌスと捉えれば、「人間がアダムの子孫」である以上、各人は自己の内部に潜在的に「アルセノテリュス（アンドロギュヌス）」を保持していることになる。つまり、「霊的完成」とは、「まさにこのアンドロギュヌスを自己の内部に再発見する」ことに他ならないということになる。

　さらに、アンドロギュヌスの神話が、霊的完成を示す「一つの比喩的表現として用いられた例」は古くからみられるという。「プラトンの形而上学的思弁」、「アレクサンドレイアのフィロンの神学」、「新プラトン派の神智学」から、この「キリスト教的グノーシス主義諸派の思想」、「ヘルメス・トリスメギストスを援用する錬金術師たちの理論」まで、「ひとしく人間の完全性という概念が、男女の性別なき単一性によって理解されているという事実」は、「民族や思想や宗教を乗り超えて、人類のノスタルジアのいかに普遍的であるか」をまざまざと感じさせるという。これはまさに、エクリチュール化した「私」の「純粋思考」が、アンドロギュヌスを指向対象とした「形而上学的思弁」の運動が如実にわかる澁澤の言説化であると言わねばならない。

既に、エクリチュール化した「私」の「純粋思考」が、アンドロギュヌスを指向対象としたときの運動態は提示されている。しかし「錬金術」という思想のオブジェと遊び、自己回転する「純粋思考」にとっては、イメージの様態が溢れる錬金術という思考のオブジェは最も好む指向の対象なのである。まず、「燃えるアンドロギュヌス」、「錬金術の性的表現」の図版は、「反対物の統一」のイメージであろうが、ここに「交合のイメージ」が重ねられる。確かに「錬金術の象徴主義にはセクシュアルな暗喩がみちみちている」からだ。

そもそも錬金術は、「グノーシス主義とカバラ理論の直系」であり、「グノーシス的神話を修正」した思想で貫かれている。アンドロギュヌスの象徴が多く採り入れられるのは当然だ。さらに、「錬金術はおびただしく象徴を利用する思想」であり、「無数の解釈を可能とする」アレゴリーによって構築された「神秘晦澁な理論」なのである。エクリチュール化した「私」の「純粋思考」が好む、夥しい象徴、無数の解釈を可能とするアレゴリー、あるいはアナロジーの思考の運動とは、「純粋思考」そのものの運動態ではないか。この思考の運動という、遊ぶ行為は、永久運動を夢見ているとみなければならない。

パラケルススによれば、「子宮の研究は、また同時に世界の発生の学問」であれば、「マクロコスモス(大宇宙)の反映」は、「人間の誕生」と相似をなす。「賢者の石」の象徴もある。「賢者の石」

は、「すべての金属を黄金に変成する力」があり、賢者の石とは、「劫初の宇宙的な『一者』の象徴」であり、「男女両性」のアンドロギュヌスなのである。

C・G・ユングは、この錬金術的なアンドロギュヌスを、バラモンの聖典『ウパニシャッド』の「プルシャ」と比較しているという。プルシャとは、「いわば宇宙の根本原理」で、「単一にして一切を包蔵する」プルシャは、「本体としての『アートマン』(我《が》)を二つに分割」し、「夫および妻」となし、「二つの部分を結合して、人類その他万物を誕生せしめる」。「インド哲学の宇宙的一元論と性的二元論」は澁澤の言を俟つまでもなく、「グノーシス的神智学」と似ているが、こういう読み、書くという思考の言説化が、「純粋思考」をどれほど楽しませていることか。すべてアンドロギュヌスという「反対物の統一」あるいは「結合」という思考のアナロジックな同語反復である。

「錬金術におけるアンドロギュヌス神話は、そのままルネサンス期の人文主義者(ユマニスト)たちに伝えられた」。オブジェが列挙される。「カタツムリ」、「一角獣」、「双頭の鷲」、「ウロボロス蛇」、「竜」、これらの「両性具有の象徴物が、彼らの哲学書や魔法書のページ」を飾る。これもまた、エクリチュール化した「私」の「純粋思考」を楽しませるものだ。図版に、「異教的な天使像」としてヴェロッキオのデッサンとは比べようもない、その美しさに息をのむレオナルド・ダ・ヴィンチが描く「岩窟の聖母」の天使がある。この天使像と共鳴しながら、澁澤のレオナルド・ダ・ヴィンチへの言説が最後にある。「レオナルド・ダ・ヴィンチが、聖ヨハネやバッコスを優雅な女性的な貌に描いたのも、また、アンドロギュヌスの象徴と目される植物オダマキを画布の裏に好んで描いたのも、彼が両性具有の錬金術的夢想に憑かれていたためであった」。「純粋思考」は、イメージの様態が明瞭な、このアンドロギュヌスの天使に大いに心が打ち震えていることだろう。

三　「世界の終りについて」

このエッセーは、澁澤の「私」性が消滅することで、エクリチュール化した「私」が顕現する様態が明瞭にわかる一篇なので詳しくみてみる。

まず澁澤は書斎の机の上に、「初期フランドル派の大判の画集」を開いて、「ロジェ・ヴァン・デル・ヴェイデンの『最後の審判』図」などを「つくづく眺め入っている」。そこで『夢の宇宙誌』(初版・一九六四年)を読む読み手は、澁澤が眺めていると書いているロジェ・ヴァン・デル・ヴェイデンの『最後の審判』の図版を探す。そしてその図版は、このエッセーの巻末にディルク・バウツ「地獄」、ハンス・メムリンク「最後の審判」部分、ブールジュ本寺半月形浮彫「最後の審判」部分、ジョバンニ・ダ・モデナ「地獄」部分、マルテイン・ションガウアー「悪魔と女」(「冥府降下」の部分)とともにあり、それをみることになる。酸鼻を極めた「地獄」図ばかりが並んでいる。それらの図版にある裸体の男や女の恐怖の表情から悶絶時の叫喚も聴こえてくる。しかし、読み手はすぐに澁澤の文章に戻らなければならない。すると、澁澤は「当時のほとんどすべてのプリミティヴの画家が、あの聖書に予告された怖ろしい世界の破滅の日を好んで描いているのは、もっぱら、男や女の裸体を大っぴらに描きたかったがためではなかろうか、という気がされてくる」と書いているのだ。読み手が、ロジェ・ヴァン・デル・ヴェイデンの「最後の審判」の図版を含めて六葉の図版をみて、酸鼻の極みと思われる地獄での男女の悶絶時の叫喚の声を聴いた衝撃とは、落差のある言説を読むことになる。そして文章は、「いずれにせよ、人間の裸体を公然と画面に登場させることを許すこの審判図が、ゴシック期以後の西欧の絵画に、ある種のエロティシズムを導き入れる口火になったであろう」と結ばれるのだ。さらに「幼児キリストに乳をふくませようとするジャン・フーケの聖母の像」の「豊満な女の乳房」を性的対象とする見方まで重ねられる。

読み手が、「地獄」の図版をみて感じた、ヒューマニスティックな感情とは乖離する澁澤の言説の様態である。澁澤はまず描かれた「地獄」図の男女の裸体をみて、エロティシズムを感じるというのだ。勿論、読み手もそう思って再度「地獄」図をみてみれば、男女の悶絶の表情から、エロティックなものまで読み取ることになるから不思議だ。これが澁澤の「私」が、読み手たちを澁澤の言説化による「わたしの夢想」に絡め取る仕掛けである。そして「最後の審判――世界の終り」の「わたしの夢想」は、「文明論的視野にまで拡大」されてゆく。

「北極産のレミング（旅鼠）とか、シベリア産の羚羊」は、「彼らの種族が無際限」に「繁殖して、その狭い棲息範囲内に同属の個体のすべてが安住し切れなくなる」と集団移動をして、海辺にいたるまで駆け続け、「やがて、一匹残らず断崖」から身を投げ、「みずからの生命を滅ぼしてしまう、いわば集団自殺ともいうべき無目的の行動」にでるという。この「個体維持の法則に明らかに反する」彼らの「集団自殺の現象、同属の種の全体に洩れなく配分された、この奇妙な死への意志」は何か。澁澤は「知らない」という。がしかし、澁澤の思考は、「この奇妙な死への意志」を「最後の審判」の「凄絶なイメージ」と重ねあわせる。そこにみられるのは、「あの昔ながらの『世界の終り』、『最後の審判』の寓意には、一種族の繁殖および絶滅、一文明の生起および崩壊といった現象」と深い関係があるという。ここでは「一種族の繁殖および絶滅、一文明の生起および崩壊」だが、「繁殖および絶滅」、「生起および崩壊」という澁澤の思考の言説化は、エクリチュール化した「私」の「純粋思考」の運動態そのもので、この「一種族」、「一文明」とは、「純粋思考」が皇帝として君臨する王国での、指向対象である観念のオブジェの謂なのである。

「純粋思考」は、澁澤の言説化によって、「世界の終りを幻視する精神は、同時に新らしき世界の誕生を欲する心情と一つのもの」と捉える。繰り返されている。『サド復活』や『神聖受胎』で思考された「ユートピアと逆ユートピアとは楯の両面」だという思考の運動である。だから、「世界の終りを幻視する精神の根底には、世界の現状に対する根強い不満、憎悪、ないしは絶望がとぐろ」を巻いていなければならない。ところがここで看過できないのは、エクリチュール化した「私」の「純粋思考」は、自ら皇帝として「一種族」、「一文明」、「世界の終り」という観念もすべてオブジェとして取り入れているのだ。まして、「世界の終り」という観念に対して、少しも不満や憎悪はないのである。もっと言えば、「世界の終り」という観念も、サドが自然を渇仰したように、渇仰し愛好するオブジェの一つなのである。

それは個々の人間の死に対しても同様で、エクリチュール化した「私」の「純粋思考」は、「死という単なる生理的現象」及び、そのイメージの様態、つまり、「それは腐っているか、あるいは縮み上っており、手足は痙攣して硬直し、口は裂け、内臓の中には蛆虫がうごめいている」(ホイジンガ『中世の秋』)イメージをオブジェとして愛でるのである。そして、そこにエロティシズムを感じ取るのである。だから「望ましい対象としての静穏なるべき死を、却って不必要なほど醜悪に、毒々しく」描き出す「黙示録の思想」に裏打ちされた「地獄」図は、「純粋思考」の最も好むイメージの様態であることがわかる。

「黙示録の思想」である世界の終りのイメージは、「人類はつねに、失われた幸福を哀惜しつつ、希望に永遠の生命力を与える現世の苦悩」に浸潤した姿勢を決して崩さない。しかし、エクリチュール化した「私」の「純粋思考」は、希望や永遠の生命力を希求しているのではない。あくまでも「現世の苦悩」のイメージが世界の終り、「地獄」図の酸鼻を極めたものであるところに留まる。澁澤が引用する、ミルチャ・エリアーデの「キリスト教倫理が苦悩に一つの価値を与えた」ことなどは問題にされない。「純粋思考」が好む先にあるのは、腐乱屍体であり、手足の痙攣であり、蛆虫がうごめき溢れ出した内臓のイメージをもつ、エクリチュールによって再構成された指向対象となるオブジェなのである。

エクリチュール化した「私」の「純粋思考」は、世界が終り、「新らしい世界が時間の支配から完全に免れた、終ることとなき至福の時の始まり」などの方向などへは、決して運動しない。このような「神話の歴史化」、つまり「ユートピア思想の起源」など提示したいのではない。「純粋思考」が夢見るのは、ダニエル書にはじまる「一連の黙示文学の夢」である、予兆を期待しつつ実現はされない、「戦争、飢餓、疫病はもちろんのこと、自然界の畏怖すべき幻怪な出来事の一切」をイメージ化し、それを「終末のしるし」、「人間の道徳的堕落の描写と自然の無秩序、混乱の描写」として、楽しむことなのである。澁澤がいう「人間の変身」とは、人間性など問題にもしないエクリチュール化した「私」の「純粋思考」を顕現させる謂に他ならない。「純粋思考」は、人間のことなど思考することはないからだ。

だから「世界の終り」の項の最後に、澁澤は、「わたしにとって何より興味ぶかいのは、この人間が現実に裏切られて行く観念論の幻想の裡からしか、真に力強い人類の精神文化は生まれなかったという一事」を述べている。「人間が現実に裏切られて行く観念論の幻想」とは、澁澤が自ら「私」性を消滅させて顕現するエクリチュール化した「私」の「純粋思考」そのもののことであるからだ。この「純粋思考」の内奥からしか、「真に力強い人類の精神文化」は生まれないのである。それは思考、つまり精神が嗜好するものは無際限にあり、他者存在など存在しない、あくまでも自己の「純粋思考」の存在の深淵へと向かう直截な運動態だけなのである。それが「世界の終り」の項で、澁澤の思考を入口にして姿を見せているとみなければならないだろう。

エクリチュール化した「私」の「純粋思考」が、どういうものを好むかということを了解できると、澁澤の「世界の終りについて」の項の註「中世のエロティシズムについて」からも、簡単にみつけることができるようになる。ここでも読み、書くという澁澤によって、ジョルジュ・バタイユの『エロスの涙』が援用される。「抑圧されるが故に、エロティシズムは痙攣的な、白熱的な光輝を発して燃えさかる」。「キリスト教とともに、エロティシズムの火」は、最高の熱度をもつエクスタシーに達するのだ。呼応するのは、図版の「聖女アガタの殉教」である。「宗教的マゾヒズムの例」だというが、樹の枝に左手首を縄で括りつけられた聖女が、左右から屈強の男たちがもった大きなヤットコのような鋏で、両乳房を上下に挟まれている。鋏の刃が聖女の豊満な乳房に食い込み、そこから血がしたたり落ちている。男たちも、この図を見る者もサディスティックな思いにとらわれる。さらに聖女の二つの乳首は、性的興奮や快美と区別がつかない激痛で勃起している。二人の男たちの腰をみれば、その服の下では男根が勃起しているのが想像できよう。この図版と共鳴する澁澤の言説化は、「キリスト教的禁欲主義の最も厳格かつ極端な面」をもつ「中世異端の一派、カタリ派」が夫婦間だけではなく、「一切の肉体の交渉や生殖行為を罪悪」として排斥するゆえに、「みずから生殖器管」を切断するという、サド＝マゾヒズムのイメージの様態の提示である。これこそ、視覚的イメージによる思考を好む「純粋思考」を顕現させる澁澤の言説化である。

この註からはまた、「純粋思考」が好む澁澤の言説化をみつけることができる。澁澤は、「キリスト教的風土においてのみならず、人類」は、「極端な禁欲の実行」も、反対に「極端な肉欲の饗宴」も、「ある種の神秘的な啓示」を受けるのに都合のよい、「肉体的な疲労困憊の状態を積極的につくり出そうとする意図」がみられるという。ランボーのいう「あらゆる感覚の組織的錯乱」である。勿論、これこそが、澁澤が読み、書くという言説化による「私」性からの離脱、消滅の様態で、ランボーの言葉で言えば、「感覚の組織的錯乱」、「私」性の拡散である。それを澁澤は楽しげにやってのける。言説化により「私」性が錯乱、拡散し消滅したら、エクリチュール化した「私」の「純粋思考」は、自己回転しながら、同語反復的な運動をする。このような澁澤の言説化の様態によって、「純粋思考」は「自己の外への脱出」、つまり「脱我」(エクスタシス)に達するのである。

稲垣足穂やジャン・ジュネにも、「衰弱によって聖性のエクスタシスを実現する」可能性を示す強力な証拠を澁澤は見いだす。それと重ねられる「中世のエロティシズムの論理」は、「肉体蔑視」を通過することで得られる「愛の極限」である。そこにあるのは、聖性のエクスタシーの実現である。この「中世のエロティシズムの逆説性」に、「悪魔の観念とマリアの観念」とが、「全く矛盾した」まま女性性の表象によって同一であるというのは、既に、「アンドロギュヌス」の項でみた、「反対物の統一」あるいは「結合」の思考そのものである。「グノーシス派の流れを汲む象徴主義的な哲学は、すべてエロティシズムの二元論、すなわち、両性の結合の原理によって支配されている。魂と精神の統一、男性的要素と女性的要素との統一」が必要となる。「正統キリスト教」の女性蔑視によるエロティシズムの排斥、さらに自然を悪しき存在として否定したのとは、対蹠的である。これは、澁澤による、「反対物の統一」あるいは「結合」の思考の繰り返しであるとみなければならない。

エクリチュール化した「私」の「純粋思考」は、澁澤の「私」性の錯乱によって生み出されたものだ。カタリ派も、グノーシス派も二元論の思考であって、それも「極端から極端へ飛躍する」ことで統一をはかるものだ。カタリ派は、「正規の結婚を排斥し、処女礼拝による官能の興奮を称揚し、もっぱら放蕩と乱交とに耽っている」と十三世紀当時から非難されていたという。澁澤はドニ・ド・ルージュモンを引用して、「純潔の称揚はほとんどきまって放蕩淫乱を惹き起すものだ」という。身体的エロスをもつエクリチュール化した「私」が好む「放蕩淫乱」の言説化である。カタリ派の「極端な厭世主義」は、「この世の終りがきて、魂の受ける数々の試練を経た後」には、罪人もすべて例外なく救われ、「二元論的な対立が解消され、一切の光明が闇黒から解放される」とされるものだ。エクリチュール化した「私」の「純粋思考」が好む澁澤が繰り返す「反対物の統一」あるいは「結合」の思考は、「純粋思考」の存在証明でもあるということになる。

澁澤が引用するクロソウスキーによるサドに、「カタリ派的な倒錯した純潔思想」を読み取ることとは、「純粋思考」が「反対物の統一」あるいは「結合」の思考を自らめざすものでもあれば、サドの自然と通底する思考であることは言を俟たない。再び澁澤は、サドについて、ドニ・ド・ルージュモンの言説を挙げる。「あらゆる放蕩が精神から来るものとすれば、この放蕩によらずして、どうして対象(欲望と肉体の存在)から超脱することができよう。侯爵の狂乱によって豊かにされた肉欲の発見ほどに、冷厳な合理性をもったものがあるだろうか。快楽のあるところ、苦悩が伴なうだろう。そして苦悩は償いのしるしである。悪による純化。罪の最後の魅力もかき消されてしまうまでに罪を重ねよう。こうなればもう禁欲と選ぶところがない。狂乱の弁証法にサドは我を忘れる」。

そしてこれを読み、書くという澁澤が、「我を忘れる」とともに、エクリチュール化した「私」が顕現してくる。その「純粋思考」が好む自らの存在証明である「あらゆる放蕩が精神から来るもの」や、そのときに生まれるエクスタシー、つまり、その狂乱、錯乱による澁澤の「私」性からの止揚は、「冷厳な合理性」をもった人間性を超越したものである。サドの自然は、エクリチュールによって構築された文学空間で、放蕩淫乱の限りを尽くして、悪の「純化」を極めればよい。サドの文学空間では自然と同様に放蕩者たちも罪を重ねる。彼らは一人ひとりを殺害するのではない。自然災害と同様に、人間を大量殺戮してゆくのだ。それはまさに、自然の禁欲と変わらない。勿論、この大量殺戮されるのは自然の犠牲者という人間だけではない。サドの自然と同様の放蕩者たちも自然の殺戮の対象なのである。「純粋思考」が好むサドがいう自然とは、同語反復を承知で繰り返せば、人間を超越した人間の善悪を統一、止揚したサドが見出した自然の様態だったということになる。

第三章　エロスの解剖

桃源選書
エロスの解剖
伝説から心理学まで
澁澤龍彦
エロスの解剖
伝説から心理学まで
澁澤龍彦
本書は古代から現代に至るまでの、豊饒なエロスの世界を、心理学的手法を駆使して分析した"エロス百科"であり、現代人に強烈な衝撃を与えずにはおかない"危険な書物"でもある。
桃源選書

『エロスの解剖』（初版、桃源社、一九六五年）

『エロスの解剖』

澁澤にとってのエロティシズム、エロスという観念は、自らの「私」性を消滅させて、エクリチュール化した「私」の「純粋思考」が好む指向対象のオブジェを併置して準備しなくてはならなかったと思われる。そしてそれを「あとがき」で、多田智満子の詩を挙げ、「痛々しいほどほがらかに／解剖された／美少年ここにねむると」として、「神話のエロス」は、あくまでも「美少年」のイメージで、「彼を愛してやまない人間」によって解剖されるのだという。エロスという指向対象を愛好しつつ、「冷静に慎重に」解剖する。こうしてエクリチュール化した「私」の「純粋思考」が好む澁澤の思考は、この『エロスの解剖』によってより鮮明になる。

一　「女神の帯について」

読み、書く澁澤は、オットオ・ワイニンゲルがいう「真の男性は、セクシュアルであると同時に、さらにそれ以上の何物かであるが、真の女性は、セクシュアリティ以外の何物でもない」という言説を挙げ、女性性器の形態からして、「自己の内部に潜在」しているゆえに、「女の性」とは、「欲望されるところのもの」だという極端な論の展開をする。錯乱する言説化である。ここからエクリチュール化した「私」の「純粋思考」は、「他者への依存性、つまり『娼婦』性こそ、女性的宇宙を特徴づけるもの」と自己回転の運動をする。娼婦に貶下的な意味はない。女性性は、「その原理を他者の裡に託さざるを得ない」という意味としての提示である。娼婦として示される女性的原理は二つ。「恋人」としての女性性と、「母」としての女性性。古代においては、「処女」という言葉は、「男と交渉をもつこと」もできるが、「とくに婚姻を忌避して、独身を守る女性」をさしていたという。エクリチュール化した「私」の「純粋思考」が好む処女と娼婦という二つの概念で、反対物が統一されるという提示となる。ともに「『母』なる概念のアンチテーゼを形成する」のも、既にエロスの観念の要素を示している。

神話のウェヌスがそうだ。「息子の存在によって自己確認することを拒否する」、つまり母の概念のアンチテーゼである。そのウェヌスのイメージの様態は素裸である。指向対象がみえてくる。ウェヌスが素裸であることは、男性の性的対象であり、処女であり、娼婦であるという「反対物の統一」の思考を刺激する。それを遮断、禁止するのが「ウェヌスの帯」といわれる、この項のオブジェとして取り上げられている「貞操帯」である。エクリチュール化した「私」は、「十五世紀の貞操帯」の図版と呼応しながら、貞操帯を説明する澁澤の言説化を待つ。エクリチュール化した「私」は、十五世紀、ヴェネツィアの「貞操帯」の図版による様態と相俟って、肛門性交が男性だけではなく、女性においても行われていたことに「純粋思考」を運動させる。

さらに、エクリチュール化した「私」は、この貞操帯という指向対象の言葉による澁澤の文献の羅列を好むのだが、それは割愛する。ただ、そのなかで、プラド美術館が所蔵する「貞操帯を描いたゴヤの習作」である、「すっぽり頭から頭巾をかぶった二人の女が、互いに手をのばして、口から膝まで幾つも鍵穴のある、とてつもなく大きな外套のような全身用の貞操帯」の施錠されたデッサンは見逃せない。「全身用の貞操帯」という極端な禁止は、「あたかも女の全身が性感帯である」ことを提示していることだからだ。エクリチュール化した「私」の「純粋思考」が好むのも当然である。

澁澤はウェヌスというオブジェの指向対象から、「ウェヌスの帯」だけではなく、「ウェヌスの足蹴」、つまり梅毒にも言及する。「梅毒は一四九四年、ハイティ島から帰ってきたコロンブスの船の水夫たち」によって、まずポルトガルに上陸したという。これはまた「純粋思考」が好む、「ウェヌスの属性」としての貞操帯と梅毒であり、「野蛮であった中世ヨーロッパの性生活」の相対立する二極とみることができる。ここにも反対物が、ウェヌスによって統一される言説化をみるのである。澁澤もそれは当然わかっている。「ウェヌスの名画」のなかから、ロンドンのナショナル・ギャラリーに所蔵されているベラスケスの「鏡を見るウェヌス」が「いちばん好き」だという。女神の後ろ向きなのを、澁澤自身が「アウェルサ・ウェヌス」(後背位)を特に好むわけではないというが、鏡に映る女神の顔はアンドロギュヌス、否、美少年の面影である。これもまた、エクリチュール化した「私」の「純粋思考」が大いに好む「反対物の統一」のイメージの様態の提示だと捉えなければならないだろう。

二 「性とは何か」

澁澤には、人間の性交を生物学的な領域におけるものとして定義したいという考えが一貫してある。性を人間だけの特別なものと捉えるところがまったくない。だから、性交を「原生動物から人類(ホモ・サピエンス)にいたるまで、すべての生物を駆り立てる」衝動のもと、「同種の異性同士」の結びつきにより、「男性の細胞の一部を女性の体内に送りこむ」ことと定義する。この表出からして、人間の性交の、男性性器と女性性器の交わりだけに限定した言説化ではない。それはこの項で、澁澤が「単細胞動物の愛の行為」を美しく描写する「わたしの大好きなフランスのジャン・ロスタン教授」の「ゾウリムシの接合」に関する文章を読み、書きたいからだ。エクリチュール化した「私」は、澁澤が「大好き」な文章は、澁澤自身が言説化によって熱狂することを確信している。

ジャン・ロスタンの文章によると、単細胞のゾウリムシは「互いに相手を圧迫し、口と口とを押しつけ合う」ことで接合し、「二つの結びついた細胞のあいだの実質の交換」によって接合の結末にいたるという。澁澤はここから「性のない下等動物でも、立派に愛の営み」、つまり性交を行うということ、さらに性交と「繁殖の現象とは、直接に何の関係もない」ということを読み取る。エクリチュール化した「私」の「純粋思考」は、「繁殖の現象と接合の現象とは別のもの」であり、性交は、「繁殖のための必要条件ではなく、せいぜい一つの生物学的な遊び、贅沢でしかないということ」を提示する。「生物学的な生命は、繁殖する」ために、無性でも困惑しない。つまり、自然にとっては、「種族維持のために必ずしも有性生殖」を絶対的な形式として要求していないということだ。勿論、この自然こそ「純粋思考」によって繰り返されるサドの自然のことである。「性とは、詮じつめれば、二元的になった生命の一つの表現形式」と捉えれば、「生物たると無生物たるとを問わず、ある一つの宇宙的な力、二元性を解消して原初の一元性、原初の無差別性を回復しようとする、盲目的な力にすべての物質が支配されている」とみなければならないと、澁澤の言説化も熱を帯びる。

　顕現したエクリチュール化した「私」の「純粋思考」は繰り返す。「二元性を解消して原初の一元性、原初の無差別性」を回復するイメージの様態は、アンドロギュヌス(両性具有)であり、サドの自然である。「統一すべき一つの離反」と「満たすべき一つの欠如」の「性の概念」は、当然繁殖の機能とは無関係である。それは「世界の物理的法則であり、遍在するエロスの形而上学的法則である」。エクリチュール化した「私」の「純粋思考」が捉えるエロスの運動とは、「生殖に奉仕しない」、「遍在するエロスの形而上学的法則」による言説化であると言えよう。

三 「近親相姦について」

澁澤は、「近親相姦の強迫観念」は「禁止」されるゆえに、「普遍的に存在」すると、ジョルジュ・バタイユの『エロティシズム』の侵犯の考え方を述べている。さらに、サドの自然の捉え方から派生した近親相姦の「タブーは人類が動物からホモ・サピエンス」に移行することで、「歴史的」に発生したとする、人間ゆえのタブーと捉える。ただ、エクリチュール化した「私」の「純粋思考」は、近親相姦の「歴史的な解釈」や聖書の創世記にある「ロトとその娘たち」の伝説、ルネサンス期のイタリアの「美しくもまた凶悪な近親相姦」の物語、「詩人バイロンとその姉オーガスタとの怪しげな関係、哲人ニーチェとその妹エリザベエトとの奇妙な結びつき」、さらには文学作品から、「近親相姦の例」を拾って羅列する運動に入る。最後はトーマス・マンの『選ばれし人』の主人公グレゴリウスと双生児の妹との近親相姦の物語が澁澤によって紹介され、その物語にみられる近親相姦は醜いものではなく、「まさに天上的な美しさに達している」という。近親相姦という観念のオブジェと合一するエクリチュール化した「私」の「純粋思考」の姿が、浮かび上がるばかりである。

四　「愛の詩について」

この項は、最初からアンドレ・ブルトンの書いた詩『自由な結合』の冒頭部分を澁澤は引用する。呼応する図版はミケランジェロの「レダ」である。レダと白鳥はまさに性愛行為の絶頂で恍惚となっている。澁澤によれば、詩『自由な結合』は、「女の肉体のいろいろな部分を、暗喩法によって次々と喚起」しながら、「理想的な女の、純化されたエロティシズム」を歌っているという。まさに図版のレダと白鳥の性愛行為さながらに、「次第に昂揚する熱っぽい愛欲の渦」のなかに、読み手を誘うという。澁澤は、その詩にみられる「シャンパン酒の肩」や「火の髪の毛」や「花結びの口」という表出にエロティックなものを感じるというが、澁澤の「私」性が消滅して、顕現するエクリチュール化した「私」の「純粋思考」は、ここに「およそ猥褻性」など皆無な「女の肉体そのものへの鑽仰」をみる。「詩人の女に対する愛の熱度が、猥褻な現実(すなわち客体化された女の肉体)をも、美に高めている」からだ。「純粋思考」が好み、提示するエロスとは、「詩人の女に対する愛の熱度」と重ねられる、詩という言葉への「愛の熱度」のことであることがわかる。

澁澤はブルトンの詩をさらに引用しながら、「肉体の個々の部分に執着しながらも、それらを通して、詩人はつねに一つの光り輝やく全体を啓示する」という。「いわば、この詩は最もエロティックでありながら、最も精神的な詩」と言える。ブルトンの詩から読み取れるのも、「純粋思考」

が好む精神性を貫通したエロティシズムなのである。最後はブルトンの詩も、「腰」、「臀」、「性器」のイメージが続いてあらわれる。図版に呼応して、「白鳥の背の臀」という表出を澁澤は読み、書く姿勢をみせる。ガストン・バシュラールの言葉を引用して、白鳥は「裸体の女にひとしいもの」でありながら、「動いている時には男性」の象徴だという。つまり、「白鳥のイメージは男女両性(ヘルマフロディトス)」であるというのだ。澁澤は楽しそうに、続けて「いわゆる白鳥の最期の声というのは、性的な死、オルガスムを意味するのだ」とバシュラールを読み、書くのである。

エクリチュール化した「私」の「純粋思考」が好む「ヘルマフロディトスの面影」のある、ブルトンの詩の全体から浮かび上がる女性像を、澁澤はエドガー・ポーの描く女性像とも重ねて、「中性に近い少年的な女性」という。澁澤はさらに熱狂して、ブルトンの詩にある「わたしの女は鴨嘴《かものはし》獣の性器」というメタファーに、「肛門性交の暗喩」までみる。ここで、エクリチュール化した「私」の「純粋思考」は、サドの肛門オナニーを想起してしまうことになる

なぜなら、後に澁澤は『サド侯爵の手紙』という面白い本を出版するのだが、そのなかで、サド夫人宛(一七八三年七月)の手紙に出てくる「円筒形をした金属のケースあるいはガラス瓶」は、サドが獄中で「肛門オナニーのために使用していたものだった」ということがわかっているからだ。澁澤は、サドの無神論と、ブルトンの「倒錯をもふくめて、性的な世界からあらゆるタブーを撤去せんがため」のエロス信仰とに共通点を見出しているが、「純粋思考」が好むエロスもまた、「精神と肉体」を照応したまま、倒錯をも包含した、あらゆる性のタブーを侵犯する身体的エロスとして、

精神や観念としてのエクリチュールの裡に溶解してゆくのである。

五　「優雅な屍体について」

澁澤は、フロイトの「死の本能」説を当然ふまえたうえで、「エロティシズムと死」の問題を、「若々しいエロスは、つねに死の腐敗のなかで微笑する」と表出する。トーマス・マンの『ヴェニスに死す』の主人公グスタフ・アッシェンバッハは、疫病が蔓延するヴェニスで美少年タッヂオに対する愛着を深めてゆく。ドリアン・グレイもしかり。「情欲と腐敗とが、死のなかで手」を握るのだ。ジョルジュ・バタイユの『エロティシズム』にある「エロティシズムとは、死にまで高まる生の讃美である」とは、澁澤が決して手離さないエロスの様態である。

エクリチュール化した「私」の「純粋思考」が好むのは、言説で再構築された作品、言葉のオブジェである。「ネクロフィリア」、否、むしろ「ヴァンピリズム(吸血鬼信仰)」といったほうがよい、「屍臭の漂う世界」を描く上田秋成の『青頭巾』が紹介される。エドガー・ポー、テオフィル・ゴオティエ。そして詩人のボードレールの『悪の華』から、「死屍を追う蛆虫の群が　音高く這うように／おれは　進んで攻撃し　攀じては襲う」の詩の断片。さらに、ポーの詩『眠る女』のなかから「ひそやかに、蛆虫どもよ、彼女のまわりを這いまわれ」を挙げる。死とエロティシズムのイメージを喚起するのに、腐乱屍体にうごめく蛆虫の様態は、「純粋思考」にとっては対極にあるイメージの様態だけに、合一できる指向対象として最も好むところである。

澁澤は「ネクロフィリアの延長線上に、一種のタナトフィリア（滅亡愛）とも称すべき極端」な例を挙げる。エクリチュール化した「私」の「純粋思考」が運動を開始するためには、自らの「私」性のタナトフィリアが作動せねばならないのだから当然だろう。勿論、「自分が死んだと空想して、快感」を覚えなければならない、遊びの精神もその根底にある。十九世紀末の大女優サラ・ベルナアルは「自分の邸にいつも棺を置いておき、自分がその中に入って、死人の振りをするのを好んだ」という。世紀末のパリの妓楼には「屍体の部屋」があったともいう。澁澤の言説が熱を帯びる。

「死者の転生という考え方も、ネクロフィリアを成立させるための重要な因子である」。ポーの『リジイア』は「前に死んだ最初の妻リジイア」が、「二度目の妻ロウィーナ姫の屍体に乗り移って蘇生する」。『モレラ』では「死んだ母親モレラが、彼女自身の生んだ娘のうちに転生する」。ポーは、「一人の女の死と再生のテーマ」に憑かれていた。『ベレニス』は、「男が自分の愛人の墓場に下りて行き、彼女の三十二枚の小さな白い歯を引き抜いて、小箱に入れておくという」話だ。マリー・ボナパルトのポーの分析を澁澤は読み、書きながら、ポーには、「死んだ妻の屍体を箱に入れて持ち歩くという」モチーフがポーの生涯を貫く象徴的な意味としてあるという。イメージの様態は、ポーが幼児期にみた「死の床に横たわった母のイメージ」である。ポーの苦悩が癒されるのは、「彼の愛する女が（ちょうど死んだ母のように）死ぬ時」に限られるというマリー・ボナパルトの意見を澁澤は首肯する。こうみてくると、エクリチュール化した「私」の「純粋思考」が、愛すべき澁澤の「私」性が死去、消滅するときに顕現するのも、この「純粋思考」は、澁澤の「私」性の観念をも指向対象の愛すべきオブジェとして捉えているからだということが了解できてくる。

ポーがこのとき、「近親相姦の苛責」から解放されるように、澁澤の「私」性と、エクリチュール化した「私」の「純粋思考」は、エロス的には近親相姦の関係であり、ヘルマフロディトスのままである。澁澤が読み、書くという言説化は、サドの自然と近親相姦の関係を続けながら、その後、分離してきたエクリチュール化した「私」の「純粋思考」であることが、「エロティシズムと死」の観念をみることでより鮮明になると言える。

「死んだ者しか愛することのできない者、想像世界においてしか愛の焔を燃やそうとしない者は、現実には愛の対象を必要とせず、対象の幻影だけで事足りるのだ」と澁澤はポーについていうが、これはそのまま、澁澤が「私」性を消滅させて顕現させた、エクリチュール化した「私」の「純粋思考」のことを述べているのだと捉えることができる。「純粋思考」は、「死んだ」観念のオブジェしか愛することができないし、それは「想像世界」で遊ぶ行為であり、運動である。もともとエクリチュール化した「私」の「純粋思考」には、現実の愛の対象など必要ではない。指向対象の観念のオブジェに対して近親相姦的にエロティックな運動をする「純粋思考」には、当然のことながら血など通ってはいないからだ。

ポーは、「わたしの異常な生活にあっては、感情は決して心から来ない。情欲はいつも頭から来る」といっていたという。澁澤は、ポーの愛、つまりエロスの観念は、「つねに孤絶的な欲望、他者を捨象して生きようとする、一つの絶対的な愛」だったとみる。ポーのネクロフィリアに、「精神的なオナニズムの色合い」をみるのも当然のことだろう。澁澤の「私」性の消滅による観念のオブジェ化。それを指向対象にするエクリチュール化した「私」の「純粋思考」もまた、遊びの精神が横溢しているが、それはネクロフィリアであり、精神的なオナニズムであると言える。

既に「愛の詩について」の項で少し挙げた、サドの獄中での肛門オナニーもまた、サドが繰り返し、飽きもせず描き続けた自然が君臨した小説世界を構築する運動であったことがここで了解できよう。『サド侯爵の手紙』では、肛門へ挿入された「円筒形をした金属のケースあるいはガラス瓶」の模造男根だけではなく、木製のものもあって、それは「長さ九プース、周囲八プース半、上から三プースのところを螺子《ねじ》で締めた、黒檀あるいは紫檀の容れ物」で、「一プースは約二・七センチ」であるから、これは「どえらい長さと太さの円筒」であると澁澤も書いている。肛門オナニーの快楽といっても、自ら模造男根のオブジェを挿入するサドの熱狂あるいは錯乱のサド＝マゾヒズムの行為は、自らを拷問にかけているのと同様の行為である。さらにサドは記録魔でもある。「一七七八年九月七日すなわちヴァンセンヌ入獄の日から一七八〇年十二月一日まで、ほぼ二年三ヵ月のあいだに、六千五百三十六回挿入した」と書いているという。これは「平均すれば一日約八回で、ほとんど朝から晩までオナニーしていた」ことになる。サドの肛門は鮮血淋漓だったことだろう。勿論、この身体的エロスの運動行為によって、サドの文学空間が創造されてくる。サドの自然に殉じた日常生活などは、誰一人真似のできるものではないが、澁澤はサドの創作の秘密を既に熟知し、自家薬籠中のものにしていたのだ。方法は違えても、「私」性を消滅させ、エクリチュール化した「私」の「純粋思考」へと止揚するエロスの錯乱は、言説化の錯乱と合一したものだと理解していたと思われる。

最後にネクロフィリアの例が羅列される。これもマリー・ボナパルトからの引用である。屍体を食べる、カニバリズムともイメージが重ねられるアルディッソンという男の話である。しかし、ここでも看過できないのは、澁澤の「私」性が消滅して顕現するエクリチュール化した「私」の「純粋思考」が、この男が「味覚も嗅覚」もなく、「舌の上に塩、硫酸キニーネなどを置いても、ぜんぜん無感覚」で、「腐った肉でも平気」で食べ、「手の甲を針」で刺しても、痛みを感じなかったという、人間の怪物性に自らを重ねて合一するところである。

六 「サド＝マゾヒズムについて」

「古代の愛の神々は、多くの場合、同時に死の神々でもあった」という一文から始まるサド＝マゾヒズムのエロスについては、「死とエロティシズム」の観念と通底する、「死と愛との関係、また苦痛と快楽との関係」のことである。「そもそも痙攣という言葉が、肉体的苦痛と、性的オルガスムとを同時に示す言葉」だと書く澁澤は、「私」性の消滅を実践するためには、痙攣する程の「肉体的苦痛と、性的オルガスム」をもたらす熱狂、錯乱行為が必要なのだと言っているのだ。エクリチュール化した「私」の「純粋思考」は、性的オルガスムの運動の連続であるから当然である。

澁澤は自らの「私」性の、エクリチュール化した「私」の「純粋思考」への止揚、離脱を、「真の愛の崇高さは、熱狂的な肉の接合によって初めて成就」され、「肉からの離脱」にあるという。サドが、獄中で模造男根を用いて肛門オナニーをし、苦痛に耐えながらも小説を創作することでエクスタシーに達してゆく様態がみえるようだ。

ジョルジュ・バタイユを読み、書く澁澤は、「愛は死を克服するために、死の形式を真似るのである。肉の痙攣は、一つの小さな死であり、苦痛のイメージの代替物」だという。「愛の肉体的条件」は、「同時に肉体の死と誕生」という自然のリズムをもつ。澁澤の言説は熱を帯びる。「愛の力とは、死を真似、死を乗り超えて、死の恐ろしい美しさを戦慄しつつ味わい得ることにほかならない」。エクリチュール化した「私」の「純粋思考」は、言葉によって再構築された観念のイメージを好む。これもまた、エクスタシーという観念の換言されたものであることがわかる。

「宗教上の禁欲主義」による苦行や拷問という「肉体的な苦痛が、エクスタシーのための補助的な手段として利用」されてきた事実の提示は、サドの自然やサドの肛門オナニーの実践に関する思考の同語反復である。エクスタシーとは「脱我」の謂である。澁澤の「私」性からの脱我が、エクリチュール化した「私」の「純粋思考」をさらに増幅し、持続させてゆく。

その一つの身体的エロスの様態が、苦痛が「完全な受動性、否定性としてでなく、逆に快楽と混り合った」ものとしてあらわれる場合を、「性病理学でサド＝マゾヒズム」と呼ぶというが、これはエクリチュール化した「私」の「純粋思考」の様態が、サドの自然、サドの肛門オナニーの実践を理解する澁澤の「私」性からの止揚による顕現であると捉えると、観念として統一されてくることが了解できる。

澁澤は、「激しいエロティックな衝動には、すべて一種の両極性反応（アンビヴァレンツ）を伴なうものだ」という。人は愛する存在の肯定とともに、「これを破壊したい、殺したい、我が物としたい、自己と同化したい、という思いに否応なく駆られる」ともいう。エクリチュール化した「私」の「純粋思考」が好む思考の回路が開かれる。そこにあるのは、幼児の遊戯であり、カニバリズムであり、サドの自然の観念である。澁澤は読み、書く。ダヌンツィオは「両性間の極端な憎悪こそ、愛の基礎である」といい、ボードレールは「残虐性と逸楽とは同じ感覚である」と言っているという。ともに熱狂、錯乱して創作をした文学者の言葉である。

エクリチュール化した「私」の「純粋思考」は疾駆する。澁澤がいう「愛する者を滅ぼし、これを食いつくしたいという欲求は、精神分析学における性器前的体制の第一段階、すなわち、口唇愛的体制もしくは食人者的体制の欲求と一致する」という精神分析学的な言説は、「純粋思考」が指向対象とするカニバリズムという観念のオブジェと合一することをいい、「愛する対象を食いたい」という幼児のエロス的欲望を言っていることになる。

この項で図版としてあるのは、「歯のあるヴァギナ」のアナロジカルなオヴィディウスの「変形譚」を基にしたラ・フォンテーヌの短篇集のための、グランヴィルのデッサンである。植物の変形よりも、爬虫類の怪物であろうか。呼応する澁澤の言説は、精神分析学用語「歯のあるヴァギナ」を恐怖する神経症者への言及で、不能原因の一つであり、去勢コンプレックスの一変種とされるが、エクリチュール化した「私」の「純粋思考」が好み、指向対象にしているのは、「歯のあるヴァギナ」というデッサンと呼応している言葉による観念のイメージの様態である。ボッシュやブリューゲルの「地獄図」の「大きく口をひらいた怪魚が人間を呑みこんでいる絵」をイメージとして想起する。なぜなら「純粋思考」は、「歯のあるヴァギナ」をもって人を食らうか、反対に「歯のあるヴァギナ」に食われて、ともにサド＝マゾヒズムの身体的エロスのエクスタシーに達すれば満足であるからだ。

「サディストもマゾヒストも、他者の苦痛あるいは残酷が自分に伝達」されなければ、「みずから快感を得るわけ」にはゆかない。エクリチュール化した「私」の「純粋思考」は、観念の再構築をする運動態である。サディストもマゾヒストとともに、「つねに閉ざされた幻想世界」に住む。繰り返しになるが、「彼らの快楽は怖ろしい孤独の快楽、オナニズム」の快楽である。勿論、幻想世界では他者との関係性もない。

澁澤は最後にサルトルのいうサディズムの観念を読み、「サディズムは、拷問を受けている者の自由を抹殺しようとするのではなくて、むしろ、この自由をして、拷問を受けている肉体に自由意志で同化するように強いる」ものだと提示する。エクリチュール化した「私」の「純粋思考」が好む、サルトルがいうサディズムは、サド＝マゾヒズムの観念そのものである。これはサドのサド＝

マゾヒズムのエロス的思考とも通底する。「犠牲者が自由を裏切る瞬間、犠牲者が屈服する瞬間こそ、快楽の瞬間である」。「純粋思考」がサディスト的であろうが、マゾヒスト的であろうが、これらがエロス的に交錯していようが、主体が客体の犠牲者と一体となって、「私」性の自由を放棄する瞬間にエクスタシーに達することは、言うまでもないことだ。澁澤の「私」性の消滅とは、犠牲者としての主体の自由を裏切る瞬間でもあり、止揚して主体となったエクリチュール化した「私」の「純粋思考」が、澁澤の「私」性を屈服させた瞬間でもある。こうして、エクリチュールの運動態で生まれるサド＝マゾヒズムの観念の「純粋思考」が、エクスタシーに達する様態が了解されてくるのである。

七　「ホモ・ビオロギクス（生物学的人間）」

澁澤が関心のあるのは、「人間の生命現象に対する科学的探求が、どこまで成果」をあげるかであるが、この項では「人間の誕生」に対しての科学的な観念の遊びの傾きがみられる。将来、「胎外発生あるいは貯蔵瓶妊娠による生殖の方法も、やがて一般に利用」されれば、女性は「気ままに性の快楽」にふけることも可能になるという。澁澤はまたここで、性の「快楽と生殖」との無関係性を強調する。「女神の帯について」の項で触れた、母と娼婦とを区別する思考と同一のものである。

澁澤は、「胎外発生の問題」も、エクリチュール化した「私」の「純粋思考」が好む「試験管のなかで人間の胎児をつくり育てる」、「魔術的な実験」であれば、胸が「わくわくする」という。ここに紹介されている、中世の錬金術師が蒸留器のなかから「小さな人間(ホムンクルス)」を造出したイメージと重ねられる実験を、「ヒューマニズムに挑戦する」実験だと批判しても意味がない。あくまでも澁澤は、エクリチュール化した「私」の「純粋思考」が好むものを言説化するだけだ。それもイメージが鮮明でなければならない。

例えば、「晴朗無上な、透明無比な、しかも怖ろしく非人間的な世界」で、「快楽を増進させるための、医療器具のような清潔な器械」が整備された部屋で、人間は、「すでに性のタブーは完全に撤去」され、「複雑きわまりない態位と技巧を凝らして乱交している」ユートピアこそ、「純粋思考」が夢見るものである。医療器具などのイメージに、拷問の道具のイメージを重ねれば、これはまた、サドの自然が君臨する文学空間そのものである。

八 「オナンの末裔たち」

澁澤はジャン・コクトーを読み、サルトルを読み、こう捉える。コクトーは「人間はどんな対象を相手にしても性行為が可能だ」といい、サルトルは「目の前に対象があろうとなかろうと性的欲望を達成することは可能だ」と言っているという。コクトーは「性的倒錯の弁護」、サルトルは

「対象不在の欲望」、つまりともにオナニズムという、エロスの観念の弁護となっている。勿論、性的倒錯はオナニズムとエロスの観念として重ねられるもので、澁澤はこの項では、エクリチュール化した「私」の「純粋思考」が好む、オナニズム文学としての「旧約聖書中のオナンの故事」や、アポリネールの『月の王』の物語という、言葉によるイメージの様態を示す。これは、澁澤の「私」性とエクリチュール化した「私」との関係もエロス的にみれば、性的倒錯であり、オナニズムの関係に他ならないということの提示でもある。「純粋思考」は、観念のオブジェを道具として用い、オナニーをしてエクスタシーに達していると言える。それが楽しくて仕方がないのである。

エクリチュール化した「私」の「純粋思考」が疾駆する思考であることは、既に述べたことだが、稲垣足穂の肛門オナニーの造語「自己媾合《こうごう》」を澁澤が紹介して、サドの肛門オナニーへの言及は当然の言説化の流れであるが、既にこれは「愛の詩について」の項と「優雅な屍体について」の項で触れているので繰り返さない。「純粋思考」が好むのは、サドにしても足穂にしても、「肛門領域のオナニー」という小児の自慰、少年のオナニーの行為によって、エロス的観念を探求して飽きることがなかったということだけである。

澁澤は、女性のオナニズムにおいても、「人造ペニス」について述べる。ただ、ここでは、サドの肛門オナニー用の模造男根のことを想起してほしい。男女を問わず、女性性器であろうが、肛門であろうが、挿入の主体的行為は、客体的行為の挿入される行為とのあいだで、弁証的止揚による合一がみられるということだ。サド＝マゾヒズムのエロス的行為とともに統一されなければならないのが、オナニズムの観念である。それはそのままそこに、澁澤の「私」性とエクリチュール化した「私」の「純粋思考」との、主客一体の合一ある瞬間のエクスタシーを確実なものとする、実践的な思考の運動がみられるということでもある。

九　「乳房について」

澁澤は、現代(六〇年代)の「製造されたエロティシズム、商品化されたエロティシズム」の「物神(フェティッシュ)をとらえる欲望」から、サドのような「人間の肉体を思うさま酷使した」作家の作品への立ち返りをいう。しかし、これはフェティシズムの対象を、ここに挙げているオートバイや皮ジャンパーよりも、女性の乳房に移行せよと述べているのではない。澁澤は、乳房を女性の肉体の一部とみるのではなく、乳房を独立したエロスの指向対象のオブジェとして、「物神をとらえる欲望」とするエロティシズムの観念と捉えている。澁澤の思考の源泉であるサドは、人間の肉体を観念の玩具にして、何度も言葉で構築し、破壊した作家ではないか。

乳房に関するイメージの様態が並べられるが、そのなかで、エクリチュール化した「私」の「純粋思考」が疾駆する思考、反復される思考であることの証左となる、中世のキリスト教の聖女「パレルモ生まれの聖女アガタ」の乳房という、エロスの指向対象のオブジェが紹介されている。既に『夢の宇宙誌』にある「世界の終りについて」の註の図版で示され、「純粋思考」は大いに快楽を味わっている。澁澤の言説化も、「アガタの恍惚の表情と、ヤットコをもつ二人の拷問者の真剣な表情に、乳房コンプレックスなどを知らぬ時代の健康さ(!)があると思うのは、わたしだけだろうか」と少し熱を帯びてはいるが、エクリチュール化した「私」の「純粋思考」が顕現するまでには至っていない。

十　「ドン・ジュアンの顔」

ドン・ジュアンの名を冠した「ドン・ジュアニズム」という精神分析学の用語があって、それは「持続的な対象選択への不適合性の、洗練された一形式」とみられているらしいが、澁澤は、そのドン・ジュアンを十七世紀以後フランスに輩出した、「自由思想家(リベルタン)」と捉える。エロス的には、「リベルタンは愛欲の世界において、ひたすら快楽を求める。肉欲を洗練させ、肉欲の対象たる女性を、単に一つの快楽の目的として眺める」人間をいう。「ドン・ジュアンは、幸福というものを信じない。なぜなら、幸福とは持続であり、快楽とは瞬間のエネルギーの消費にほかならないからだ」。

そして、エクリチュール化した「私」の「純粋思考」が好む、リベルタンで「神と絶対君主制の否定のために、最後の強力な一撃」を加えたサドが想起される。「純粋思考」がサドの思考と重ねられることは既に述べたことだが、その快楽は、「瞬間のエネルギーの消費」であることは言うまでもないが、他のリベルタンたちにみられる肉欲の指向対象が、サドの場合は、女性だけに限られてはいないことは重要である。否、サドの欲望、あるいは「純粋思考」の欲望は、実存する女性が欲望の対象ではない。サドの欲望は、多様な欲望の指向対象のひとつとしての人間も、自然を分節化したすべてのものと同等に捉え、観念として再構築したものと捉えるのだ。なぜなら、サドには、女性だけではない、男性をも含めて老若男女、すべてが殺戮される犠牲者にみえているからだ。つまりサドは、何度でも破壊し、再生が可能である、文学空間のなかでの犠牲者たちを欲望の指向対象としているのだ。エクリチュール化した「私」の「純粋思考」は、サドによって、「エロティシズムの歴史」が塗り替えられたことを自らのこととして、既に知っていたと言わねばならない。

ところで、この項は、ドン・ジュアンについて澁澤は述べているのだったが、「絶対の探求者にも似た」ドン・ジュアンを、澁澤はカザノヴァのような「陽気な漁色家」とは峻別する。ドン・ジュアンは、女性を性的欲望の対象にはしているが、「死と性的エクスタシー」や「シニシズム、絶対趣味」は手離さないからだ。

読み、書く澁澤は、ステファン・ツヴァイクの文章を引用して、ドン・ジュアンの快楽は、「脳髄から発するのだ。この魂のサディズム愛好者は、どの女を相手にした場合にも、恥ずかしめ、卑しめ、女性の本質そのものを傷つけることを望んでいるからである」という。他に六人の評論家の文章が紹介されているが割愛する。ただ、そのなかで、フェリシアン・マルソオの「ドン・ジュアンは徹底的に神の敵である」という言葉は看過できない。勿論、ドン・ジュアンの快楽のエロスが、

「脳髄から発する」もの、「魂のサディズム」、「神の敵」であるとは、サドの思考、あるいはエクリチュール化した「私」の「純粋思考」がエクスタシーに達するための観念であるからである。

十一　「『エドワルダ夫人』について」

ここに記されている『エドワルダ夫人』の謎の作者ピエール・アンジェリックとは、付記されているように、ジョルジュ・バタイユであったことはわかっているが、作者がわかったからといって、澁澤が言うように、小説『エドワルダ夫人』は、「ほとんど物語とも言えない物語」であることには変わりがない。それでも、その内容を澁澤は見事にこう述べている。「一人の男が街角で突然、ある官能的な悩ましさを感じ、はしご酒を飲んで泥酔して、エドワルダ夫人という神秘的な娼婦に会い、彼女とともに、夜のパリの街を夢遊病者のようにうろつくという、奇妙」な物語であると。

エクリチュール化した「私」の「純粋思考」は、「ある官能的な悩ましさ」、「泥酔」、あるいは指向対象の「神秘的な娼婦」、「夢遊病者」という言葉が、イメージが明確な指向対象の娼婦に収斂するエロスの観念によって明瞭になる、夢遊状態の官能性に反応する。内容そのものは、バタイユというオナニストの夢といってもよいもので、バタイユによる『エドワルダ夫人』序文にある通り、「愛欲と死とが栖の両面であって、この二つに係わる極端なエクスタシーの領域のみが、日常性から超脱した神聖の領域」であることを提示しているものだ。

「愛欲と死」というエロティシズムのエクスタシーの領域を、澁澤は「作者自身の一種の神秘的な体験」というが、作者自身のオナニズムの夢と称しても同じことだろう。エクリチュール化した「私」の「純粋思考」は、指向対象がエロティシズムの領域に移行する観念を何よりも好む。神秘的な体験でも、オナニストの夢でも多様な言説化によって、エクスタシーの持続を夢見ることができるからだ。澁澤が『エドワルダ夫人』のなかから抽出する、女性性器の表出である「生ま生ましい傷口」、あるいは、サルトルがバタイユの表出を捉えていう「人間の中の『裂け目』」という言説化は、「生ま生ましい傷口」では、エクリチュール化した「私」の「純粋思考」は、既に「サド＝マゾヒズムについて」の項にあった図版「歯のあるヴァギナ」をイメージしているはずだし、「人間の中の『裂け目』」では、死を伴なうゆえに、なおさら客体の指向対象の「裂け目」に主体の挿入行為が観念として、イメージされているはずだ。バタイユが言うように、死の瞬間にこそエクスタシーが保証されているからなおさらである。

十二　「玩具考」

既に澁澤は、『夢の宇宙誌』にある「玩具について」で、玩具については縦横に語っている。それを再びここで取り上げるにはわけがあるのだ。なぜなら澁澤は、この項では『夢の宇宙誌』にある「玩具について」の最後に少し触れられていたハンス・ベルメールの「関節人形」についてだけを語りたいからだ。図版も二葉。そして面白いのは、「玩具について」の項のところで既に指摘したが、「玩具について」にある「関節によって繋がった脚と胴体。胴を中心として、上半身も下半身も脚である。その伸びあがった脚のあいだから覗いている女の首。あるいは、そこに首がなくて、少女めいた陰部の溺孔が深く刳れている」という澁澤の言説化は、そこに載っていたハンス・ベルメールの「人形」の写真の説明ではなく、まさに、この「玩具考」の項にある図版の「関節人形」の二葉を説明しているものなのだ。澁澤の説明の文章と「関節人形」の図版までの時間的隔たり。しかし、呼応するものに時間や空間の隔たりなどは問題にならないのかもしれない。この澁澤の想起する言説化の既視感。これは、読み手だけが混乱するのではない。澁澤自身がハンス・ベルメールの関節人形に熱狂するゆえのエクリチュールの錯乱なのだ。

エクリチュール化した「私」の「純粋思考」は、澁澤の「私」性が熱狂、自己回転して錯乱状態を示すときに顕現する。一年間の時間的隔たりは、ハンス・ベルメールの関節人形の図版と澁澤の説明文の言説化にとっては何ものでもない。澁澤が関節人形を「芸術の正統から最も遠いものであり、玩具の無道徳、無倫理に最も近いものである」と繰り返し述べることも、「純粋思考」の好むところである。

ハンス・ベルメールの関節人形とは、もともと人形が保持していた「神聖や恐怖の感情」を現代に呼び戻すものだというのも既に了解していることだ。人形とはエロティシズムの指向対象の純血種なのだ。「純粋思考」がもともと「玩具を愛好する人間のナルシシズム」や、「オナニスト的気質の人間の嗜好」を好むのは言うまでもない。勿論、「玩具愛好、つまり『物体愛』は、まぎれもない肛門期的小児性愛の徴候」を提示する。

エクリチュール化した「私」の「純粋思考」は、もともとサドの肛門オナニーの実践から観念を再構築して生まれた、自然を源泉とした思考の運動態である。サドは小説において犠牲者だけではなく、主人公をも含めて登場人物のすべてを殺戮する。それは人間をまさに関節人形のように分解して、組み替えられるオブジェの総合様態だと考えているからである。ハンス・ベルメールが自ら創り出した人形の関節を分解して組み立てるとき、サド＝マゾヒズムの思考が全身を貫いていることは想像に難くない。

エクリチュール化した「私」の「純粋思考」は、観念の指向対象としての玩具に対して遊ぶ幼児と変わりがない。何度も繰り返して、それらを組み立て、また破壊する。観念もまた物体、オブジェだということも明瞭だ。「肛門期的小児性愛の徴候」をもつ者とは、サドのことではないか。観念というオブジェをエロスの対象として、繰り返しオナニーを始める、サドの肛門オナニーの激しさや回数を想起すれは、それは死に至る熱狂と錯乱の実践的行為が必要であることは当然だろう。そこに観念に対するエクスタシーのイメージの様態もみえてくる。

最後にある澁澤がいう「玩具とは、本質的に子供の領分に属するもの」だが、「玩具や人形を愛する大人」の「幼児型性格」は、「子供の世界の汎性欲主義」に通底するという言説は、熱狂とは程遠い。しかし、ホフマン、リラダン、ポーやボードレール、ジュール・ヴェルヌ、チャペック、ジョルジュ・メリエス、アルフレッド・ヒッチコック、谷崎潤一郎や江戸川乱歩、稲垣足穂や安部公房と内外の作家や詩人、映画監督までの、玩具愛好家の名前を列挙しているのは、エクリチュール化した「私」の「純粋思考」が好むところなのも忘れてはならない。「汎性欲主義」とは、指向対象が表出された名前だけでも羅列されることが重要なことなのだ。観念と遊ぶとは、羅列され、繰り返されるものに対して退屈しない、「肛門期的小児性愛」の気質をもつ、サドの自然のなかで遊ぶ澁澤の思考、及び「純粋思考」の運動の姿であるとも言えよう。

十三 「マンドラゴラについて」

「あとがき」によれば、この項だけが書きおろしであるという。勿論、それはよいとして、冒頭から「中世のあいだ大いに珍重された、ヨーロッパの有名な媚薬にマンドラゴラという植物がある。この植物にまつわる多くの奇怪な伝説を、以下にお話しよう」である。どこに「エロス」の解剖がなされるのか、半信半疑、紹介される「奇怪な伝説」を読んでゆくと、あのジャンヌ・ダルクがしばしば乳房のあいだにマンドラゴラを隠していて、彼女の予言の能力は、「マンドラゴラの魔法の力による結果だという」。また、マンドラゴラは「人間の声」を発したともいう。つまり、マンドラゴラは中世においては、「妖術信仰の歴史と密接」に結びついていたということがわかる。

こうして、有毒植物マンドラゴラの、妖術信仰との結びつきから、人々の恐怖心を澁澤は提示し、イメージの様態に入ってゆく。マンドラゴラは、その根が二股に分れていて、「しばしば男根のような突起物があったり、女陰のような裂け目」があった。声は「人間の声」を発したという。図版にある十四世紀の挿絵によると、裸体の男女が地中に逆立ちをした状態でマンドラゴラが生えている。「この植物の形体にエロティックな寓意」が込められ、「これを媚薬ないし強精催淫剤」として好んで利用されたという言説化になる。

エクリチュール化した「私」の「純粋思考」は、このようなエロティックな寓意が込められている言説が並べられるのには少しも飽きることなく、運動を開始することができる。

例えば、旧約聖書の「創世記」に登場する石女ラケルは、マンドラゴラを用いて首尾よく妊娠したという。それゆえに、十七世紀初めのロオランス・カトランによると、「マンドラゴラの根は、男の精液」そのもので、不能者がこれを服用すれば、めざましい効果を発揮したという寓意話に発展してゆく。

ところで、「マンドラゴラのふしぎな魔力に関する伝説」は、「地中から産する生きた物質」という事実が、「カバラ学者たちの聖書解釈」によれば、「神はアダムをエデンの楽園」から追放したとき、イヴとは絶対に会えないようにした。そこで「孤独のさびしさに堪えかねたアダム」は、イヴの肉体を想い、夢精をして、その「洩れたアダムの精液」が地に落ち、そこからマンドラゴラが生えてきたとするものなのだ。

澁澤は、ミルチャ・エリアーデの「祖型と反復」の理論をここで挙げているが、アダムの精液から生まれたマンドラゴラは、この澁澤の文章でも「模倣反復」されている。既に挙げたエクリチュール化した「私」の「純粋思考」が、名前の列挙を好むのと同様に、ここでも模倣反復に飽きずに、指向対象であるマンドラゴラの伝説を反復しているとみなければならない。

エロスの面からいえば、マンドラゴラの形態としての男根と女陰、あるいはアダムの精液から生えるマンドラゴラの伝説は、オナニズムや「死とエロティシズム」の観念を源泉とすることが了解できる。さらに、「マンドラゴラは、無実の罪によって処刑された、あわれな犠牲者の洩らす断末魔の射精から生ずる」という伝説などは、「死とエロティシズム」の思考を大いに刺激する。既に述べたことだが、「純粋思考」はエロティシズムを観念として捉えている。観念的なサド＝マゾヒストは、「無実の罪」によって処刑された犠牲者が射精した精液であれば、競って飲み込み、自らも射精するとともにエクスタシーに達することができるだろう。

それにしても、有毒植物マンドラゴラだけではなく、澁澤は、「世界各地に伝わる同じような人間＝植物、あるいは動物＝植物に関する伝説の例」まで挙げてゆく。その例は割愛するが、これこそ「純粋思考」が好み、飽きることがないエクリチュールの運動なのである。ただ、最後に澁澤が言うように、「マンドラゴラから植物＝人間」、「植物＝動物」まで、「すべてはわたしたちの未知なるものに対する好奇心、エキゾティシズム、空想力が産み出したところの、夢と幻想の精華」である。エクリチュール化した「私」の「純粋思考」が好むマンドラゴラから、植物＝人間、植物＝動物までという思考もまた、『夢の宇宙誌』で提示された「変身」が観念の指向対象であるとみてよいだろう。思考は、ここでも模倣反復されている。

さらに、植物の世界だけではなく、自然からエクリチュール化した「私」の「純粋思考」は、ここで澁澤がいう「欲望を満足させるべきイメージ」を入手するのを好むのである。これもまた、『夢の宇宙誌』で提示された「イメージの形態学」を愛好する思考である。ともに模倣反復されて思考の運動は持続してゆくというわけである。

第四章　胡桃の中の世界

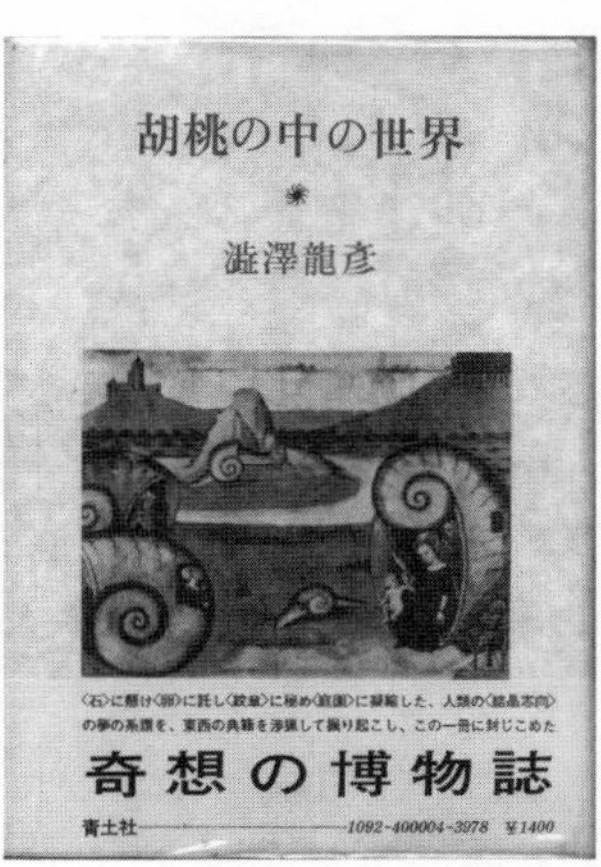
胡桃の中の世界
澁澤龍彦
奇想の博物誌
青土社
1092-400004-3978　¥1400

『胡桃の中の世界』（初版、青土社、一九七四年、装丁・著者自装）

『胡桃の中の世界』

『胡桃の中の世界』の「あとがき」によれば、澁澤は、『夢の宇宙誌』を上梓して以来、「いつかふたたび、同じようなテーマ、同じような書き方で一書をまとめてみたいと考えていた」という。そして『胡桃の中の世界』は、「この私の年来の望みを満たすことのできた、私にとっては幸福の星のもとに生まれたと言ってもよいような著書」だというのだ。これは澁澤が自ら熱狂すれば、エクリチュール化した「私」の「純粋思考」も顕現し易い澁澤会心のエッセー集ということになる。さらに続けて、「その内容から見て、私のリヴレスクな博物誌と名づけてもよかったろうし、あるいはまた、形象思考とか結晶愛好とかいった観点から、題名をつけてもよかった」といい、またもう一つの題名として、「私の神はミクロコスモスに宿らねばならぬ」というテーマ性から、「ミクロコスモス譜」というのも最後まで捨てがたかったという。つまり、これは「リヴレスクな博物誌」で、エクリチュール化した「私」の「純粋思考」が、帝王として君臨する「ミクロコスモス」の王国と捉えてよいということになる。

後年、文庫版「あとがき」にも澁澤は、「エッセーを書く楽しみをみずから味わいつつ、自分の好みの領域を気ままに飛びまわって、好みの書物から好みのテーマのみを拾いあつめるという、いわば贅沢きわまりない方法によって出来あがったのが本書」であると率直に述べている。「純粋思考」は、はやくもマンドラゴラのように、「人間の声」ではっきりと歓喜の声をあげている。

一 「石の夢」

八〇年代に入ってから澁澤には、『私のプリニウス』という「この古代の博物学者の厖大な著述を気ままに読みかじって、それに自分なりのコメント」(あとがき)をつけた本当に面白いエッセー集がある。澁澤がプリニウスを相手に遊び呆けてエクリチュール化した「私」の「純粋思考」も呆然とするばかりのエッセー集なのだが、この項は、その愛好の「プリニウスの『博物誌』全三十七巻のうち」から、澁澤が「最も好んで繙読する」最終巻「宝石」を読むところから始まる。「今日の忙しい世の中で、プリニウスに付き合うほど無用の暇つぶしに似た読書」はないと、澁澤は実に楽しくて仕方がないという風情で語る。この古代ローマの文人による「科学的真実とはほとんど全く縁のない、おびただしい雑然とした奇事異聞の寄せ集め」の記述に、「いちいち丹念」に付き合ってはいられないが、「それが無用であればあるだけ」澁澤は、「なにか秘密めいた読書の愉悦」をおぼえるところから、エクリチュール化した「私」の「純粋思考」も顕現することになる。

まず、「宝石」編の三つ目のエピソードに、これは図版と呼応するが、「絵のある石」の記述があるという。さっそく『和漢三才図会』の「馬脳」の項の引用があって、澁澤が言わんとするところは、「自然が石の表面に意味のある形象を描くわけはない」のだから、「これを意味のある形象として捉えるのは、もっぱら人間の想像力、いわば『類推の魔』であろう」というわけである。

イメージの様態としては、「絵のある石」とは、「石の誕生と同時に石の内部に封じこめられ、隠されていた形象」が、「偶然に表面に浮かびあがってきたもの」ということになる。まさにエクリチュール化した「私」の「純粋思考」が好む澁澤の捉え方で、ガストン・バシュラールの『大地と休息の夢想』を援用しているが、指向対象は、観念のオブジェとしてあっても、エロス的な「類推の魔」の力が作用してはじめてイメージの様態があらわれるので、澁澤が挙げるレオナルド・ダ・ヴィンチの『手記』にある自然の裡に、「山、河、岩、樹、野原、谷、丘」だけでなく、「戦闘の場面、人々の激しい動き、奇妙な顔の表情、服装」なども見出すことが、類推、「アナロジーの喜び」ということになる。それはマックス・エルンストのフロッタージュの技法やロールシャッハ・テストの図形から見出すイメージの様態に、「アナロジーの喜び」を感じるのと同様のものである。

つまり、「純粋思考」は、その指向対象をサドの自然、澁澤がいう「ミクロコスモス」の森羅万象であろうと、エロス的なものをアナロジー化してエクスタシーに達するのではなく、イメージが堅固なものであれば、すべての指向対象にエロティシズムを感じ取り、それらと合一、一体化してエクスタシーに達するということになる。

エクリチュール化した「私」の「純粋思考」は、澁澤が「私」性を消滅させてまで渉猟、蒐集したリヴレスクな指向対象の自然、ミクロコスモスの客体のオブジェを、まるで触ったものすべてを黄金に変えたという、ギリシア神話のミダス王のように、身体的エロスと観念の領域での合一をもって、エクスタシーに達することで、自然、ミクロコスモスを分節化してエロティシズムで染め上げることになる。これでは、澁澤が言説化することに飽きるわけがない。

「絵のある石」については、澁澤は、J・バルトルシャイティスの『錯覚、形態の伝説』、ロジェ・カイヨワの『石の書』を援用する。しかし、読み手はどこからがこれらの書物からの引用なのかはわからない。ただ、中世の石譜のなかで名高いレンヌの司教マルボードの『石譜』には、当然「東方の伝説と、聖書に基づいたキリスト教的伝統」の融和によるアナロジーがみられるが、ルネサンス以降、「絵のある石」のアナロジーは、「ますます奇怪な魔術的象徴の方向」への傾きをみせたという。そのなかで、「純粋思考」が好むのは、「当時における魔術的思考の隆盛ぶり」で、「石や鉱物は生きている」だとか、石が「地下で成長したり、病気になったり」しただとかという錬金術の思考である。

「絵のある石」は、十六世紀から十七世紀にかけて、記述及び分類が完成する。そのなかで、澁澤が好むスイス生まれのイエズス会士で、大博物学者アタナシウス・キルヒャーの『地下世界』にある「地球の断面図」の図版が紹介されている。呼応する言説は、キルヒャーの「自然界に奇蹟の効果をもたらすのは、つねに神の摂理」だする「神秘主義者」としての言説である。博物学の分類、つまり、自然の分節化をどのように思考し尽くすかという点だけに、澁澤の興味があることがわかる。

さて、列挙される指向対象は、「フィレンツェ大理石」である。これも十六世紀から十七世紀のころ、「贅沢な商品として、イタリアから全欧州」に売り出されたという。さらに、この「フィレンツェ大理石」に画家が、「人物や樹木や動物など」を描き加えて完全なものとしたという。澁澤でなくとも、マックス・エルンストのデカルコマニーを想起してしまうが、この「絵のある大理石」の再構築の自然化に対する澁澤の興味も、「純粋思考」が好むものである。

澁澤は、江戸期の石の蒐集家で名高い木内石亭、ノヴァーリスの師であった岩石水成説の鉱物学者アブラハム・ゴットロプ・ウェルネル、C・G・ユング、鎌倉期の学僧明恵と列挙して、「石や鉱物を愛好する精神」としての「ドイツ・ロマン派」について触れる。エクリチュール化した「私」の「純粋思考」が好むのは、彼らの「ルネサンス汎神論の伝統に沿った源泉への回帰」という思考がみられるところである。その思考は、石は指向対象として芸術の対象ではなく、「魔術の対象」と捉えているということである。「純粋思考」は、石を指向対象として再構築される「形態の伝説」、さらに、そこから生まれる「形而上学」による石というオブジェとの合一を提示しているとみなければならない。

このことの証左となるのが、最後に紹介されている「鷲石」から「長崎の魚石」までの石の表出である。まず、「鷲石」は、プリニウスの引用から、南方熊楠の『鷲石考』の参照となる。そして、「鷲石」とは、その「内部が中空になっている」石の一つで、ロジェ・カイヨワの『石』という本によれば、石の内部に水が入っているというイメージの様態だという。さらに、柳田國男の『日本の昔話』に出ている「長崎の魚石」の物語を澁澤は想起して、それは「木内石亭の『雲根誌』にも、さらに宋の『雲林石譜』にも、すでに『生魚石』の名で出ている古い説話」だという記述になる。

つまり、指向対象は自然を分節化した石である。それを澁澤は、内部が中空になったイメージの様態をもつ「鷲石」として捉え、その中空の内部のイメージの様態として水、カイヨワによれば「水以前の液体」としてみる。そしてさらにそこに、二匹の金魚が泳いでいるイメージの様態をもつ「長崎の魚石」や「生魚石」の伝説が提示されるということになる。この「純粋思考」のイメージの様態をもつ思考を、澁澤は引用して、バシュラールの「内面性と膨張の弁証法」、「大と小の弁証法」と称してもよいというが、エクリチュール化した「私」の「純粋思考」は、イメージの様態をもつ「内面性と膨張の弁証法」、「大と小の弁証法」の思考の運動が生じることで、指向対象に過ぎなかった客体としてのオブジェが、ここでは石となり、石と合一することで、汎神論的なエクスタシーに達しているとみることができるのである。

二 「プラトン立体」

この項で、エクリチュール化した「私」の「純粋思考」が指向するオブジェは、プラトンの『ティマイオス』に記述されている「プラトン立体」である。言い換えれば、「正多面体」という、「どの面も合同な正多角形で、どの頂点にも同じ数だけの面がついている凸多面体のこと」である。ただ、現実の「三次元の空間」では、図版にあるように、「正四面体(ピラミッド形)、正六面体(立方体)、正八面体、正十二面体、正二十面体の五種類で、どれにも外接球および内接球が存在する」。「ギリシア人の幾何学的精神は、これらの形体の美しい単純さ、完全なシンメトリーに魅せられたにちがいない」と澁澤はいうが、澁澤自身は、アンドレ・ピエール・ド・マンディアルグの『大理石』を翻訳してプラトン立体に興味をもったことを述べているところから、『大理石』の表出における「イタリアの或る湖中に浮かぶ無人の島」で発見される、「五個の美しいプラトン立体のモニュメント」が、「月光を浴びると黄金色に染め出され、しかもガラスの塊りのように透明になる」というイメージの様態は、プラトン立体が、エクリチュール化した「私」の「純粋思考」の指向対象のオブジェとして捉えられているとみてよいだろう。

特に、プラトン立体のなかでも、ルネ・ユイグがいう「経済の法則」に照らしても、「自然の経済観念がそのまま凝り固まったような」正四面体は、「球体が、一定の表面積をもつ物体の最大の容積」をあらわすのとは反対に、「最小の容積をあらわしている」。つまり、「純粋思考」の「内面性と膨張の弁証法」、「大と小の弁証法」というイメージの様態でみれば、「球体は膨張のイメージ」と結びつき、「四面体は凝縮のイメージ」と結びついているということになる。

ここで当然、「純粋思考」は、普通、人々が容易に想像しがたい「表面が十二の正五角形から成っている十二面体と、二十の正三角形から成っている二十面体」に向かうことになる。十二面体と二十面体は、「幾何学者の純粋な思考」から導き出されたものか、「技術者の経験」から生まれたものか、それとも、「自然界に何らかのモデルが存在」したものなのか。

澁澤は、この三つの説から何か一つの解答を提示しようとしているのではないが、プラトン立体は、「最近の学者たちの意見」では、「プラトン・アカデメイアの数学者テアイテトスによって、純理論的に発見された」、つまり「イデア」の産物であるという考え方と、澁澤には捨てがたいのであろう、「自然界には、人間の想像し得る一切のもののモデルが内在している」という見解を推している。「純粋思考」がプラトン立体というイメージの様態と合一する運動態であることを考えると、やはり、汎神論的な感動を生む自然界からの発見の方が澁澤の好みだろうか。

とまれ、澁澤自身の記述は、プラトンが『ティマイオス』で、テアイテトスの「立体幾何学上の発見」を「宇宙論を構築」するために巧みに利用した話に戻る。プラトンは、「宇宙を構成する四元素を、四つの正多面体に対応させ、火は四面体から、空気は八面体から、水は二十面体から、土は立方体から、それぞれ出来ているもの」とイメージの様態によるアナロジーで考えたという。ただ、プラトン自身は、むしろ「完全な宇宙を球形」とみなしていたようだが、こうした「宇宙の無秩序」をギリシア人が「何よりも愛好する幾何学の原理」によって、秩序立てるイメージの様態をもった思考は、「プラトンの長年の友人であった」エウドクソスの、「美しく結晶した鉱物」に幾何学の原理を見出した思考と通底するものである。

だから、プラトン哲学は、ルネサンス期に復活して、プラトン立体も、「魔術的価値を賦与」されたというのも首肯できるのである。その一つの成果が、十六世紀末に天文学のために、プラトン立体を役立たせようと夢想したヨハネス・ケプラーの「宇宙モデル」であるという。これは図版がある。呼応する記述は、宇宙のイメージの様態を「いちばん大きい外側の立方体から、四面体、十二面体、二十面体、八面体という具合に順次に並べ、立方体の外接球が土星の軌道、立方体の内接球(それは同時に四面体の外接球でもある)が木星の軌道、四面体の内接球(同時に十二面体の外接球)が火星の軌道……という具合に決定して行く」という言説化である。この方法と理論は、ケプラーの『宇宙の神秘』から引用されている記述の方が詳細だが、割愛する。エクリチュール化した「私」の「純粋思考」は、このようなイメージの様態が堅固なオブジェに指向する言説化の繰返しに倦むことはないが、澁澤の言説化で明瞭にわかるように、ケプラーの宇宙モデルもまた、プラトン立体を外接球と内接球とで結びつけながら、「純粋思考」が好む「内面性と膨張の弁証法」、「大と小の弁証法」が内側へも外側へも無限に運動してゆくイメージの様態であるということがわかる。

さて、次に澁澤がプラトン立体のイメージの様態として挙げるのは、「錬金術の象徴」としての「日時計」である。その「プラトン立体を応用した日時計」である、十七世紀に建造された「エディンバラの二十面体の日時計」は、「石材を正二十面体に切った幾何学的な日時計で、その各面は半球状に凹まされ、凹んだ半球内に示影針(グノーモン)や、いろいろな装飾的彫刻が彫りこまれている」という。澁澤は勿論、ここに「エディンバラの二十面体の日時計」の象徴を、「日時計の二十面体は、実際的な時計の効用を有するとともに、またグノーシス的な錬金術の奥義に近づくための、秘密の鍵をあらわしてもいる」とみる。

「ギリシアにおける日時計の古称」である「グノモーン」は語源的には、「グノーシス（知識）」や「グノーム（地中の精）」と同様「隠された知識や秘伝を意味」することから、「正二十面体は、プラトンの『ティマイオス』においては水の元素であったが、エディンバラの錬金術的な日時計においては、未知なる結晶であり、『知恵の塩』であり、具象化された精霊もしくは火」なのである。

エクリチュール化した「私」の「純粋思考」は、正二十面体をイメージの様態として「結晶」とみる。つまり、正二十面体は、「物質でもなければ物質の性質でもなく、いわば物質の形式」であると考えられるからだ。「塩は運動であり、中間項であり、物質を結合させる媒介となる」ものだ。「純粋思考」の、この項における正二十面体は、「純粋思考」の指向対象の一つのオブジェで、「物質の形式」に過ぎない。澁澤がいう運動態としての「塩」とは、「純粋思考」の指向対象へ向かう運動態のことである。合一すれば、澁澤が言うように、錬金術師が思考したように、「塩と結晶とは同義」であろうし、それは錬金術における「賢者の石」であるということになろう。

エクリチュール化した「私」の「純粋思考」は、繰り返し同様のイメージの様態をみせるのだが、「純粋思考」が指向対象とするものが、物質の形式ゆえに、多様なイメージの様態であることは重要である。澁澤は、分子生物学者のジャック・モノーの『偶然と必然』を読み、書きながら、「結晶構造の反自然的な規則性」を提示する。つまり、「結晶とは、目に見える自然のなかの最も反自然的なもの」であって、「古来、多くの哲学者や錬金術師や、神秘主義者やユートピスト」が、結晶を「何よりも貴重」としてきたと澁澤はいうのである。言い換えれば、「自然の不定形や猥雑さ」、自然の多様な様態を嫌悪した彼らは、「自然の産物にはとても見えないような純粋に幾何学的な形体、つまり結晶」を抽出したのだというわけである。

澁澤は、最初のユートピストというべきプラトンの『クリティアス』のなかにある、「アトランティスの島から産する神秘な貴金属オレイカルコス」も、「一種の結晶」だったのではないかという。続けて、フランシス・ベーコンの『新アトランティス』にある「ベンサレム島の学者」が乗ったという「西洋杉と水晶の駕籠」の「水晶」、さらにはカンパネルラやヴァレンティン・アンドレーエなどの「ルネサンス期の神秘主義的ユートピストの描き出した、厳密に幾何学的な建築や都市構造そのもの」も、「いわば結晶のアナロジー」という。加えて、J・G・バラードの『結晶世界』の「アンティ・ユートピア」をも挙げている。

澁澤の結晶に対しての言説化の熱狂ぶりを察知していただきたい。エクリチュール化した「私」の「純粋思考」の顕現がみられるのもここからだ。「結晶こそは最も反自然的な自然の物質、つまり、最もユートピア的な物質」なのだ。結晶は、「地球上に元素がある限り、無限に再生産が可能」なのだ。イメージの様態としても、「美しく、硬く、しばしば透明で、老朽や凋落を知らず、原初の単純性を固持して、時の腐蝕によく耐えている」。何よりも結晶は、「その構造と実質、その形式と内容」とが完全に一致している。

既に述べたことだが、「純粋思考」が捉える自然、それはサドが捉える自然と同じものであり、澁澤が『神聖受胎』で述べていたこととも通底するのだが、澁澤がいう結晶は、構造と実質、形式と内容の合一化なのである。澁澤の結晶に対する「私」性の熱狂は、この合一のときに生じる、身体的エロスのエクスタシーと区別がつかないものと捉えることができる。しかし、澁澤の「私」性の消滅によって顕現する「純粋思考」は、この合一の直前の関係をこそみている。つまり、自然は当然無定形、構造も形式も規則性もない。そこに構造、あるいは形式というエクリチュール化した「私」の「純粋思考」が指向対象を定めたとき、実質あるいは内容は、そのときになってはじめて、実質あるいは内容として結晶化する。澁澤は、「古来、多くのユートピストや神秘哲学者が結晶を愛好してきたのは、彼らが無意識の直観によって、物質の究極の構造を透視していたからだ」というが、自らの結晶愛好の言説化の構造分析には気づかなかったということだろうか。否、澁澤には、あくまでも「物質の究極の構造」、つまり、結晶のイメージの様態を好む思考だけが運動するのだ。「純粋思考」を抽出する必要もなかったということになる。

最後に、澁澤は再び、プリニウスの『博物誌』を引用して、水晶の「六角の面」の構成、形の優位性を強調する。近代とともに、宝石においても「色よりも形の優位性」が目立つようになったという。「多くの科学や芸術は、形に対する偏執」から始まった。十八世紀から二十世紀と「結晶学」の「恐るべき進歩」をいうが、並べられるのは、結晶讃美の引用の言説化である。ジョン・ラスキンの『塵の倫理』、ハーバート・リードのユートピア小説『グリーン・チャイルド』、そしてアンドレ・ブルトンの『狂気の愛』。『狂気の愛』から、「結晶から得られる以上の有機的な教訓があろうとは思われない。芸術作品といえども、もしそれがあらゆる外面および内面に、結晶の硬さ、厳しさ、規則正しさ、そして光輝を示し得ないならば、いかに重大な意義のある人生でも断片では駄目なのと同様、価値を失うのではないかと私は思う」が引用されている。

澁澤が言うように、「美的な結晶愛は、明らかに倫理的要素と不可分」に結びついたが、「純粋思考」がイメージの様態として結晶化が最も了解し易いということは、多様な指向対象に対して構造、形式、規則性をもって「純粋思考」が指向すれば、結晶が最も再構築し易く、そういう堅固な構造、形式、規則性をもつ結晶世界に君臨する帝王としての澁澤の「私」性からの止揚、顕現が容易だということだ。そしてそれは、自らの観念の世界におけることではあるが、「倫理的要求」とも不可分であっても何も問題がないということになる。「純粋思考」が遊び続けたいのは、身体的エロスによるエクスタシーの無限の反復を味わい尽くしたいからだ。それはまた、イメージの様態にはならぬ運動態でもある。エクリチュール化した「私」の「純粋思考」が、堅固な結晶化した構造、形式、規則性に支えられてこそ抽出できることは言を俟たないことである。

三　「螺旋について」

ダンテの地獄界の断面図は、「漏斗状をなした巨大な一個の穴であって、入り口は地表に接し、底は地球の中心」に達している。さらに、ダンテは「逆円錐形をなした地獄の穴の底に、あたかもダブル・イメージのように、バベルの塔」の幻影のイメージの様態をみていたという。しかし、この「円錐形の宇宙」というイメージの様態が明確な思考は、ダンテのものではなく、ラテン末期の文人マクロビウスの『スキピオの夢』の注釈のなかに見出されるものであるという、ゲオルク・ラブーゼの意見を澁澤は挙げている。

ただ、「石の夢」の項でもそうだったが、澁澤がこの項で取り上げたいのは、「円錐形の宇宙」に通底する「内部が空洞になっている円形劇場(アムピテアトルム)のイメージ」の様態である。さらに、澁澤はダブル・イメージとしてそこに、「虚としての塔」、あるいは「物寂しい廃墟のイメージ」を重ねる。それは、図版にジョヴァンニ・バティスタ・ピラネージの「空想の牢獄」第七番を挙げているところからみて、十八世紀の中葉から流行しはじめたゴシック趣味の「廃墟美への憧憬に基礎を置いた」イメージの様態と捉えてよいだろう。

ここから一気に、澁澤の言説は空洞の内部に向かう。図版と呼応しながら、ピラネージの「牢獄」を、「いかなる時代のいかなる現実の牢獄にも似ておらず、一個の悪夢のなかの牢獄」としか言いようがないもので、「途方もなく広大な内部の空間をふくんだ建造物」は、現実にはあり得ない。「しかもその広大な内部の空間が、完全に密閉されている」という。しかし、すぐこれは「悪夢のなかの牢獄」というよりも、「密閉されたまま無限に膨張する、むしろ悪夢という名の牢獄」だ、と澁澤によって言い直されている。これこそ「石の夢」の項で、エクリチュール化した「私」

の「純粋思考」が好む「内面性と膨張の弁証法」、「大と小の弁証法」の思考のイメージの様態そのものではないか。「純粋思考」は、自らが好む指向対象を渉猟しては提示してゆく運動態であることがよくわかるところである。

澁澤は、ド・クインシーを援用しながら、ピラネージが描く「悪夢という名の牢獄」は、「果てしない上昇、永遠の反復という恐怖である。この牢獄の巨大な内部には、一切の方向性というものが欠けていて、私たちはどこに向って歩き出そうとも、その限界に到達するということが決してないのである。どこへ行っても、同じ廊下、同じ階段、同じ手すり、同じアーケードが無限に長く伸びているだけなのである」。「画面に見える階段や橋は、どこから始まって、どこで終っているのか、少しも分らない」。闇から闇へ、遠近も定かではない。そもそも、「この巨大な牢獄の空間は内部なのか外部なのか、それさえ判然」とはしない。澁澤は、このような「ピラネージ的空間は、明らかに私たちの迷宮体験」と同じものだというが、この澁澤の言説化の熱狂は、エクリチュール化した「私」の「純粋思考」を顕現させる。

「純粋思考」は、澁澤の「私」性の思考よりも、指向対象と思考の運動態とを腑分けする。ピラネージの「悪夢という名の牢獄」のイメージの様態こそ、サドの捉えた自然という指向対象の無限化する全体像である。「内面性と膨張の弁証法」、「大と小の弁証法」の思考が作動する要因となるものだ。澁澤がいう迷宮体験とは、まさに自然を前にしたときの「純粋思考」が顕現するための始動のエネルギーを必要とする。「純粋思考」は、指向対象が「果てしない上昇」の弁証法の運動を繰り返し、「永遠の反復」をしても問題にはしない。まず、「ピラネージ的空間」は無定形であるから、方向性さえ見出せない。勿論、限界に到達することもできない。反復されるイメージの様態は続くが、無限なのだから、「純粋思考」も反復する無限の運動態でなければならない。その原動力が、幼児的性愛を保持するものの遊びであるからだ。ただ、身体的エロスと区別がつかないエクスタシーを何度も味わうことを知悉している「純粋思考」だけが、指向対象の「内面性と膨張の弁証法」、「大と小の弁証法」を湛えた「悪夢という名の牢獄」という自然に、澁澤によって用意された、澁澤が好む堅固な構造、形式、規則性の、身体的エロスのアナロジカルな男根を挿入しては、エクスタシーに達するまで反復運動を繰り返すのである

澁澤が堅固な構造、形式、規則性を好み、汎神論的なエロティシズムを展開するのも、澁澤の「私」性が消滅して顕現するエクリチュール化した「私」の「純粋思考」が無定形で無限の自然と合一したいからだ。自然という反復しているものに少しも飽きないからだ。澁澤が対峙しているのは、たとえそれがリヴレスクな博物から渉猟されたものであろうとも、自然そのものに違いない。それを指向対象として嬉々として遊びまわるのは、疲れを知らぬ「純粋思考」である。ヴィリエ・ド・リラダン『アクセル』の主人公アクセル・ドーエルスペールの第四幕の台詞をもじれば、「疲れ？　そんなことは下僕どもがやってくれるさ」である。

澁澤は、ユルスナールの、ピラネージが他の多くのバロックやロマン派の画家たちのように、「建築物の威厳と人間の気高さとを調和させようとは決して試みなかった」という言葉を引用して

いるが、「ここでは人間の卑小」さは決定的で、「人間の生を嘲笑するかのごとき」イメージの様態である。澁澤は、ここから想起してスウィフトやヴォルテールを挙げるのだが、エクリチュール化した「私」の「純粋思考」は、疾駆する思考である。「人工的でありながら不吉な現実的世界、密室恐怖症的でありながら誇大妄想狂的な世界」とユルスナールを引用している澁澤の言説から、「監禁と拷問という強迫観念」のイメージの様態をもつサドの小説世界が想起されてくる。

勿論、サドの文学空間だけではない。先に挙げた、ダンテの「漏斗状の地獄」、「ピラネージ的空間」という一つの迷宮も、「いわば幾何学的構成の迷宮である」ことに変わりはない。それはなぜか。「純粋思考」は、もともと無定形で無限なる自然を指向対象にしたときには、「幾何学的構成」のイメージの様態によって運動を開始する思考だからである。

ピラネージ的空間から受けた「眩暈のするような感覚」から澁澤は、螺旋というイメージの様態を想起する。ジャン・ルーセの『フランス・バロック期の文学』から、「螺旋はバロックの気に入りの描線の一つ」で、そのイメージの様態は「ゆるんで行くぜんまいであり、終りなき運動、運動のための運動である。視線は螺旋の流れを追おうとすると、つねにより遠くへ遠くへと誘われて、いかなる停止点をも見出し得ない」ものだと引用して、「迷宮としてのピラネージ的空間とは、バロック的空間の一種だった」という。ジャン・ルーセがいう螺旋が、指向対象とする自然の無定形さ、無限の膨張と通底する「終りなき運動、運動のための運動」というイメージの様態に、澁澤が言説化によって熱を帯びてきているのがわかる。ジャン・ルーセがいう「螺旋の流れ」が「いかなる停止点をも見出し得ない」ものだとは、まさにサドが捉えた自然であり、澁澤が「私」性を消滅させてまで「純粋思考」の合一すべき源泉としたもののイメージの様態である。

それはバロックのイメージの様態にも通底する。バロックは、「装飾において何よりも、自由な曲線、蛇行する曲線、渦巻曲線を偏愛する。バロックは変化するもの、運動するもの、持続するものを好む。ところで螺旋は、一方では中心に向って無限に収縮し、他方では外縁に向って無限に拡張する。二つの無限のあいだで永遠に顫動している持続そのもの、終りなき運動そのものなのだ」と澁澤はいう。

ジャン・ルーセよりも、バロックのイメージの様態である螺旋に熱狂する澁澤は、螺旋の運動態を、「石の夢」の項で挙げていた「内面性と膨張の弁証法」、「大と小の弁証法」の観念を用いて、この項では、収縮と拡張という二つの方向への無限の運動態とみる。エクリチュール化した「私」の「純粋思考」が顕現するのはここからだ。何よりも「純粋思考」は自らが「終りなき運動」態である。まして、先に挙げたマクロビウスは、「宇宙が堕落によって、神聖な球形から円錐形に移行する」と捉えていたというが、「この円錐形を螺旋」に置き換えてみれば、「完全なる神の世界秩序からの下降」という歴史のデカダンスとみなす進行の考え方も、螺旋のイメージの様態によって、「無限の再生を保証する」ことになる。

ただ、「純粋思考」が好む「内面性と膨張の弁証法」的、「大と小の弁証法」的に無限に収縮、拡張を持続させる運動態とは、生命そのものであるとも言える。図版に、ゲーテが『植物の螺旋的傾向』に関する覚書に載せているものがあるが、それは、まさに「生命の本質は不断の持続であり、変化であり、流動である」ことを明示しているものである。

しかし、エクリチュール化した「私」の「純粋思考」は、自ら遊び続けたい、運動態としてあり続けたいから、生命に対しては興味がない。むしろ、「生物における螺旋の最も見事」なイメージの様態として、「アンモン貝の貝殻」の螺旋形態を示す。それも、ガストン・バシュラールが『空間の詩学』で感嘆した「対数渦巻の軸を出発点として、その家をつくる」アンモン貝である。澁澤も同様で、バロックの螺旋のイメージの様態に「生の運動」だけではなく、「不安や恐怖」をもみている。

「近代心理学にとっては、螺旋は『個別化の過程』と結びついたイメージである。しばしば下降の形で表わされる螺旋的な探求は、人間の生命がもうこれ以上、若さの発展をつづけることができないという、ぎりぎりの限界点を意味している」と澁澤はいう。当然だろう。「前進的な力が枯渇し衰えたとき、生命はなおも存続しようとするならば、それ自身の深さのなかに潜入する以外にない」からだ。勿論、この澁澤の言説化も、螺旋のイメージが無限の収縮と拡張を繰り返す、無限の運動態であるという思考がみられるが、「人間の再生は、以前の存在の一部を死なしめることによってしか、可能とはならない」という思考は、人間もサドが捉える自然の一部に過ぎないという「純粋思考」と区別がつかないものだが、エクリチュール化した「私」の「純粋思考」は、もっと徹底して人間の生命という観念を排除する。「純粋思考」は、澁澤の「人間」という観念を消滅させる思考である。だから、人間の「ふたたび生きるために死ぬこと、もっぱら復活のための死」という思考は、自然にそのまま投げ返すことになる。勿論、澁澤はここでは、近代心理学が捉える螺旋の言説化だから、人間に限定しているわけで、後は「純粋思考」が好む螺旋についての観念が列挙されるだけである。

まず、ユングにとって螺旋とは、あらゆる「内的進化」が選ぶ形式だったという。これは、ユングの弟子のC・A・マイヤーの報告だが、「自動遊行症」に罹った若い女性の例も、「迷宮体験を考察する上に欠くことのできぬもの」である。この女性の悪夢の体験によって、ケレーニイが「迷宮と舞踊に関する自己の理論を補強している」という。次は、ケレーニイの『迷宮の研究』から、「予言のために用いられた犠牲獣の、螺旋状の内臓の描写を示しているバビロニアの粘土板」の一例を澁澤は引用している。古代にあっては、「死の世界への潜入」は「冥府への降下」とみなされ、「螺旋は冥府の建築そのものを表現している」とケレーニイはいう。澁澤は、「ペルセポネーの神話」や、「ギリシア以外の文明の似たような神話」からも、「若い娘の冥府降下が舞踊化されている」地方では、その舞踊の形態が螺旋なのだという。イメージの様態として、「螺旋は、中心の井戸をめぐる九つの舞踊の輪によって表現される」というのだ。

「ダイダロスの神話」も螺旋のイメージの様態である。そこから柳田國男の『蝸牛考』に向かう。「日本でも蝸牛と螺旋とは密接な関係があって、たとえば祭礼の日、神社に従属して神態の舞いを舞う職業の者をも同じく『舞い舞い』と称した」という。澁澤は同じような例として、コルシカ島やフランスのプロヴァンス地方の葬礼の日の、「職業的な泣き女や弔歌を歌う女ら」が、螺旋を描きながら踊る「カラゴラス(蝸牛の意)」を紹介している。

エクリチュール化した「私」の「純粋思考」が好むからだろうか。「螺旋の道によって象徴された深淵への降下は、おそらく中心の探求であろう。それは自己の探求、あるいは宇宙感覚の探求と言い変えても差支えあるまい。この探求は、ほとんどつねに死を含み、この死は、ほとんどつねに再生を伴うのである。だから螺旋は、死と再生を実現しながら、たえず更新される人間精神の活力の表現である」と澁澤は最後に繰り返す。

しかし、「純粋思考」は、螺旋のイメージの様態を、図版にあった「オウム貝の殻とカタツムリの化石」と捉えている。それらに合一する思考は、人間の死はともかく、決して人間の再生の実現など望んではいない。ただ、確かに澁澤は繰り返しているが、ここではあくまでも「たえず更新される」のは、「人間精神の活力の表現」なのだ。読み間違えてはいけない。エクリチュール化した「私」の「純粋思考」は、澁澤の「私」性、人間性が消滅したのちに、運動するものだ。澁澤が言説化する「たえず更新される人間精神」とは、「純粋思考」のことである。螺旋のイメージの様態は、収縮と拡張の運動を無限に続ける「純粋思考」に他ならないからだ。

四　「幾何学とエロス」

アンドレ・ピエール・ド・マンディアルグの評論集『月時計』所収の「パレルモの舞踏会」からの一文を引用して、澁澤はまず、「透明な秩序の支配する幾何学的空間と、そこで展開される暴力的な愛欲の残酷劇といった」マンディアルグのテーマがもつイメージの様態の愛好をいう。さらに、「こういったイメージを愛することにかけては人後に落ちない者だ」と澁澤は断言している。なぜなら、このマンディアルグの言説は、「古典主義的な幾何学の抽象性と、バロック的な情念の白熱とを一つに結びつける」思考のことだからである。

澁澤はそこに、十五世紀ドイツの神秘主義哲学者であるニコラウス・クサーヌスの「相反するものの一致(コインシデンティア・オッポシトルム)」のイメージの様態をみるからだ。そして、そのイメージの様態として、「その内部でめらめらと火が燃えている、冷たいガラスの結晶体のようなもの」、あるいは「殺戮と流血の熱狂と興奮で内部から爆発しそうになった、円形劇場のような巨大な石造建築物」を想像してほしいという。しかし、既にこの「相反するものの一致」という観念は、『夢の宇宙誌』にある「アンドロギュヌスについて」の項でみた、澁澤の思考としてある「反対物の統一」あるいは「結合」のイメージの様態と同じものである、アンドロギュヌスから、宇宙の発生までを包含する思考として、エクリチュール化した「私」の「純粋思考」も熱狂していたものである。勿論、澁澤が挙げる「相反するものの一致」のイメージの様態からは、既にみてきたサドの文学空間から、「世界の終り」、プラトン立体、螺旋の観念が、もうあらわれている。

ただこの項では、澁澤は、「十五世紀および十六世紀」の「都市の広場」に、「幾何学的空間」と「感覚の狂乱」の「相反するものの一致」をみる。その一つである祝祭空間にあるオブジェが登場する。「回転木馬」である。これは、「いわばシンメトリックな動く円形プラン」だと澁澤はいう。しかし、これも既に、『夢の宇宙誌』にある「玩具について」の項の註で、ガストン・バシュラールが、貝殻の形態を「回転する生の飛躍」という観念のイメージの様態として挙げていたものである。澁澤は、シャステルの『ロレンツォ豪華王時代におけるフィレンツェの芸術とユマニスム』を読み、書きながら、そこに「ルネサンスの祝祭とマニエリスム精神とのあいだ」の一致だけではなく、澁澤の好む「相反するものの一致」というイメージの様態をもみていると捉えなければならない。

澁澤は、この項の後半で、「相反するものの一致」の思考による、「ルネサンスの幾何学的な都市と祝祭との関係」は、「必ずしも都市のような広大な空間」を必要としないという。「ユングの弟子のアニエラ・ヤッフェは、中世の都市が曼荼羅式のプランの上に建てられていることに注目しているが、そもそも曼荼羅とは、世界の縮図としての幾何学的投影であり、一種の宇宙図にほかならない」という。これもまた、既に挙げた「内面性と膨張の弁証法」、「大と小の弁証法」の思考である。澁澤のイメージの様態を欲する思考は、曼荼羅から、「インドのタントラ教の一派」の曼荼羅の上での「男女交合の密儀（マイトフナ）」までを想起しているからだ。さらに、「哲学の卵」とか、「科学の結婚」といった錬金術特有のシンボリズムも、「要するに密閉された、厳密な幾何学の法則に従った場所で行われる」のであれば、「相反するものの一致」の思考のイメージの様態とみるのである。

次に澁澤は、都市計画にも尽力した、「サド侯爵より四年早く生まれた」フランスの建築家クロード・ニコラ・ルドゥーの思考の裡にある「相反するものの一致」のイメージの様態をみてゆく。図版は、「耕地監視人の家」と「その断面」図だが、一目瞭然、ルドゥーの建築物は、「立方体や円柱を主とした、純粋な幾何学的形態への偏愛」がみられる。勿論、それでいてルドゥーには、「バロック的気質」もみられ、まさにここにも「純粋幾何学とバロック」との統一、つまり「相反するものの一致」の思考を認めることができる。

ルドゥーが思考した建築物の「純粋幾何学」のイメージの様態も、「度が過ぎればバロックになるという一つの証拠」である。それを、美術史家のルイ・レオーが露骨にも「建築の畸形学」と称したことを澁澤は挙げているが、この畸形のイメージは、澁澤、及び「純粋思考」の自然に対する汎神論的捉え方とは相反する。なぜなら、自然界にはもともと畸形は存在しないからだ。

では、ルドゥーの「耕地監視人の家」の畸形性とは、一体どのようなものだったのか。澁澤は、「いわば宇宙船が着陸して、大地とただ一点で接し、わきにデッキをひろげたような形」だったとゼードルマイヤーの言説を引用している。このような「大地をその基礎として認めることを否定した」反建築的な建築は、建築家が「何かの理念のために、その作品を従属」させているものと捉えられる。

ただ、このルドゥーの畸形性はそのまま、「純粋思考」の指向対象へと向かう運動態の純粋性と重ねられるものである。なぜなら、指向対象は、「純粋思考」が指向しない限り、無定形のままであらわれはしないからだ。「純粋思考」の場合は、その思考の運動態のエネルギーが、身体的エロスがエクスタシーの到達をめざすゆえに、強烈なのだ。ルドゥーの場合も畸形と称されるほどの「何かの理念」、観念に憑かれて熱狂しているから、こういう「実用性ということを全く犠牲」にした建築物を生み出すのである。それはまさに、澁澤がいうバロック的な観念であり、感覚の狂乱である。

しかしこうみると、ルドゥーの建築物をして「純粋幾何学」的思考が、度が過ぎればバロックになるという証拠にはならないことになる。むしろ、反対にルドゥーに「感覚の狂乱」があってはじめて、「純粋幾何学」的な建築物がイメージの様態として出来あがるからである。これは、澁澤が「相反するものの一致」を好み、「幾何学的空間」と「感覚の狂乱」、あるいは「古典主義的な幾何学の抽象性と、バロック的な情念の白熱」にその一致をみたとしても、「相反するものの一致」の合一は、相互に運動するゆえに、澁澤の「私」性が消滅してはじめて、エクリチュール化した「私」の「純粋思考」が獲得するものだからである。澁澤の思考には、あまりにも自らが好む対峙するオブジェの存在を信じすぎているところがみられる。しかし、「純粋思考」のイメージの様態は、こうした澁澤によるオブジェ愛好の果てに、澁澤の思考が熱狂することで開始され、自然の事物であるオブジェが現前のエクリチュール上に顕現するのだから、これは当然のことと言わねばならない。

さて、ルドゥーに関しては、澁澤は、死の二年前、「一八〇四年に、ロシア皇帝アレクサンドル一世に捧げた『美術、風俗および法律の点から眺めた建築』という、きわめて大部の版画入り建築書」を挙げ、ルドゥーの研究家イヴァン・クリストが、この「建築哲学の書」をサドの『閨房哲学』に対比して、『工房哲学』と名づけたとして、注目している。澁澤の言説が熱を帯びるのはここからだ。ルドゥーは、この「建築哲学の書」で、ひたすら「著者のユートピア的な理想、いささか子供っぽい、無邪気な産業礼讃と予言趣味にみちた、サド的な理想」を語っているのだと澁澤はみる。勿論、サドの名前を契機に、澁澤は、一七七五年から一七七九年まで工事が続行され、挫折したブザンソンの町近くの「ショーの森の中のアルケ・スナン」に計画された「理想都市に設計された、快楽の家」を詳細にみたいのである。

「快楽の家」の設計図はこのようなものだ。「全体のプランが各辺二百メートルの正方形で、その正方形の四隅に、各辺三十メートルの小さな正方形が付属した形になっているけれども、最も枢要な部分は、大きな正方形の内側に設けられた円形の回廊である。この回廊から外へ向って、十二の長方形の部屋(ギリシア建築の「男子部屋(メガロン)」に当る)が、等間隔に放射状に並んでいる。そして回廊の内側には、鳥瞰すると陽物の形に見える柱廊がある。二個の睾丸は、左側が食堂で、右側がビュッフェである。亀頭に当る部分はサロンである」。

ここには「快楽の家のプラン」の図版もついているが、澁澤の言説化で充分、イメージの様態がわかる。澁澤は、サドの『ジュリエット物語』を想起しながら言説化で熱狂する。これはまさに、あの『ジュリエット物語』に登場する「旧制度下の貴族の遊蕩児たちの、拷問部屋の血なまぐさい光景」や「集団的な性の饗宴」、さらには犠牲者たちを放置したままで始められる「食堂における美食の饗宴、あるいはサロンにおける哲学論議」を彷彿させるからだ。エクリチュール化した「私」の「純粋思考」は、この男根そのものの「柱廊」が、「円形の回廊」という巨大な肛門を、攻め立てるイメージの様態をこそ、身体的エロスに貫かれながらみる。

ただ、ルドゥーにとっては、「快楽の家」はあくまで「人間を美徳に立ち帰らせるための機関」であったようである。しかし、これでは、美徳か悪徳かルドゥーの思想では区別がつけにくいが、澁澤が言うように、ルドゥーにとっては、「美徳も悪徳も互いに相補的なもので、一方は他方の役に立つ」ものなのである。澁澤はルドゥーの思想は、サドとフーリエの思想にみられる「無差別普遍的なエロティシズム」には程遠いというが、エクリチュール化した「私」の「純粋思考」は、美徳と悪徳という観念にも、「相反するものの一致」をみる。サドの『悪徳の栄え』と『美徳の不幸』は、まさに「反対物の統一」あるいは「結合」、あるいは「相反するものの一致」の観念のイメージの様態を提示しているからだ。「純粋思考」は、ルドゥーの「快楽の家」のイメージの様態で、自らが合一する肛門性交やサドの肛門オナニーまでエロス的な思考の止揚が可能であるとみる。

澁澤もいう。ルドゥーの「快楽の家」の環境は、マンディアルグの「最も厳密な幾何学の法則に従った場所」であり、それはそのまま、サドの創作がなされた獄中の書斎といってもよいものである。澁澤も自ら了解しているのだ。「どうやらユートピア建築家」の観念による、「理想都市の幾何学的空間においては、人間の美徳も悪徳も区別がなくなり、それらは一様に『感覚の狂乱』(快楽と言ってもよい)に奉仕する」と言説化する。しかし、「純粋思考」は、「感覚の狂乱」が、「善なるものに一変する」という言説にはつまずく。その直前の「ユートピア建築家」はすべて、「環境が意識を決定する」ともいう澁澤の言説にも首肯できない。「純粋思考」は、澁澤の「私」性が消滅したときに顕現するゆえに当然だが、なによりも澁澤自身は、言説化するときに、いつ自らが「感覚の狂乱」にとらわれるかはわからない。言い換えれば、指向対象の「環境」も、「ユートピア建築家」が意識したときに、現前化するのが「環境」である。イメージの様態は、澁澤の思考があってはじめて現前に言説化される。澁澤が思考して言説化してゆくとき、澁澤自身にいつ「感覚の狂乱」が生まれてくるかは、さらに外側にいる読み手によってのみ了解できることだからである。

五　「宇宙卵について」

ここはまず、図版にあるピエロ・デラ・フランチェスカの「モンテフェルトロ家の祭壇画」を澁澤とともに、みなければならない。確かに、「幼児キリストを膝にのせて合掌している美しい聖母の頭上に、貝殻の形をした天蓋の壁龕から、一本の糸で吊られた白い駝鳥の卵が、厳密なシンメトリーを保って垂れ下がっている」。澁澤は、「宙に浮かんでいる一点の卵は、明らかに聖母と等価の神聖な物体」だとみる。粗雑な図版でみると、「宙に浮かんでいる」のは、卵だけではなくて、まさに中心に存在する幼児キリストも、奇妙な浮遊感を感じさせながら、「宙に浮かんでいる」ようにみえる。澁澤は、卵と聖母との「神聖な物体」の等価性をいうが、この幼児キリストもまた、充分に「神聖な物体」の等価性をもつものと思われる。

それはともかく、ピエロによる遠近法に支えられた画中の雰囲気は、静謐とともに「息苦しいばかりの神秘感が充満」している。澁澤は、その空間を石化するのは、「幾何学の支配」だという。「空間的構造のみの支配する、時間の氷結した世界」から、「宙に浮かんだ卵」は、「神秘の光の放射する光源」だと提示する。「聖母の頭上に吊られた卵のモティーフ」は、「処女懐胎の伝統的なアレゴリー」だともいう。しかも、「駝鳥の卵は、砂漠に棄てられて、太陽の熱で自然に孵化する」意味から、「中世キリスト教の伝統では、処女懐胎によって生まれた幼児キリストのシンボルでもあった」。さらに加えて、「ルネサンスのシンボリズムにおいて」卵は、「世界の縮図としての宇宙卵(あるいは世界卵)の意味」があったという。

アンドレ・シャステルを読み、書く澁澤は、「卵の球形の(あるいはほとんど球形の)構造」は「規則的で無際限な一つの拡張の奇蹟を意味している」。「見たところ限定され固定された秩序のなかに、無際限の生きたエネルギーが表現されている」とシャステルを引用する。つまり、「卵とは、混沌（カオス）を包含しているところの一つのコスモスなのである」。これはまた、既に「石の夢」の項でみた「内面性と膨張の弁証法」、「大と小の弁証法」の思考ではないか。卵という指向対象だが、澁澤の思考は、「内面性と膨張の弁証法」、「大と小の弁証法」の思考で貫かれている。もう一つ、ジュール・ミシュレの『鳥』から、「この無気力な外観の下には、生命の高度の秘密と、何か完成された神の作品とがある」という、「卵の有機的な美しさ」を論じた言説を引用して、「卵とは、生命の秘密を包含しているところの一つの秩序」なのだという。こうして、澁澤は、ピエロの卵も「昔ながらの宇宙卵」と同じものだと結論づけるわけである。

後は、エクリチュール化した「私」の「純粋思考」だけは退屈しない、「世界とともに古い宇宙卵の神話の話題」に入る。

まず、「卵のなかに胚が含まれ、その胚から世界が生じたという、卵によって説明される宇宙発生の神話は、ケルト、ギリシア、エジプト、フェニキア、ティベット、インド、ヴェトナム、支那、それにシベリアやインドネシアにいたるまで、およそ世界中のあらゆる民族のもとに認められる、最も普遍的な象徴の神話である」という。確かに、「卵のなかに胚」が含まれるという植物生成の神話と捉えれば、エリアーデが言うように、『古事記』の「伊邪那岐《いざなぎ》・伊邪那美《いざなみ》神話」にある「芽牙《あしかび》の如く萌《も》え騰《あが》る物」という表出や、『日本書紀』にある「混沌《まろか》れたること鶏子《とりのこ》の如く」の表出から、これらも「宇宙卵」神話の一つとして捉えられることになる。

古代インドのブラーフマナ文献の一つ『シャタパタ・ブラーフマナ』、「エジプトのヘルモポリス系の神話」、フィンランドの叙事詩『カレワラ』に出てくる「水の女神たる処女のエピソード」などは割愛する。卵とは、エリアーデによれば、「全体性のイメージ」であり、「一般に組織の最初の原理として、カオスから生ずるものである。やがて卵は二つの部分に分化して、天と地、昼と夜、太陽と月、火と水、男性と女性などといった、相互に対立的なものを生ぜしめる」。これもまた、繰り返される「反対物の統一」あるいは「結合」、あるいは「相反するものの一致」である「アンドロギュヌスの分極作用(ポラリザシオン)」である。

「卵のシンボリズムは、創世神話において、世界の誕生を説明するものであるとともに、二元的な対立の分極作用を含んだ原初の一元性、存在の多様性を萌芽として含んだ原初の現実という観念をも、同時に意味するもの」である。繰り返される澁澤の思考の言説化である。卵を比喩的に捉える澁澤は、「卵は楕円形」ゆえに焦点が二つある。これが「二元的に分裂する」と考えれば、「卵は本質的に両性具有(アンドロギュヌス)なのである」とは、既に『夢の宇宙誌』にある「アンドロギュヌスについて」の項で言説化されていたことである。しかし、エクリチュール化した「私」の「純粋思考」とは、自らの世界で延々と飽きることなく遊び続ける思考である。読み手が繰り返される澁澤の言説化に驚嘆していようが、おかまいなしだ。澁澤の「リヴレスクな博物学」とは、澁澤の思考が指向する、その汎神論的で広範な多様性にあるからだ。

ただ、形態に対する愛好が澁澤には明瞭にあって、それは円形、球形、楕円形であることは言うまでもない。ここでも「卵円形をした石」を想起して、折口信夫の「石も貝殻も卵も繭も瓢《ひさご》も、これらはすべて母胎、すなわち容れ物で、その中に神霊の宿るものだった」という言説を引用している。そしてここでもまた、エクリチュール化した「私」の「純粋思考」は、既に「石の夢」の項でみたイメージの様態としての内部の空洞、「容れ物」としての石に、「内面性と膨張の弁証法」、「大と小の弁証法」の思考の反復をみることになる。

「容れ物」としての「宇宙卵」の言説が続く。澁澤の大好きなプリニウスの『博物誌』から、「ドルイド教徒の崇拝する『蛇の卵』(オヴム・アングイヌム)」についていう。これは実際は、「球形をした海胆《うに》の殻」だが、「やはり一種の宇宙卵だった」と澁澤はみる。護符としても「十九世紀までフランス、スイス、ルーマニアなどの田舎」では残っていたという。ピエール・ゴルドンの『古代における世界のイメージ』を引用して、この海胆の殻だけではなく、「宇宙卵のイメージ」の様態として、洞窟、貝殻はともかく、心臓、臍があるという。「いずれも世界の中心のイメージであり、時間・空間の発展の原点」である。勿論、ここにも「内面性と膨張の弁証法」、「大と小の弁証法」の思考がみられるのは言うまでもない。

だから、臍といっても「世界の中心としての臍の物質的なイメージ」で、ルネ・ゲノンによれば、それは「一般に聖なる石」ということになる。また澁澤の言説化は、収斂するところは卵や石で、「その殻を容易に二つに割ることのできる胡桃」も「宇宙的な胡桃になり得る」。ここにも、「内面性と膨張の弁証法」、「大と小の弁証法」の思考が働いているとみなければならない。

さて後半は、これもまた、エクリチュール化した「私」の「純粋思考」が好む「宇宙卵」と錬金術についての言説化である。錬金術師たちが手本としたのが、「宇宙卵のシンボリズム」なのだから、当然である。さらに彼らは、「純粋思考」が最も愛好する「宇宙卵」に、「精神的な生命、完全なる知識」のシンボルをみているというのだ。

まず、錬金術の「賢者の石」を生成すべき容器を、「哲学の卵」と称する。図版にもあるが、それは、「一種の小さな球形フラスコ」のようにみえる。当然「哲学の卵」は、「世界の卵」の象徴で、これは「世界創造の小さな雛形」であるわけだ。この容器から、「賢者の石」は生まれることになる。思考は反復される。この卵の中身は、「原初の一者」、つまり、「反対物の統一」あるいは「結合」、あるいは「相反するものの一致」のイメージの様態である。「男性と女性、太陽と月、火と水など」が一体となり、それは「アンドロギュヌスそのもの」ということになる。

エクリチュール化した「私」の「純粋思考」は、ここでいう「精神的な生命、完全なる知識」のシンボル、観念のアナロジーの指向対象と遊び戯れるが、それはまた、身体的エロスの運動態でもある。錬金術の「徹底的な二元論」に、「性的夢想」を見逃すはずがない。錬金術師は、地下にある「金属の胎児を大地の子宮」から取り出し、「人工的な子宮(つまり『哲学の卵』)のなか」に移し、成長させるとか、「フラスコとかレトルトとかいった容器の形を、しばしば人間の生殖器官」のアナロジーとするイメージの様態も、「純粋思考」の好むところである。

さて、生成された「賢者の石」は、「二元的な要素の対立」を超越し、「反対物の統一」あるいは「結合」、あるいは「相反するものの一致」がなされれば、エロス的思考が生みだすのは、「ヘルマフロディトス」のイメージの様態である。そう、それは「その内部に対立の契機を隠している」のだ。「他の力を借りず、それ自身で生殖することができる、いわば単性生殖の能力に恵まれた」「宇宙卵」なのである。エクリチュール化した「私」の「純粋思考」が好む理由もこれで了解されよう。イメージの様態としての、この「ヘルマフロディトス」とは、澁澤が熱狂して燃え尽き、顕現させた「純粋思考」そのもののことであるからだ。ピエロ・デラ・フランチェスカが描く宙に浮かんでいる「宇宙卵」と等価なものは、聖母だけではなかったこともこれでわかる。幼児キリストもまた、「宇宙卵」と等価となる。勿論、それは合一、止揚して一体となり、「ヘルマフロディトス」となり、イメージの様態としてエクリチュール化した「私」の「純粋思考」として収斂することになるからである。

六 「動物誌への愛」

ここで澁澤は、十二、三世紀頃の中世ヨーロッパにおける博物学が、「今日の私たちには想像も及ばない」思考であったことを提示する。つまり、当時の博物学的思考とは、「正確な観察に基づいた事実」の蒐集、分類ではなかったというのである。さらに、当時の博物学だけではなく、芸術は勿論のこと、科学もまた、一つのアレゴリーの思考体系だったという。当時の博物学は、「神秘に対する共通の嗜好を満足させる、ある種の伝説を集めること」が仕事であり、「この時代の神秘好きの精神にとっては、博物学が宗教的あるいは世俗的な道徳や教訓の源泉だった」ということになる。言い換えれば、「唯一の精神的な源泉から発する神秘を、自然界に属する個々の事物によって確かめるのが博物学の仕事だった」というのだ。

そして、この中世の博物学の「神秘好きの精神」、「自然界に属する個々の事物」から、「唯一の精神的な源泉から発する神秘」のイメージの様態を何よりも愛好するのが澁澤であり、澁澤の「私」性が消滅しても、その愛好をして強烈に身体的エロスを保持しながら享楽するのが、エクリチュール化した「私」の「純粋思考」なのである。そこにあるのは、神秘的なものを、自然を分節化した個々の事物(オブジェ)のなかに見出す、戯れの思考の運動だけである。

十二、三世紀、つまり中世の思考は、「帰納法ではなくて、神を大前提とする演繹法」だったので、博物学だけではなく科学もまた、「事物のなかに神が隠しておいた教えを洞察する」ことに他ならなかった。中世の思考においては、「胡桃も、薔薇も、鳩も、宝石も、この世の一切のものが象徴」であるというわけだ。そういうなかで、中世の「動物誌」は、キリスト教的な思考だけではなく、異教的な思考も混在していただけに、澁澤は大いに愛好するのである。その例として、澁澤は、十三世紀、ギヨーム・ル・クレールの『神聖動物誌』から、「象とマンドラゴラ」のエピソードを挙げる。ただこれは、『エロスの解剖』にある「マンドラゴラについて」の項では触れなかったが、既に、その項で、ブルネット・ラティーニの『百科宝典』から、「象とマンドラゴラ」のエピソードとして紹介されていて、内容は同じである。この反復される言説化も、澁澤の愛好のなせるところであることは忘れてはならない。

とまれ、「古代人の語るところでは、象は冷感症の動物で、マンドラゴラを食って興奮しなければ、牝と交尾すること」もできなかったという、「象とマンドラゴラ」の無邪気な伝説から、キリスト教の動物誌作者は、「隠された意味を見出す」。それは、「象の牡と牝」は、「創世記の楽園におけるアダムとイヴの象徴」で、マンドラゴラとは、「イヴがアダムにあたえる林檎の象徴」というわけである。つまり、「動物誌」もまた、「動物の客観的な性質を記述することが目的ではなくて、その裏に透けて見えるアレゴリーを探し出すことのみが目的だった」のである。そして、それをまるごとオブジェとして愛好し、戯れ、言説化するのが澁澤の思考なのである。「純粋思考」は、その澁澤の言説化が「私」性を消滅させるほど熱狂するときを、楽しみながら待っていればよいのである。

澁澤は、ホイジンガを引用して、「中世末期はアレゴリー的思考形式が爛熟の極に達した時代だった」とみる。「世界は何から何まで徹底的に象徴化」され尽くし、「イメージの象徴的な価値は低落する」。しかし、澁澤はあくまでも、この「中世の荒唐無稽な動物誌」がもつ「何から何まで徹底的に象徴化」された中世の思考を、愛好することを貫くのである。なぜなら、これもまた、エクリチュール化した「私」の「純粋思考」が幼児的な身体的エロスの遊びのなかで、指向対象のオブジェを徹底して象徴化する思考であるからだ。

その一つの例になろうか。澁澤は、中世の動物誌に登場する動物で、「フップ鳥という鳥」が

「大へん好き」なのだという。勿論、すべてを象徴化、観念化してしまう「純粋思考」も大喜びである。「フップ鳥」は、あのジェラール・ド・ネルヴァルの美しい幻想譚『バルキス、暁の女王と精霊の王ソロモンの物語』に登場しているというが、すぐにこのことを思い出す人が何人いるだろうか。「フップ鳥はバルキス、つまりシバの女王のアトリビュートで、いつも女王の身辺につきまとっている神秘的な鳥」だというが、日本では、「ヤツガシラ」と称する鳥のどこが神秘的なのか。それは、あくまでこの鳥が「主としてアラビア、エジプト、ペルシアの伝説」に登場するからなのだ。自然のなかでは、「ヤツガシラ」と分節化された鳥が、「純粋思考」によって、「神秘的な鳥」として捉え直されている。そのときに、思考のなかに愛好の身体的エロスの電流が流れるとみなければならない。

「セルジューク朝期のペルシアの神秘主義詩人として知られるアッタールの『鳥の言葉(マンティク・ツ・タイル)』」には、「世界中のあらゆる鳥が王を求めて旅立つとき、彼らの先導をつとめるのがフップ鳥だと書いてある」という。さらにフップ鳥の「もう一つの不思議な能力」は、「その視線が水晶のように鋭くて、地面をつらぬき通し、ソロモン王が砂漠を旅しているとき、地下水の湧く場所を指示することができた」ということである。

まだまだ、フップ鳥のエピソードは続く。十七世紀のサミュエル・ボシャールの『神聖動物誌(ヒエロゾイコン)』では、フップ鳥は、「サミールという一匹の虫」を捕えて、その虫で鳥籠を粉砕したとか、『千一夜物語』では、「フップ鳥の心臓を眠っている人の胸の上において、知りたいと思うことを質問すると、その人は何でも真実を喋ってしまう」とか、「この鳥の右の目玉を両眼のあいだに貼りつけておくと、地中に隠された宝を発見することができる」とか、「フップ鳥」の能力のエピソードは、限りなく細分化されてゆく。それらは、『神聖動物誌』では、フップ鳥よりも、フップ鳥が捕獲した「サミールという一匹の虫」の、石をも破壊する力であるし、『千一夜物語』では、フップ鳥そのものが細分化されて、フップ鳥の心臓、フップ鳥の目玉の神秘的な力のエピソードになっている。

さらに澁澤は、フップ鳥の特徴として、この鳥が「不潔で、しかも悪臭を発すると考えられた」ということを挙げている。また、フローベールの『聖アントワヌの誘惑』では、「シバの女王につき従う鳥はシモルグ・アンカ」と呼ばれているが、「シモルグ・アンカ」は、「アラビア、ペルシア地方の想像上の鳥」で、フップ鳥と「フローベールは混同している」と澁澤は指摘する。

このような、澁澤が愛好するフップ鳥に関する言説で、澁澤が熱狂して「私」性を消滅させ、エクリチュール化した「私」の「純粋思考」が顕現するのは、フップ鳥のエピソードが派生して、フップ鳥が捕獲する「サミールという一匹の虫」の神秘的な力、あるいはフップ鳥そのものの細分化による、フップ鳥の心臓、目玉、さらには悪臭に関する伝説と、列挙されてくるときである。さらには、フップ鳥のエピソードでの極北は、フローベールが混同したフップ鳥ではない、「シモルグ・アンカ」という鳥についての言説化の運動である。これでは、自然から、読み手だけではなく、澁澤自身も、直截「ヤツガシラ」という鳥のイメージの様態を分節化できなくなる。しかし、これこそ、伝説、エピソードをただ愛好し、遊びほうける「純粋思考」による、エクリチュールの圧倒的な顕現化であると言わねばならない。澁澤は、まるで自動筆記をする人の如く、何もかも「フップ鳥」に関して、手当たりしだいに読み、書きとっているようにみえるではないか。

ところで、動物誌に対する澁澤の愛好が、「個人的な夢想の範囲を越えたもの」であることは、ジルベール・デュランの「あらゆる元型学は動物誌から始めねばならない」という引用の言葉からも、澁澤は認識していることだ。「内面性と膨張の弁証法」、「大と小の弁証法」の思考は、弁証法的に元型なり、源泉を希求する思考が働いている。「もしあらゆる人間のなかに一匹の獣が眠っているとすれば、獣概念は人間概念を越えて広大なわけであるから、私たち人間はあらゆる獣のなかに、何か人間概念を越えたもの、いわば超人間的なものを見なければならなく」なるという思考は、澁澤が決して手離すことのないものである。「元型としての動物」とは、「人間の無意識と本能の広大な深層」をあらわすことで、人間概念を止揚した「超人間的」なイメージの様態である。これもまた、サドが捉えていた自然の観念と一致する。これをエクリチュール化した「私」の「純粋思考」で捉え直せば、「動物は一般に、宇宙的、物質的、精神的な力のシンボル」ということになる。

後半は、「純粋思考」が好む動物誌の歴史を、澁澤は辿る。その歴史は、「古代から中世にいたる幸福な伝説とアレゴリーの時代」から、十六、七世紀の絶頂期には、「畸形学と怪物学の時代がくる」。要するに、澁澤は十八、九世紀になっても、「観察と分類」という思考をもつ科学に、「アレゴリーと幻想」に対する、つまり超人間的な「畸形学と怪物学」に対する思考が、人間の源泉として捉えられているというのだ。勿論、「純粋思考」は、それが思考による動物でも植物でも、自然そのものが畸形と怪物を極北とし、元型とする、顕現に他ならないことを了解しているとみなければならない。

澁澤は、『夢の宇宙誌』で既に明言していた「人間の変身(メタモルフォシス)」の思考が、この項では、現代(七〇年代)の「動物誌の普遍性と通俗性」(デュラン)の例として、「古いドラゴンの伝説」がSF作品や映画に発見できるといったあとに、エクリチュール化した「私」の「純粋思考」の身体的エロスに応えるように、古代神話や、オヴィディウスの『変形譚』にある「動物を性的対象として、隠された欲望を満足させる女の例」を提示する。「レダと白鳥、パシファエと牡牛」、あるいは「赤頭巾ちゃんと狼」、シェークスピアの『真夏の夜の夢』の「ティターニアと驢馬」、さらにコクトーの映画「美女と野獣」にも、人間が動物に変身することで性的対象となり、超人間的な存在として登場しているというのだ。そして、これらの変身譚にみられる思考は、澁澤の「私」性が消滅して、男女の性を止揚したヘルマフロディトスとしての自然を性的対象とした、身体的エロスの合一をめざすエクリチュール化した「私」の「純粋思考」を顕現させる契機となるものである。

七 「紋章について」

冒頭から澁澤は、「西欧の文学作品を読んでいると、しばしば紋章に関する煩瑣な説明や比喩が出てきて、そういうものに慣れていない当方の頭を少なからず混乱させることがある」という。確かに、その紋章に関する学問である紋章学は、「宮廷作法や騎士道や馬上槍試合」と同様、「ヨーロッパ中世の封建的貴族社会」において、大いに開花したものであったが、「およそ無益と言っても、これくらい徹底的に無益な学問はない」と言える。

しかし、澁澤が引用するユイスマンスの『さかしま』の第四章の、「黒地白斑の広大な壁掛けのように、空が黒々と、雪の斑点を散らして、彼の前に立ちはだかっていた。吹きわたる冷たい風が、狂い乱れた雪の飛翔を速め、一瞬にして色の秩序を逆転した。と、紋章ふうの空の壁掛けは裏返しになり、降りしきる雪のあいだに点々と見える夜の闇によって、今度は白地に黒の斑点を散らした、本物の白地黒斑になった」という文章を読むと、紋章という興味を惹かないオブジェが、澁澤も言うように、単に「紋章を雪景色の比喩として」いるだけではなく、ユイスマンスの文章自体が、「現実の夜の雪景色を描写したもの」でありながら、「その現実感」が見事に消滅して、「いわば抽象の虚空に描き出された、紋章学的な形象」を織り成した言説として変容していることがわかる。そう捉えれば、これは澁澤が愛好する指向対象のひとつになろう。なぜなら、このユイスマンスが言説化する紋章への思考は、そのまま、澁澤の紋章学に対しての思考と捉えてよいからだ。言い換えれば、澁澤が捉える紋章学とは、「雪景色の比喩」としての言説上のものではなく、「形象」という、イメージの様態をもった抽象的な観念だけを捉える思考によって、再構築した学問ということになるからである。ただそれだからといって、エクリチュール化した「私」の「純粋思考」は好むところだが、澁澤が、一例として挙げている七色の「楯形の紋地の色」と、「これらの色の一つ一つ」に対応する「幾つかの象徴」との言説は割愛する。

それよりも、「国際紋章学協会会員ロベール・ヴィエル」の『紋章の象徴的起源』を読み、書く澁澤は、ヴィエルが、レヴィ＝ストロースの『今日のトーテミスム』などを引用して説明する紋章の「トーテム象徴」には、積極的な首肯はせず、紋章の源泉に関する関心から、ヴィエルの論文を援用しながら、「紋章の大ざっぱな歴史的展望」をみることになる。

美術史家のエミール・マールを引用して、カルデア（バビロニアの一部）、エジプト、ギリシア、ローマにおいてみられる「意匠化された動物や植物の造形的表現」を紋章芸術と捉えれば、「古代ギリシアの楯の装飾」にみられる「獅子、ドラゴン、猪、魚のほか、抽象模様のシンボル」まで紋章芸術といえるのだが、何よりも紋章学には規則が必要で、そこには「紋章の占有制と世襲による永代制」があって、やはり、源泉とする紋章芸術は、狭義の紋章とは認められないという。ただ、紋章芸術のなかで、「紋章の進化の過程」で見逃すことができないのは、十一世紀中葉の「バイユーのタピスリー」で、そこには「個人的な標章（エンブレーム）」が描かれている場面もあるが、標章が「グループのものとなりつつある萌芽」が既に認められる場面を発見することが出来るという。さらに、図版もある、十二世紀中葉の「アンジュー伯ジョフロワのエマイユ版」にみられる紋章には、「楯形装飾の組織化」がはじまっているとして、これを紋章の嚆矢とみる。しかし、この澁澤の「エマイユ版」の詳細な説明も割愛しよう。

とまれ、紋章の歴史とは、「紋章の世襲制」の歴史でもあるわけで、「アンジュー伯ジョフロワの楯」に描かれた「宝石と豹」にはじまり、十二、三世紀には「獅子の主題」があらわれるという。さらに、紋章の装飾のテーマが多様化するのは、世襲制が確立してからで、「フランソワ一世の火蜥蜴(サラマンドラ)、ルイ十二世の豪猪(やまあらし)、ジャン・ド・ベリーの仔熊」、シャルル六世の鹿、ブルボン公ピエール二世の「翼ある鹿」、ヴァロワ家のフィリップ六世の「二匹のグレイハウンド犬」、ジャン二世の「二匹の白鳥」、イギリスのリチャード二世の「白い鹿」、ヘンリー・テューダーの「赤いドラゴン」と、ぞくぞく「古いトーテム動物」があらわれることになる。

このように、紋章の多様な「古いトーテム動物」のイメージの様態を列挙してゆくとき、澁澤は、言説化でいつしか熱狂し、「私」性を消滅させてゆく。そして澁澤の言説に寄り添うように読み、書く読み手だけが、澁澤の自動筆記に似た言説から、「純粋思考」のエクリチュールがみえてくる。それはまるで、少年時、畏友に、一匹一匹の昆虫が宝石のように輝いている見事な昆虫採集の標本箱をみせられたときの、驚愕の佇立状態のようだといってもよい。もっと澁澤に近づけていえば、澁澤の「リブレスクな博物」の宝石のように輝く言説の夥しさに呆然自失するとでも言えばよいか。

後半は、「紋章との関連」で、同じく紋章(ブラゾン)という名前で呼ばれている「十六世紀フランスのリヨン派詩人たちによって流行せしめられた、短かい詩の形式」である「ブラゾン」について澁澤は言及する。その詩句はここには引用しないが、澁澤が挙げているモーリス・セーヴの『乳房の賦(ブラゾン)』という題名からして、「紋章学によって楯形紋章の構図を描写したり説明したり」するように、「女性の肉体のいろんな部分を讃美したり批評したりする詩」であることがわかろう。これは実に、エロティックなエクリチュール化した「私」の「純粋思考」が、身体的エロスをもって合一をめざし易い指向対象である。さらに、モーリス・セーヴの「ブラゾン」は、澁澤は触れていないが、既に『エロスの解剖』にある「愛の詩について」の項で取り上げられた、アンドレ・ブルトンの詩『自由な結合』の源泉となる、純化されたエロティシズムの観念を歌っていると言える。

つまり、詩としての「ブラゾン」には、「その形式においても内容においても、すでに紋章学的な意味は何も残っていない」のに、澁澤が取り上げるのは、澁澤自身が、この詩の「冷たく硬質なイメージのうちに、どうしても紋章の幻影を見てしまう」からなのだ。ここに、ブラゾン作者のフェティシズムをみるが、これこそ澁澤の思考で、「動植物や野菜や楽器や時計や貝殻などといったオブジェに対して、女体の細部に対する」のとまったく同様のフェティシズムの思考が澁澤には働くのである。言い換えれば、ブラゾン作者の「物体を紋章に化せしめよう」とする思考は、澁澤にも明瞭にみられるということである。

結局、澁澤における「紋章学的関心」とは、「物体から形象への推移に対する関心」で、「それは動物を殺して、その美しい外観を損わずに、剝製をつくるようなもの」であるし、「昆虫や貝殻の標本をつくるようなものだ」と澁澤自身が、自らの思考を比喩で言説化している。読み手が先に比喩にした標本箱に採集された昆虫も、「リブレスクな博物」も、澁澤の思考、さらには観念の形象、形式だけを希求する「純粋思考」についてのイメージの様態を提示したものであることが、ここで明瞭になる。

澁澤は、アルベール＝マリー・シュミットの『十六世紀研究』から、「要するにリヨンの詩人たちにとっては、つねに押韻作家的アルティザンの方法によって、詩的現実の小さなオブジェを創り出すことが問題だった」と引用するが、それは、エクリチュール化した「私」の「純粋思考」が、澁澤の言説による思考の熱狂によって、「詩的現実の小さなオブジェを創り出す」思考の運動態であることを提示するものである。そしてそれは、「純粋思考」が、既にみたように『エロスの解剖』にある「愛の詩について」の項で取り上げられた、アンドレ・ブルトンの詩『自由な結合』に、女の肉体そのものへの猥褻性をみず、詩人の言葉が、女の肉体をオブジェ化する思考の運動による「愛の熱度」をみることと重ねられるものである。

八　「ギリシアの独楽」

澁澤は、この項で最初から、「イユンクスという古代ギリシアのエロティックな呪術の道具について語る」ために読みだした、「フランスの神話学者マルセル・デティエンヌの『アドニスの園、ギリシアにおける香料神話』」の「内容が予想外に面白く」、深入りしたといって、長々と「アドニス」について書き込んでしまっている。そしてデティエンヌは、そこで、今日ではほとんど常識と化している「アドニスを植物の神、穀物の神と見なすフレーザー」の説を完全に否定し、「アドニスは『死んで再生する』穀物の神ではなく、没薬の樹から生まれた香料の神、誘惑者としての神にほかならないという新説」を述べ、さらにギリシアにおいて、穀物の神デメテールに対立するアドニスが香料の神であれば、デメテールが「合法的な結婚を意味する」のに対して、アドニスは「結婚外の性関係、すなわち誘惑を意味」すると述べているという。しかし、これは既に、『エロスの解剖』にある「女神の帯について」の項で、澁澤が述べていた「デメテエル原型」(母)と、「ウェヌス原型」(恋人)との対立概念の説と通底するものである。ウェヌスが妻のイメージの様態でないように、アドニスは、妻のある男のそれではない。勿論、エクリチュール化した「私」の「純粋思考」が好むアドニスは、「女性化した恋人」、つまり既にみた『夢の宇宙誌』にあった「アンドロギュヌス」のイメージの様態へと繋がるものであることがわかる。

それにしても、この澁澤の言説化の脱線ぶりは見逃せない。なぜなら、読み、書くことをほとんど同時に行う澁澤だが、当然、読むことよりも書くことの方が遅れるからだ。既に澁澤が読む書物というオブジェは現前化している。またそれゆえに、その書物というオブジェと対峙する澁澤の実存は、そのときになってはじめて、保証されるからだ。しかし、この最初に長々と言説化されたディエンヌのアドニスに関する新説を書くときの澁澤の思考の運動は、決してエクリチュール化した「私」の「純粋思考」の運動態ではない。未だ澁澤の言説に熱狂が感じられないからだ。

とまれ、「イユンクスという古代ギリシアのエロティックな呪術の道具について」の話に戻ろう。

神話では、イユンクスとは「淫奔な娘」で、アドニスの「香料神話のヴァリエーション」である。ただ神話では、最後にイユンクスはヘーラーの怒りに触れて、「石造に化せられた」というのと、「イユンクスなる鳥に化せられた」という揺れがみられるが、澁澤は愛好する鳥のイユンクス、日本語名アリスイについて述べることになる。イユンクスの「敏活な運動と、笛のような鳴き声」とが「魔法の道具とイユンクスとが同一化」された理由だというのは、澁澤の好むところであるからだ。

ところで、ピンダロスの『ピュティア祝勝歌』第四によると、「アプロディテーはこの鳥を小さな車輪に張りつけて、絶大の偉力を有する魔法の道具を発明」し、「メデイアを誘惑して、彼女をイアソンに近づけたという」。これは、「愛の呪具としてのイユンクス」である。ただ、ここにみられる「たえず空中で回転する車輪に、八つ裂きにされて張りつけられたイユンクス」のイメージの様態は面白い。ピンダロスの表現によれば、イユンクスは「狂った鳥」であるからなおさらである。しかし、ひそかに実際に製作もされたというイユンクスは、あくまでも「恋人の欲望」を燃え立たせる道具に過ぎないことになる。そして、澁澤のイユンクスについての言説化もここで終ってしまうのである。

後半は、「イユンクスに形や使用法がやや似ていて、実際、しばしば混同されるらしい」古代ギリシアの呪具「ロンボス」への言及となる。ロンボスとは、「木製の小片で、やはり紐を用いて回転させ、重々しい唸り声を発せしめる」というものだ。ケレーニイの『テーバイ近郊のカベイロイ聖地』によると、このロンボスは、ヘロドトスの伝えるところでは、「勃起した男根を具えた小人の神々が、このロンボスの霊と見なされていた」そうで、「古いプリュギアのカベイロイ密儀」で用いられた「最も素朴な秘儀用器具」だったという。「勃起した男根を具えた小人の神々」というイメージの様態と、しばしば混同されたという車輪の回転で八つ裂きにされるイユンクスという鳥のイメージの様態を合一すれば、サドのサド=マゾヒズムのイメージの様態が想起されてくるではないか。

勿論、澁澤は、サドのことをここでは触れていないが、澁澤の思考から止揚して顕現し、まさに回転する運動態といってもよいエクリチュール化した「私」の「純粋思考」は、澁澤がシャルル・ノディエの短篇『スマラあるいは夜の悪魔たち』から、ロンボスを「恐怖小説の雰囲気を醸成するための小道具の一つ」といい、ノディエのロンボスの概念は、「日本にも古くから伝わる独楽の一種の輪鼓《りゅうご》、ヨーロッパ風に言えばディアボロ」に近いイメージの様態だと言説を進め、最後は、エリアーデの『宗教史概論』から引用して、「回転運動によって雷鳴のような、牛の鳴き声(英語のブル・ローラーはここから出た)のような音を発する」という「ブル・ローラー」と重ねられるイメージの様態であり、日本ではロンボスを「ががら」と訳する翻訳者もいるとして、澁澤がここで、ロンボスについての言説を終らせることに、充分満足しているのである。

なぜなら、最後に澁澤は、イユンクスやロンボスが指向対象のオブジェとして、心を惹かれるのは、「純粋に形態学上の面白さ」によるものだと吐露しているからである。イユンクスは「車輪の形」をしているし、ロンボスは「ディアボロとそっくりだとすれば、腰鼓状、つまり、頂点で接した二つの円錐形の形をしている」からだという。つまり、この澁澤の「形態学上」のイメージを好む思考は、『胡桃の中の世界』にある「プラトン立体」の項や、「幾何学とエロス」の項で既にみてきた「幾何学の原理」にみられるイメージの様態や、ルドゥーの「快楽の家」の形態(円形の回廊)のイメージの様態を好む思考と同じものだからである。既に挙げたが、これはまさに、『夢の宇宙誌』の「あとがき」で澁澤が述べていた「イメージの形態学」である。そこでは、「観念とは、形象化する作用の中に生まれるものだ」というホイジンガの言葉を引用して、「視覚的なイメージによる思考の方法は、子供の頃からわたしの最も好ましい思考方法であった」と断言しているからだ。まだある。澁澤は、イユンクスやロンボスという「幾何学的な形態のものが、どこから眺めても、生産のための道具ではない」から好むのだ。さらに、カフカの短篇『家長の心配』に登場する、あの「オドラデク」を挙げているのも面白い。「オドラデクは、何らかの用途のために人間の手で作り出されたものか、それとも生きた自然の産物か、それさえも判然とはしない、全く無意味な正体不明の物体である」。謎の物体であるオドラデクの正体不明のイメージの様態に、最も魅了されるのは勿論、子供であるが、「子供の頃」から不思議なもので、何の役にも立たないオブジェをこよなく愛し、遊び続けることが出来る澁澤の思考であれば、エクリチュール化した「私」の「純粋思考」もまた、無意味で正体不明なオブジェを自ら生みだす思考なのである。もっと言えば、「純粋思考」とは、澁澤との思考の合一、止揚を待つ正体不明のイメージの様態と言えるかもしれない。

九　「怪物について」

これはまた、『夢の宇宙誌』にある「玩具について」の註「怪物について」とまったく同じ題名である。『夢の宇宙誌』のところでは、この註に触れていなかったので、ここで、この註の「怪物について」からみておくことにする。澁澤はまず、「十五、十六世紀のあいだ大いに流行した木版絵入りの怪物物語の源流には、中世の動物誌（ベスティエル）」があるとして、ここでは中世の動物誌をみてゆくことになる。そして、澁澤は「中世の動物誌は、いわば、アナロジーによる象徴の科学である」と提示して、動物誌のなかで、面白いものを幾つか紹介する。エクリチュール化した「私」の「純粋思考」は、動物誌だけではなく、こういういくつも列挙して紹介されてゆく言説を好むところであるが、ここはなるべく、澁澤が紹介する動物誌のなかでも特に面白いものだけを取り上げることにする。

まず、十二世紀の詩人フィリップ・ド・タオンによって書かれた『動物誌』から、「得体の知れぬもの（オノケンタウロス）」はどうだろうか。勿論、想像上の獣だが、「オノス」が驢馬を意味し、「ケンタウロスはギリシア神話に出てくる半人半馬の怪獣」だから、イメージを合体させれば簡単に想像がつく。こういう単純なイメージの合体をして、怪物の様態を絵にする思考を好む思考は、反対に自らがイメージの合体を試みて怪物のイメージの様態を創り出す思考でもある。この自らが言葉によるイメージの合体をして、怪物を創造する思考の働きが、まさにエクリチュール化した「私」の「純粋思考」の運動態のことであることは忘れてはならない。ここでも澁澤は動物誌を次々と紹介してゆくが、「純粋思考」は、澁澤が読み、書きながら自らの言説に熱狂する瞬間のイメージの氾濫を待っている。

澁澤は、「奇想天外な怪物が一度に登場するのは、十三世紀、トマ・ド・カンタンプレの『万象論(デ・ナトウラ・レルム)』が書かれてから以後のこと」だとして、『万象論』を挙げる。写本もいろいろあるというが、「巨人、一眼巨人(キユクロペス)、スキヤポデス、竜、天馬(ペガサス)、海の一角獣、海豹《あざらし》」と言説が熱を帯びる。「スキヤポデスとは、リビアに棲むと伝えられた伝説的な一本足の種族」で、「スキヤ」は「ギリシア語で影を意味」し、「ポデス」は「足を意味する」。『夢の宇宙誌』には図版が載っているので、イメージもし易いが、澁澤が愛読するプリニウスが、「彼らの足は非常に大きいので、眠るとき傘のように頭の上にかざして、日除けにする」という説明が図版と呼応して実にわかり易い。一本足を頭の上にかざしたら、影をつくって、その下で日中でも熟睡出来るというわけだ。影のイメージと足のイメージの合体による大足の一本足の怪物のイメージは、イメージの様態の困難さよりも、それをイメージした現代の人間が、ざらざらした不快な思いとともに、人間中心主義の思考に強く抵触するゆえの、困難さがつきまとう。ただ、人間性などもともと皆無な「純粋思考」は言うまでもないことだが、澁澤の思考もまた、その汎神論的な自然観、サドの自然観を吸収しているゆえに、人間中心主義の思考などはみられず、イメージの様態が怪物化すればするほど、面白いと思っていることは看過できない。澁澤による「奇想天外な怪物」への讃美は、人間中心主義とは相反する思考であることは重要である。

澁澤は、『万象論』には木版画が多く挿入されているとして、「そのうちの二枚は人間の怪物のみを扱っており、頭の二つある人間、腕の六本ある人間、犬の頭の人間、頭のない人間、水かきのあるスキヤポデス、また、尾の二本ある人魚、翼のある人魚、四本脚の人魚、その他、あらゆる種類の『雑種形成』の怪物が描かれている」と言説化している。これは、人間の怪物、「雑種形成」という畸形のイメージの様態である。特に、図版にある、一四九一年マインツで刊行された『ホルトゥス・サニタティス』の木版画にある「イルカ」は秀逸で、男女の人魚は、顔には目も口もなく、背中に両目があり、腹には口だけがあり、さらにその口には、立派な二本の牙まで生えている。この『ホルトゥス・サニタティス』に挿入された夥しい木版画に登場する動物たちは、「いよいよ自然から離れ、幻想の領域に踏みこんだ観がある」と澁澤はいう。当然だろう。登場する怪物たちは、画家が「文字通り」に「雑種形成」をして、イメージするのだから、「翼のある兎、翼のある蛇、脚のある魚、腕のある魚」、さらには「プリニウスやアリストテレスがつけたラテン語やギリシア語の学名もしくは俗称が、そのまま文字通り」にイメージされ、その様態が表現されるから、サメは「海の犬」、アザラシは「海の小牛」、軟体動物は「海の兎」、甲殻類は「海の鼠」、そして、イルカは先に挙げた、顔にあるべき目と口が背中と腹にある人魚の怪物になるのである。澁澤の言説が怪物の列挙になり、熱狂し始めているのがわかる。勿論、エクリチュール化した「私」の「純粋思考」は、あくまでも「ラテン語やギリシア語の学名もしくは俗称」がまずあって、指向対象の怪物がイメージの様態を生成する。人間の観察による自然の分節化とは、反対の思考の運動をする中世の博物学と重ねられる思考法である。「純粋思考」は、澁澤がさらに「奇妙な怪物」を紹介してくれるのを待っているだけである。

澁澤は、十五世紀以後、どの動物誌にも必ず登場するという「海坊主」を挙げている。それは一般には、「頭のてっぺんを丸く剃ったキリスト教の僧侶」を諷刺した怪物であるが、図版にある二つの「海坊主」は面白いので挙げてみる。一つはメランヒトンが創造した「法王驢馬（パプストエーゼル）」である。もう一つはルーテルが創造した「牛坊主（メンヒスカルプ）」である。「純粋思考」が好むのはイメージの様態だけなので、その部分だけを抜き出してみる。まず、「法王驢馬」は、頭だけが驢馬で、象の鼻のような右腕に、右足は牛で左足は鷲獅子（グリーフス）、左腕と両脚はアルマジロのような甲羅で覆われている。胸と腹は女で見事な乳房の乳首はエロティックにもつんとたっている。臀には老人の顔が貼りつき、尾は竜の顔である。一方、「牛坊主」は、細い舌をのばして、無毛の全身に「ぼろぼろに裂けた法衣」と肩には「大きな頭巾」がかかった牛というよりも、全身汚物にまみれた豚のような男である。

ところで、『夢の宇宙誌』に横溢する「世界の終り」というイメージの様態は、黙示録が源泉になっている。「悪魔的怪獣の跳梁」とは、「宇宙的な異象と、人間や動物の畸形とが、あたかも互いに関係があるかのごとく」しばしば平行してあらわれるという。澁澤が好む「全ヨーロッパを覆った宗教動乱」は、特にドイツで夥しい怪物を誕生させることになる。ここで、澁澤は、一四九五年に「中部ドイツのウォルムスで、頭のつながった双生児が誕生する」と同時に、「グッゲンハイムでは、双頭の鵞鳥」が生まれ、さらに一年後には、「ランドセルに一つ頭の牝豚の双生児が出現した」という例を挙げている。さらに、デューラーも、「一五一二年バヴァリアのある村に実際に誕生した、エリザベエトおよびマルガレエテ」という「双頭の畸形児を描いている」という。この二つの例は図版にもある。

澁澤がいう、「人間や動物の畸形」に関係があるかないかは、エクリチュール化した「私」の「純粋思考」にとってはどうでもよいことだ。「純粋思考」が想起するのは、澁澤が挙げている『夢の宇宙誌』にある「アンドロギュヌスについて」の項での、「錬金術の寓意画」にみられる男女の合一という「反対物の統一」あるいは「結合」のアンドロギュヌスのイメージの様態だけである。ただこのとき、ここに紹介された双頭の畸形児が性を同じくしていることを、澁澤は失念している。勿論、この同性の双頭の畸形児を一気に「錬金術の寓意画」の男女の合一という、「反対物の統一」あるいは「結合」に変容させてしまう思考の運動が「純粋思考」であることは言うまでもない。

この「純粋思考」と区別がつかない澁澤の思考の熱狂ぶりは、人間の畸形、怪物のイメージの様態を渇仰するようにして、「十五世紀末から十六世紀の初めまで」、「ハプスブルク皇帝マクシミリアン一世」の治世に、「この期間にあらわれた数々の天体異象や怪物をすべて網羅して、一枚の画中に寄せ集めた」皇帝の「お抱え占星学者のヨーゼフ・グリュンペック」が、一五〇二年に制作した絵に言説化で突入することになる。図版とも呼応して、そこには「例のウォルムスの双生児も、グッゲンハイムの鵞鳥も、ランドセルの豚」も、「その他には、十二人の子供に取り巻かれた孕み女だとか、森や丘を駈けまわり、沼に飛びこみ、洞窟のなかにもぐりこむ(たぶん狂人だろう)百姓らしい男もいる。空には、ふしぎな焔の雨が降り、髯の生えた二人の男が、月を支えている」と澁澤の言説化が熱狂する。まさに「世界の終り」のイメージの様態、この「異様な黙示録的光景」に対する澁澤の言説の熱狂は、続けて、「バーゼルの奇特な学者コンラッド・リュコステネース」が、「アダムの楽園喪失以来、一五五七年にいたるまでの世界の全歴史を包含する」目的で制作した厖大な作品『異象および予兆の年代記(プロディギオルム・アク・オステントルム・クロニコン)』や、リュコステネースが「この本に挿入された版画をそのまま利用」した、ちょうど一年前に刊行された「ドイツの地理学者セバスティアン・ミュンスター」の『コスモグラフィアェ・ウニウェルサリス』第三版や、リュコステネースが挿絵のために利用した「チューリッヒの博物学者コンラッド・ゲスナー」の『ヒストリアエ・アニマリウム』」、さらに「チューリッヒの医者ヤーコブ・リュフの『人間生殖論』」の図版にもある木版画の「怪物の集大成」への、澁澤の言説の突入、合一を生むことになる。

拾えるものは拾ってみよう。ミュンスターの『コスモグラフィアェ・ウニウェルサリス』から転載された木版画「北方の海の怪物を寄せ集めた」図では、「鋏のある大エビや、のたくる巨大な海蛇を初めとして、頭から潮を吹き出す獣のような魚や、牙のある牛のような魚」や、動物と魚類が、まさに「雑種形成」したと思われる「得体の知れない凶暴な魚までが波間にひしめき合っている」。コンラッド・ゲスナーの『動物誌』には、珍種「モンストルム・サテュリクム」という怪物の図がある。これは、「前肢が犬、後肢が鳥といった獣」で、「顔は人間」だが、「顎の下に鶏の肉垂れのような奇妙な瘤が垂れ下がっている」。さらに、「頭の上に一本の角があって、女のような胸をしており、翼をひろげ、鳥のような一本足で立っている」怪物の図もある。

このあたりの言説は、澁澤の言説というよりも、エクリチュール化した「私」の「純粋思考」の運動態によるもので、切りがない。ただ、「純粋思考」は、「怪物物語」のイメージの様態を求めて、「フランスのリュコステネース」とも称すべき、「ブルターニュ生まれのピエール・ボワトオ」の『不可思議物語』にある「雷に撃たれて死んだ娘」の木版画に辿り着く。その木版画に呼応した物語は、「ロオマのポンペイウス・リウィウスという者が、娘を連れて、馬に乗って原っぱを通っていると、突然、娘が雷に撃たれ、馬から落ちて死んでしまった。驚いたことに、雷は娘の口から体内に入って、陰部から」出ていき、「娘の舌はもぎ取られて、両脚のあいだに落ちていた」ということを伝える。

澁澤は、このボワトオの『不可思議物語』にある奇妙なエピソードを文章ではまったく触れず、図版のキャプションとしているが、「純粋思考」はイメージの様態を説明する言説を好む。それは反対に「純粋思考」がエクリチュール化して創造できるからだが、しかし、ここは既に書かれ、読まれていたマルキ・ド・サドの『悪徳の栄え』の最後の場面を想起すればよいだろう。なぜなら、美徳の観念の畸形、怪物のジュスチーヌが落雷による死を遂げている場面が既にあるからだ。『悪徳の栄え』から引用しよう。

「稲妻がひらめき、風が鳴り、天の雷火はすさまじく雷を揺るがしていた。あたかも自然がみずからの仕事に厭気がさし、すべての構成要素をまぜかえして、新しい形につくりなおそうとやっきになっているかのようであった。ジュスチーヌは、一文も恵んでもらえないばかりか、わずかに残っていたものまですっかり取りあげられて、城館の門からたたき出されたのである。こんな情ない仕打ちと残酷なあしらいに、彼女はとほうにくれ、嘆き悲しむばかりであったが、それでも汚辱にみちた場所からのがれ出たことにおおいに意をやすんじて、神に感謝しつつ、城館の並木道を通り抜け、ようやく大通りにさしかかろうとすると、ちょうどそのとき、雷が一閃して、彼女のからだを貫通し、そこに仰向けに転倒せしめたのである」。

「五人の道楽者は死骸を取り巻いた。それはまったく怖ろしい形相に変わっていたけれども、四人の悪党は、この血まみれな女の残骸になおも醜い欲望を抱くのであった。死体から衣服が取りのぞかれ、ジュリエットが男たちの欲念をあおりたてた。雷火は口から入って、玉門に抜けていた。この雷火の貫通した二つの穴に対して、彼らは怖ろしい悪戯を加えた」。

澁澤のひらがなを多用した、見事な日本語がサドの自然観を的確に浮かび上がらせている。美徳の観念をもつジュスチーヌは、徹底して不幸になり、悪徳の権化であるジュリエットと悪党の男たちは栄華を極める。この自然による人間中心主義の観念を蹂躙する摂理に、「純粋思考」は身体的エロスのエクスタシーへと一気に達するのである。

しかし、それはともかく、サドは十八世紀の作家である。十六世紀のボワトオの『不可思議物語』にある落雷死の娘のエピソードの方が先に書かれているものであることを考えれば了解できることだが、「純粋思考」とともに、澁澤の思考に顕著にみられる特徴は、リュコステネース、あるいは澁澤が愛好するプリニウスにも言えることだが、既に書かれたものを年代や地域もお構いなしに、愛好するものを蒐集し、読み、引用することである。言説の源泉を辿ることには興味がない。澁澤は、言説の源泉への興味ではなく、その現前化する「リヴレスクな博物学」のオブジェへの興味だけで、読み、書けば足りるのである。ただ、これは、熱狂すると澁澤の「私」性、作者性をも消滅させてしまう思考であることは忘れてはならない。

怪物から人間の畸形へと澁澤の言説はまだ続く。澁澤は、このピエール・ボワトオに「合理的客観的思考への萌芽が認められる」として、十六世紀、「フランスの最初の宮廷付外科医であり、近代医学の先駆者の一人」であるアンブロワズ・パレに、さらなる「合理的客観的思考」をみる。しかし、パレには時代思潮としての神秘主義的思考も色濃く残っている。だから、パレの『著作集』の一書は全篇、人間の畸形についての問題を扱いながら、パレによれば、「畸形の原因は神の怒りであり、悪魔の仕業」であり、「妊婦が醜いもの」を凝視しすぎた結果であるということになる。またこれは、ピエール・ボワトオの見解とも一致しているのだという。つまり、パレは、「手脚がたくさんあったり、胴体がたくさんあったりするような子供の畸形は、その受胎の際の両親の性的放縦に関係しており、頭がなかったり、手脚がなかったりするような子供の畸形は、その両親の性的無力に関係している」というのである。さらに、「人間の頭をした豚だとか、犬の頭をした人間だとか」という「雑種形成」が生まれるのは、「罪ぶかい人獣交婚の結果」だと断定する。そういう人間の畸形、怪物が実在するかどうかは問題にしない。「ただ外科医のリアリスティックな眼によって、幻想的な怪物がよりリアリスティックに描かれる」その言説化に澁澤は熱狂し、「純粋思考」は快楽を感じるのである。最後に、澁澤は十七世紀以後も、そういう「怪物の挿絵は相変らず出版された」として、人間の畸形、怪物の挿絵が入った書物を列挙して、註「怪物について」は終っている。

ただ、これらのイメージの様態もまた、人間の畸形を怪物として認識して提示することである。「純粋思考」は好むところだが、澁澤には、このような「合理的客観的思考」を神秘主義的思考とともに享楽するところはなかったかどうか。これらがすべて、イメージの様態が明確な挿絵を澁澤が現前にしていることを思えば、澁澤の思考がいかに「純粋思考」と区別がつかないかがわかる。幼児性の思考が人間を超越した怪物にみえるところである。

ところで、『夢の宇宙誌』にある「玩具について」の註「怪物について」を読めば、澁澤が、『胡桃の中の世界』にある「動物誌への愛」の項で既にみた、中世の「動物誌」に終始していたことはすぐに気がつくことである。ただ、「動物誌への愛」の項は、「動物誌」の列挙とイメージの様態が溢れた挿絵の木版画をともにみてゆく註「怪物について」のようではなく、澁澤の思考が「動物誌」を現前にして、どう働くかが明瞭に言説化されていたことが認められる。繰り返しになるが、それは、動物を元型として捉え、そこに「人間の無意識と本能の広大な深層」を見出すことで、人間概念を止揚した「超人間的」なイメージの様態を提示することであったのである。もっと言えば、エクリチュール化した「私」の「純粋思考」とは、この「超人間的」な思考の運動態だということもできるわけである。

さて、『胡桃の中の世界』にある「怪物について」についてもみておこう。澁澤は、この項では、註「怪物について」で既にみた十六世紀フランスの外科医アンブロワズ・パレの『怪物および異象について』をおもに述べている。そして、パレのこの書物もまた、パレが最後まで捨てることがなかった「牢固たる神秘主義哲学」に裏打ちされた「一種のイメージの書として楽しむこと」ができ、「本文とともに、豊富なイラストレーション」は、「いやが上にも読者の想像力を掻き立てる」仕組みになっている。

それよりも澁澤はここで、「こうした彼の神秘主義的な怪物好み、畸形好み」に、ややもすれば不満をもつ読み手もあろうが、「それは彼の自然に対する生き生きした好奇心を証明するものであって、不健康なものでは全くない」と弁明しているのは、見逃せない。この思考は、言い換えれば、「五本足の羊や双頭の牛を見世物として眺めたり、博物館にコレクションしたりする精神」構造の思考と同じものである。これもやはり澁澤が、怪物、畸形の多様な様態が自然である動物を人間の元型に据えて、愛好していることを「動物誌への愛」の項で了解していないと間違えるところだろう。勿論、「超人間的」なエクリチュール化した「私」の「純粋思考」は、人間の畸形もまた、夥しい多様な自然の怪物的な存在の一様態に過ぎないと捉えているから、「見世物」として眺めて楽しんでいるのである。

ただ、「純粋思考」を満足させるためには同様に夥しい言説がいる。そこで、パレがいう「畸形の発生する十三の原因」を澁澤に倣って煩をいとわず列挙してみる。第一は神の栄光、第二は神の怒り、第三は精液の過多量で、「その結果、双頭の子供やシャム双生児や両性具有者が生まれる」。第四は精液の過少量で、「その結果、肉体の一部の欠如した人間が生まれる」。第五は想像力で、「妊娠中の女が妄想したり、いつも同じ絵を眺めていたりすると、それが子供の肉体に現われる」。第六は「子宮の狭窄」、第七は妊婦の腹部への圧迫、第八は妊婦の腹部への打撃、第九は「遺伝の病気」、第十は腐敗で、「墓穴や石のなかで、蛇や蛙が自然発生することがある」。第十一は精液の混淆で、「獣姦の結果、半人半獣の怪物が生まれる」。第十二は「乞食が同情を惹こうとして、不具者や病人のふりをすること」。「そして最後の第十三は、悪魔の仕業である」。

澁澤が言うように、何というパレの「非科学的、非合理的」な分類であろう。しかし、エクリチュール化した「私」の「純粋思考」は、この「非科学的、非合理的」な「畸形の発生」の分類のなかで、澁澤自身が「畸形に分類する」ことに納得いたしかねると匙を投げた、特に第十二番目の畸形の発生原因の、乞食が「不具者や病人のふりをすること」に反応する。なぜならこれは、「不具者や病人のふり」をする者をみて楽しむ、また自らも「不具者や病人のふり」をすることで楽しむという「純粋思考」でないと理解できない言説化であるからだ。この「不具者や病人」を見世物として楽しむという思考は、「不具者や病人」を畸形や怪物と同様に、「超人間的」なものとして捉え直してイメージの様態を自らが創造することでもあるからである。

自然から分節化して博物学で夥しい多様な畸形や怪物を分類してゆくことは、言葉で分節化するときに、「内面性と膨張の弁証法」、「大と小の弁証法」の運動が生じる。そこにアナロジーの「ふり」が介入する。ここで言えば、畸形、怪物とされる「不具者や病人」の間で、その「ふり」をも区別がつかなくなり、それらをともに愛好する思考ということになる。澁澤の思考の怪物性が「純粋思考」に凝結して突出するところでもある。

澁澤は、後半はパレの「海と鳥と陸の怪物を扱っている部分」をみる。ここで澁澤は、「パレにとっては、自然の多様性、しかも調和のとれた多様性という観念が、そもそも博物学の書物を書かんとする深い動機をなしていたのではあるまいか」という。勿論、自らが好む中世の「動物誌」は、既に「動物誌への愛」の項で述べているように、「神秘に対する共通の嗜好を満足させる、ある種の伝説」をも包含した、アレゴリーの思考体系で構築されているものだということを澁澤も了解していることである。

「自然はオロボン(山猫の頭をした一種の鰐)のような、アロエ(鵞鳥の頭をした怪魚)のような、海の蝸牛のような、あるいは鯨のような、途方もない巨大な怪魚を創造しては楽しんでいる」。これは、当時の博物学者の「陸と海には必ず相似たものが存在するはずだという、一種のアナロジー」の思考である。「自然の巧智は、もとより巨大な怪物を作り出す」だけではない。「時には巨嘴鳥(トゥーカン)のように、身体の一部が異常に大きく発達した動物をも生ぜしめる」。自然の多様な動物の怪物たちをパレとともに楽しむ澁澤は、「身体の一部が異常に大きい動物」のジラフと、「豚のような頭をしており、性質きわめて凶暴で、時には自分よりも大きな魚を襲って食う」という「メキシコの湖に棲むホーガという怪魚」を並べて言説化する。さらに、パレがホーガは、水中で「あたかもカメレオンのごとく、あるいは緑に、あるいは黄色に、そして次には赤にと変化する」のだという説明を引用する。

澁澤は、これらの怪物を「自然の名人芸」と捉える思考は、「自然の巧智、自然の調和という観念が成立するためには、大宇宙と小宇宙とが互いに反映し合うという、あの新プラトン主義哲学風のアナロジー」の思考がなければならないという。これはまさに、「石の夢」の項で触れていた、既に何度も挙げた「内面性と膨張の弁証法」、「大と小の弁証法」の思考である。さらにまた、「人間は一個の小宇宙であって、大宇宙としての世界の反映にほかならない」という、「純粋思考」が合一化する観念に到達する思考が、パレの精神にもみられるということである。ただ、このアナロジーの思考の運動は、大小ともに動くものであることを澁澤は見落とさない。「純粋思考」にとっては、澁澤が自らの思考に対してはアナロジーの思考の運動をみていないことだけが気にかかるだけである。

澁澤は、大好きなプリニウスの『博物誌』から、「正しい理由から言い得ることは、地上に存するものは海中にも存するということだ。単に地上の獣の形をした魚がいるばかりでなく、生命のない多くのものの形もある。海の葡萄、海の剣、海の爪が存在するように、地上の胡瓜とそっくりな色と匂いをした、海の胡瓜も存在する」という言説を引用しているが、プリニウスは、中世の博物学者が考えていた陸と海の多様な動物のアナロジーの思考を、「生命のない多くのものの形」にまで拡大して、自然を捉えているのが傑出している。勿論、これこそが澁澤の自然観、サドの自然観、そして澁澤の思考の核になるものである。

ただ、ここは、澁澤もパレに倣って思考しているので、「海の怪物」は、「ほとんど大部分が、何らかの別の生物に似ているという特徴を有していること」を提示して、このアナロジーの思考を、パレは「空の星々」の秩序正しい配列を人間社会に当て嵌め、六個の遊星と太陽を「貴族と王の関係」と等しいものとしているという。しかし、これは当然、「天界が人間世界を反映するように、下級の領域が上級の領域を反映する」というアナロジーの逆転を生むことを示唆するものである。さらに、「石や植物のなかに、人間の像や動物の像が見えることがある」とパレはいう。これは澁澤が言うように、「プリニウスから十七世紀のアタナシウス・キルヒャーにまで及ぶ、自然魔法の流れ」のなかに位置づけられる思考であり、「大宇宙が小宇宙を模倣するように、小宇宙も大宇宙を模倣する」という、「内面性と膨張の弁証法」、「大と小の弁証法」の澁澤の思考と区別がつかない「純粋思考」そのものの思考である。

パレに倣って澁澤は、「内面性と膨張の弁証法」、「大と小の弁証法」の思考の運動態の裡に、サドの自然をも、「相互に無限に反映し合うイメージ群によって組み立てられていて、事物はそれぞれ一個の独立性を保ちながらも、決して個々の存在のなかに閉じこめられ、孤立しているのではなくて、ある本質的な連続によって結ばれ合っている」と提示することになる。

この思考は、十六世紀の「フランスの鬼神論者ジャン・ボダン」の文章を引用しながら、パレの『怪物および異象について』のなかで、怪物たちが「水陸両棲という顕著な特徴を示している」こと、つまり「陸棲動物と水棲動物との中間」のイメージの様態をもつ怪物を生みだしていることと通底するものである。澁澤は、「トリトンもセイレーンも、人間と魚との中間的な存在」であるし、「駝鳥も、鳥と獣との合の子」であることを想起して、パレの怪物概念とは、「それは種の混淆をもたらすもの」であり、この怪物の性質こそ、「じつは何物にも増して宇宙の調和を見事に表現しているのであり、事物の本質的な連続を明からさまに示している」という。この澁澤の怪物礼讃は、そのまま『夢の宇宙誌』にある「天使について」「アンドロギュヌスについて」の項で論じられた、アンドロギュヌス、あるいはヘルマフロディトス、あるいは天使への礼讃と直截に繋がる思考である。こう考えれば、エクリチュール化した「私」の「純粋思考」こそ、思考の怪物、「種の混淆をもたらすもの」であり、それはそのまま「純粋思考」の提示したものと区別がつかなくなるものである。

最後に澁澤は、「純粋思考」のイメージの様態を示そうとするかのように、パレが紹介する二つの怪物を提示する。図版もあるが、一つは、アフリカに棲息する「亀に似た円形の怪物」で、「完全にシンメトリックで、背中に十字形の印があり、十字形の四つの先端に、それぞれ一個の眼と一個の耳がついている。脚は十二本、円形の周囲に放射状に生えている。つまり、この獣は四方を見たり聞いたりすることができ、身体の向きを変えないで、そのまま四方に進むことができる」と説明されている。「これこそ宇宙の調和と事物の本質的な連続を象徴する、ユングの曼荼羅そのままの怪物ではあるまいか」と「純粋思考」の自画自賛の声が聴こえてきそうな怪物である。

もう一つの怪物は、「皮膚の色を自由に変えるカメレオン」である。パレによると、「その皮膚がきわめて薄く透明なので、周囲の事物の色を鏡のように容易に反映する」という。「これこそ全世界を鏡のように映し出す、普遍的なアナロジーの象徴」であり、澁澤の思考、それを止揚してある「純粋思考」と重ねられるイメージの様態の怪物と言わねばならない。

つまり、「円形の怪物もカメレオンも、世界の調和という観念に基礎を置いた、ルネサンス期の自然概念の見事な要約になって」おり、それはひいては、サドの自然概念そのものと言わねばならないものである。サドの自然、あるいは再構成された「世界の調和という観念」に基礎づけられた小説世界という小宇宙を、そのまま自らのものとして、澁澤は自らの思考を創り上げてきたことをここで再び了解し直すことになる。勿論、この発見は、「リヴレスクな博物学」の小宇宙で澁澤の思考が運動すれば、やがて澁澤の思考による言説化が熱狂し、エクリチュール化した「私」の「純粋思考」が運動態となって顕現することも保証するものである。

十　「ユートピアとしての時計」

澁澤は、図版が付けられた、あの小説家プロスペル・メリメの『中世美術研究』にある論考の一つ「ヴィラール・ド・オンヌクールの画帖」を現前にみている。そして、既に何度も触れた『夢の宇宙誌』にみられる「イメージの形態学」的思考を、この項でも「私の知識はイメージとして、まず目から入ってきたものが大へん多い」と繰り返している。

ここでも図版にある「永久運動の装置」をみながら、ヴィラールの「考案した永久運動の装置」は、「重力の作用によって自動的に回転する巨大な車輪」で、「車輪には七個の金鎚が付属していて、金鎚の重さで車輪が回転し、その回転で金鎚がふたたび上へあがる」という「初歩的な永久運動の機関」であると説明している。勿論、現在では「永久運動が物理学的に不可能なこと」は証明済みであるが、十三世紀のヴィラールの時代においては、「永久運動の機関」は「最も重大な形而上学的夢想」であったことが、澁澤の興味を惹いているのだ。それは澁澤の思考がなによりも、形而上学的夢想を好むものだから当然である。ヴィラールは、「自動人形」の製作も行なっていて、これはまた、『夢の宇宙誌』にある「玩具について」の項の図版にあったヴォーカンソンの自動人形をイメージすればよいか。ともあれ、澁澤はヴィラールの自動人形である「つねに太陽を指さしている天使」を動かす装置が、「単純な一種の時計のメカニズム」であることを述べて、すぐに「機械時計、歯車装置の時計」について述べようとする。

気づくだろうが、「宇宙卵について」の項であったピエロ・デラ・フランチェスカの「モンテフェルトロ家の祭壇画」の図版を現前にした澁澤の、逍遙するイメージの様態との戯れに似た言説の運動は、澁澤の思考が熱を帯びるまでの原動力である。しかし間違ってはいけないのは、これがエクリチュール化した「私」の「純粋思考」の顕現を誘発するための助走の言説の運動ではないということだ。「純粋思考」は、身体的エロスの対峙する観念と合一、止揚するときのエクスタシーを常に希求する思考の運動態である。たとえ、この項では主題が「ユートピアとしての時計」であろうとも、澁澤の言説がどこで熱を帯びてこようとも問題にはならない。観念と遊ぶ思考の身体的エロスの昂揚と消沈の運動は、観念を汎神論的な愛好で関係を結ぶ澁澤の言説化した思考には、問いようがないからだ。ただ、この項では澁澤のヴィラールに関する言説に思考の昂揚はなく、ユートピアとしての時計についての言説が進んでゆくだけである。

さて、「実際、時計は中世の民衆のあいだに、ある日、ひっそりと現われた。この奇妙な機械がいつ、どこで最初に製作されたか」はいまだに定説がないと澁澤はいう。「しかし機械時計の歯車装置は、自然の時間、神の時間を加工するという意味で、いわば反自然の工房、悪魔の工房といった様相を帯びる」という。つまり、この言説も「内面性と膨張の弁証法」、「大と小の弁証法」の思考が、「機械時計の歯車装置」に「反自然の工房、悪魔の工房」をアナロジーとしてイメージさせているを捉えなければならない。

さらに、澁澤はここで無名とされる「時計の発明者」に「グーテンベルクの名前が不当に喧伝されている」として、確かに「印刷術は偉大な発明でもあったであろうが、それは私たちの読書の仕方を変えたわけでもなく、エクリチュールを変えたわけでもない」と述べている。ところで、この澁澤が用いている「エクリチュール」という言葉は見逃せない。澁澤は「言説」という意味で用いていると思われるからだ。つまり、エクリチュールとは言葉による思考の流れ、運動と澁澤が捉えている証左が、こんなところで発見されることになる。

だから、澁澤の思考の運動も「機械時計の発明」の方に思考の影響力をみる。機械時計の発明は、「ひそかに私たちの精神を腐蝕する作用を永く及ぼした」し、「最初の時計から最初のセコンドが飛び出して以来、それまで神聖不可侵と考えられていた自然の時間、神の時間が死に絶えて、もはや二度と復活することがなかった」というわけだ。「時計の歯車装置は悪魔の工房」とは、イメージの様態でいえばサドの小説世界ではないか。さらに「最初の機械時計は修道院という、閉ざされた、まさにユートピア的環境から誕生した」ものだというのだからなおさらである。

おのずから、「時計とユートピアとの関係」に澁澤の思考はのめり込むことになる。澁澤はまず、「日時計や月時計」だけではなく、太陽や月の運行と異なるところがない水時計や砂時計が記録するのは、「自然の時間より以外のものではない」。それらが「つねに一定のリズム」に従う「等質の流動体」の水や砂のエネルギーを利用するからだという。それに対して、機械時計は「分銅あるいは発条《ぜんまい》のエネルギーを利用して」いるゆえに、「水のシステムのように完全ではない」という。これは面白い思考である。機械時計は、「垂錘や発条」の運動の速さがいつも一定にならないゆえに、「時間の王国はついに人間の手中に帰した」というのだ。つまり、澁澤の「機械時計」から捉えられる思考は、「もはや自然の時間ではなく、加工され精錬された時間、文明化された、抽象的かつ論理的な時間でしかない」というわけである。

そこで機械時計から導き出される思考のアナロジーとして、澁澤は「ユートピア」を考えることになる。ただ、「ユートピア」そのものに関しては、既に『神聖受胎』にある「ユートピアの恐怖と魅惑」、あるいは『黄金時代』にある「ユートピアと千年王国の逆説」で詳細に述べられたユートピアの捉え方と同様のものである。

澁澤は、「ユートピアとは元来、歴史の無秩序な流れとは対立したものであり、論理的であって、完成を志向するものである」という。「ユートピアの構造を支える諸部分は、歯車のように互いに嚙み合って、固く結ばれ合っている。ユートピアとは、一本の軸を中心に回転する機械の世界」で、「機械時計の抽象的な時間は、そのままユートピア世界の時間」でもあるという。

これはまさに、エクリチュール化した「私」の「純粋思考」が捉える「時計とはユートピア」のイメージの様態であり、「時計は一個のオブジェという形のもとに、あらゆるユートピア的構造の特徴を再現」する「内面性と膨張の弁証法」、「大と小の弁証法」の思考運動が再構造する小宇宙であり、大宇宙のことである。さらに「純粋思考」が捉えるイメージの様態は、機械時計をオブジェとして捉えたうえで、希求するのはあくまでも時計の裡に閉じ込められた時間という観念なのである。

澁澤もそれを、「砂時計や水時計」であれば、「時間は物質的なイメージ」の様態が捉えられるが、機械時計に閉じ込められた時間は、「虚無」なのだという。しかし、虚無とは、澁澤がイメージの様態から言説を紡ぎ出し、イメージの様態の明確な絵画や図版と対峙しながら言説化する澁澤の思考方法にとっては、イメージの様態の消滅を意味するものである。さらにそれはそのまま、イメージの様態で捉えていた澁澤の「私」性の思考の消滅を示すものでもある。そう考えると、澁澤がイメージの様態では捉えられない「ユートピスト自身の虚無の反映」で、「抽象的な時間が勝利して、具体的な時間が死んでしまう」虚無とは、「持続の感覚が消滅して、ただ永遠の現在があるのみ」とする「ユートピアの一般的な性格」をもつ、エクリチュール化した「私」の「純粋思考」が保持するものであることになる。

この「時計の秩序に支配された世界が、かえって無時間の世界になるというユートピアの逆説」から導き出される、「時計と同じように、永久運動や自動人形もまた、オブジェとして表現された、ユートピアのイメージそのものだと称して差支えあるまい。千篇一律な自動人形の動きのなかに、『輝ける都市』のイメージが透けて見えるのである」という澁澤の言説も、永遠運動をする「純粋思考」を内側に包含した二重構造をもつ澁澤の思考のアナロジーと捉えることができる。だから、澁澤が「私」性の思考を消滅させないと顕現しない、永久運動をする「純粋思考」は、中世の「最も重大な形而上学的夢想」だけではなく、読み、書き続ける澁澤にとっても「最も重大な形而上学的夢想」なのである。

ユートピストだけではなく、澁澤もまた「無窮動の循環的時間という、一つの人工的時間」を夢想する。オブジェとして澁澤が「円い時計の文字盤」を好むのも、「純粋思考」が好む永久運動を夢想させるからだ。澁澤の思考は「純粋思考」と愛好という一点で通底しているとみなければならない。

そして再び澁澤は、ユートピストとしてのサドをここで取り上げる。『神聖受胎』にある「ユートピアの恐怖と魅惑」の項の冒頭で、「マルキ・ド・サドが怖るべき実践理性の公準の上に、一種のユートピア的怪物を創造している」と言説化しながらも、ここではロラン・バルトの『サド、フーリエ、ロヨラ』から、サドが描く大饗宴は「じつのところ、一つの機械である。子供や寵童や助手などといった全員が、一つの巨大な精巧な歯車装置、一つの精密な時計を形づくるのである」と引用して、サドが夢想する小説世界は「それ自体、一つの巨大な時計にも比すべき世界」だという。ただここで、澁澤は、サドの理想の状態が「時間の単調な繰り返しによって時間を消滅させる」一般の「ユートピストの憧れる無時間の世界」の様相ではないことを喚起させる。つまり、サドの永久運動とは、「動乱と転覆と死の要素」が横溢した文字通りの永遠の運動態なのである。「サドの作品」には、「つねに血や精液や汚物がみちみちている。思うに、死による分解や腐敗は、エロティシズムと同様に万物を流動させ循環させるので、サドのいわゆる永久運動にそのまま合致する」。まさに、この「死による分解や腐敗」による永久運動こそ、サドのエロティシズムと自然観に合致するものであり、それは澁澤の思考の源泉になるものである。

最後に、澁澤は自身の時計愛好について、「私は現に活動している時計よりも、古くなって動かなくなった時計、針の欠けた時計、ローマ数字の文字盤の黄色くなった時計、つまり死んだ時計を何よりも好む」と述べている。これはまた、イメージの堅固なオブジェばかりが並べられている。これらのオブジェは、澁澤の「私」性の思考が観念を志向して止揚し、「純粋思考」の顕現を促すことは明瞭であろう。永久運動態として破壊する思考には、破壊するための堅固なイメージの様態が絶対に必要であるからである。

十一　「胡桃の中の世界」

冒頭から珍しく澁澤は、ミシェル・レリスの告白の書『成熟の年齢』にある「無限」と題された文章にある幼児体験と同様の、「メリー・ミルクというミルクの罐のレッテルに、女の子がメリー・ミルクの罐を抱いている姿の描かれている」のを眺めて、「一種の眩暈に似た感じを味わった」という自身の幼児体験を語っている。続けて、「キンダー・ブックという絵本の表紙には、子供が小さなキンダー・ブックを見ている絵が描いてあって、その小さなキンダー・ブックには、やはり同じ子供が同じキンダー・ブックを眺めている」というイメージの様態を現前にしたときの、同様な「得も言われぬ不思議な感じ」の体験を繰り返し語っている。まだある。今度はレリスの体験で、「サンタ・クロースによって煙突の中を通り抜けてくる大きな玩具や、壜のなかに封じこめられたモデル・シップを見た時の驚き」の体験である。もう気づくだろう。既に何度も挙げた『胡桃の中の世界』の「石の夢」の項にある「内面性と膨張の弁証法」、「大と小の弁証法」の思考の運動がここにもみられるのだ。

澁澤は実に楽しそうに、それをこう言説化する。「どうやら彼においては、大きなものと小さなものとの弁証法を楽しむ想像力が、幼時から人一倍、発達していたものと思われる。その点では私も同じことで、現にこのような文章を楽しみながら書いているところをみると、この傾向はいまだに私の内部に執念く棲みついているもののごとくである」。

この「内面性と膨張の弁証法」、「大と小の弁証法」、あるいはここで澁澤がいう「大きさの相対性あるいは弁証法」の思考の運動を、読み、書くという楽しみと合一させている澁澤の思考は見逃せない。これが止揚すれば、澁澤の「私」性が消滅し、エクリチュール化した「私」の「純粋思考」が顕現するのは自明の理である。

そして、この「大きさの相対性あるいは弁証法を楽しもうとする」思考の運動を、ピエール＝マクシム・シュールは「ガリヴァー・コンプレックス」だと称しているとして、自らの思考の運動を澁澤は断定している。また、運動態としての読み、書くという楽しみ、自らの運動態としての思考を思考する楽しみは、冒頭に言説化された「一種の眩暈に似た感じ」や「得も言われぬ不思議な感じ」の感覚と合一すれば、身体的エロスの思考の運動態でもある「純粋思考」にとっては、汎神論的なエクスタシーと言える。そこで「大きさの相対性あるいは弁証法」である思考の運動の証左となる言説が引用される。レミュエル・ガリヴァーは、巨人国で「大小は要するに比較の問題だと哲学者は言うが、まことにもってその通り」といい、ハムレットは、「たとえ胡桃の殻のなかに閉じこめられていようとも、無限の天地を領する王者のつもりになれる」というのだ。

ここから澁澤は、「私たちを陶然たる幻想の気分に誘いこむガリヴァー・コンプレックスは、すべて、この単純な比較の問題、相対性の問題から出発しているのである」と読み手を「私たち」という言葉で巻き込んで、「陶然たる幻想の気分」、つまりエクスタシーの状態に言説で誘い込む。このとき、言説化による汎神論的エロスの快楽が顕現するのは、澁澤の「私」性が消滅していることの証明にもなろう。

「純粋思考」と区別がつかない澁澤の思考の運動態としての言説が、何を想起するかが予測されてくる。ハムレットのいう「胡桃の殻」とは、「ただちに私たちに壺中天の故事を思い出させるだろう」というわけだ。「小宇宙はすべて、大宇宙の忠実な似姿なのであり、私たちの相対論的な思考は、そこに必ずミニアチュールの戯れを発見するのである。ニコラウス・クサーヌスは、これを無限という観点から見て、最大のものは最小のものと一致する、つまり『反対の一致』ということを唱えた」。しかし、このニコラウス・クサーヌスの思考に関する澁澤の言説は、既に「幾何学とエロス」の項で言及され、「相反するものの一致」、「反対の一致」は、『夢の宇宙誌』にある「アンドロギュヌスについて」の項にあった「反対物の統一」あるいは「結合」の思考と通底するものであることも既に述べられていたことである。

「内面性と膨張の弁証法」、「大と小の弁証法」というのは、ガストン・バシュラールの言葉だから当然だが、ここでもバシュラールの『空間の詩学』から、「巧みに世界を縮小することが可能であればあるほど、私たちは一層確実に世界を所有する。しかもそれと同時に、ミニアチュールにおいては価値が凝縮し、豊かになることを理解しなければならぬ。…小さなものの中に大きなものがあることを体験するためには、論理を超越しなければならない」と澁澤は引用する。まさに澁澤は、「私」性を消滅させてまで楽しみに熱狂して、いとも容易に「論理を超越」し、ミニアチュールの無限の永久運動をするエクリチュール化した「私」の「純粋思考」に止揚して飛び込む勢いである。

さらに澁澤は、オーソン・ウェルズの映画「市民ケーン」のラスト・シーンを想起する。かつての新聞界の大立者ケーンが老いさらばえて死ぬ前に、手に握りしめていたスノードーム。「このガラス球の小世界を掌中に握っているとき、裏切られたエゴイストの老人にも、まだ世界を所有しているという感覚」は残る。澁澤の思考は、ミニアチュールで「労せずして世界を支配する感覚」を楽しむことになる。

ここから澁澤は、「現実の世界はばらばらに分散し拡散しているので、これをミニアチュールとして凝縮して提示しない限り、ついに世界を支配することは私たちにとって不可能なのだ」と断定するが、これは「大きさの相対性あるいは弁証法を楽しもうとする」思考の運動というよりも、澁澤がもつ汎神論的なエロスで、「ばらばらに分散し拡散している」自然を分節化し、オブジェという指向対象を言説化して「ミニアチュールとして凝縮して提示」する「純粋思考」の永久運動の様態のことではないか。

澁澤もそのことには自覚的だ。「大きさの相対性あるいは弁証法を楽しもうとする」思考の運動は、指向対象は多様である。つまりこの思考は、「大小順次に重ねて組み入れた、あの支那の手品の箱」のイメージの様態で、ここでもピエール＝マクシム・シュールの言葉を借りて、「入れ子」の思考と提示する。この思考の運動のイメージの様態は、澁澤が言うように「枚挙に遑がない」。例えば、澁澤が挙げる、エレアのゼノンの「アキレスと亀」のパラドックス。ここにみられる「無限に繰り返されるイメージ」の様態は、亀がアキレスの「入れ子」になって永久運動をしているのに等しいことになる。

この「入れ子」のイメージの様態をもつ澁澤の思考は、既に「ユートピアとしての時計」の項でみたように、無限の時間は、機械時計の「入れ子」であるし、何よりも澁澤の思考の「入れ子」はエクリチュール化した「私」の「純粋思考」で、その思考は永久運動をしている。それは反対に、「純粋思考」を「入れ子」にしたまま、澁澤の思考が永久運動の運動態であると捉えることもできるのではないか。

澁澤は楽しくて仕方がないのだろう。コクトーがいう「ある物体を大きいとか小さいとか言うのは間違いで、近いとか遠いとか言うべきだ」という思考を紹介している。これは「可視性をもっぱら距離の関数と考えることによって、大小の観念を絶滅しようというわけ」である。澁澤の好みの思考で言い換えて、「眼を一種の望遠鏡」と考える。当然、眼は逆しまの望遠鏡にもなる。このイメージの様態は幼児の戯れのような、しなやかな思考の転換で、エクリチュール化した「私」の「純粋思考」が好む「時間・空間の既成概念を根底からひっくり返す」。コクトーの思考の運動は、ほとんど無限の「時間・空間」の概念を獲得してしまうことになる、永久運動をする弁証法的思考の運動態そのものだ。これも澁澤の思考から止揚する「純粋思考」への運動態と捉えてよいだろう。

澁澤も言うように、「入れ子のテーマを文学作品や哲学や科学のなかに探すとすれば、優に一巻のアンソロジーを編むこと」ができそうだ。澁澤は密かに「入れ子」をテーマにした言説で構築された作品のアンソロジーを編むつもりで、渉猟、蒐集していたのではないか。そしてその蒐集の様態は、「イメージの戯れや相対性の論理を玩弄する」という姿勢で貫かれているはずだ。後は、その「入れ子」のテーマであれば、他者、つまり読み手の多くが未読でイメージの様態が明確な作品を、提示する喜びだけだろう。

ここでも澁澤は、ウィリアム・ブレイクのかわいらしい詩を取り上げる。澁澤を読み続けている読み手には意外な感じがする。さらに、画家でもある、ダイナミックなイメージの明確なブレイクの詩のなかから、澁澤が紹介するのは、『水晶の部屋』という「入れ子」の思考だけで構築された詩である。「ひとりの少女が詩人をとらえて、彼を水晶の密室に閉じこめ、鍵をかけて封じてしまう」。続けて、澁澤は五聯の詩を挙げているが、その三聯目だけを引用する。「彼女に似た　もうひとりの乙女を私は見た。／その身体は透き通って　美しく照り映え　／三重の入れ子になって　組み合わさっていた。／おお、何と楽しくも　震えるような不安！」。
ブレイクの詩では、「ひとりの乙女」は「三重の入れ子」になっているのだ。その詩人を「入れ子」にしているのは「ひとりの少女」で、それを詩に「入れ子」にしているのはブレイクである。そして、そのブレイクの『水晶の部屋』という詩を、「入れ子」にしているのは、読み、書いている澁澤で、「純粋思考」を「入れ子」にした澁澤の言説で構築された「胡桃の中の世界」という項を、「入れ子」にした『胡桃の中の世界』を読み、書いているのが一人の読み手である。このような思考の「入れ子」遊びを、「イメージの戯れや相対性の論理を玩弄する」思考の運動という。勿論、これこそ澁澤の思考の「私」性が消滅して顕現するエクリチュール化した「私」の「純粋思考」の運動態である。

澁澤の「入れ子」のテーマは続く。まず、十七世紀の自由思想家シラノ・ド・ベルジュラックの『月世界旅行記』から、「宇宙は一個の林檎」であるが、「この林檎もそれ自体一つの小宇宙であって、他の部分よりも熱いその種子は、その周囲に地球を維持する熱を放射する太陽である。そして種子のなかの胚は、…この小世界の小太陽なのである」という、シラノによる「入れ子説的な宇宙論」が紹介される。続いて、パスカルの『パンセ』から、「小さな原子のようなものの内部」に、じつは「新たな深淵」があり、「無数の宇宙」があるのであって、「その宇宙がそれぞれ大空を、遊星を、地球」を有しており、「その地球上には諸動物が、そして最後にはだにが見出される」という引用がある。これは「パスカルの望遠鏡的、顕微鏡的な世界」像を示す「入れ子」的な思考が明瞭にわかるものだ。

そして先に引用があったピエール＝マクシム・シュールの論考「ガリヴァーのテーマとラプラスの公理」がここでは大いに援用される。シュールの論考は、「生物学上の入れ子説」である。十七世紀、「イタリアのマルピーギは鶏の卵の発達を顕微鏡で観察して、卵のなかには雛鳥の形が先在するから、雛鳥は誕生以前に起源を有する」という、「前成説」を唱えた。同じ頃、オランダのスワンメルダムも『自然の不思議』のなかで「前成説」といってもよい、「全人類がアダムおよびイヴの腰部から出てきたものだと主張した」という。

澁澤が面白いと思うのはここからだろう。「つまり、入れ子説においては、人間の精子あるいは卵子のなかには、すでに完成した形の人間が小さく縮こまって入っており、その小さな人間もすでに精子あるいは卵子を完全に具えていて、そのなかにも、さらに小さな人間がひそんでいるというわけなので、結局、過去・現在・未来の全人類は、ことごとく、人類の始祖であるアダムとイヴの精子もしくは卵子のなかに、最初から人間の形をととのえて存在していた」という、目くるめくばかりの「入れ子」の思考の運動を言説化している。言説化することで、澁澤が熱狂していると考えざるを得ない。

「一六九〇年頃、オランダのレウェンフークとハルトスーカーは、顕微鏡による精虫の観察の結果、精子のなかに小人が縮こまっていると考えた」と澁澤は述べる。これは当時としては「驚くべき顕微鏡的な発見」だが、澁澤が言いたいのは勿論、「顕微鏡の登場に伴って盛んになった生物学上の入れ子説は、ここにいたって、中世の錬金術におけるように、観察の領域を離れて想像力の領域に飛び立った」というところである。しかし、澁澤によると、ライプニッツの『新体系』や『単子論』にも「顕微鏡的入れ子説を完全に受け容れている」ところがみられるという。確かに、澁澤が引用する『単子論』の「物質の各部分はいっぱい魚の棲んでいる池や、たくさん植物の生えている庭園のようなものだ」は、「入れ子説」の証左にもなろうが、澁澤自身が楽しいのだろう、フランスの哲学者マルブランシュの『真理の探究』から、それを補うように、「ひとはしばしば顕微鏡を用いて、ほとんど目に見えない砂粒よりもはるかに小さな動物を眺める。これほど奇妙な小動物を目にして、想像力は混乱し動揺するのである」と引用している。

とまれ、ミシェル・レリスだけではない、「意識的にか無意識にか、入れ子のテーマによって惹起される眩暈の感じを楽しんでいるかのごとき印象を受ける」と澁澤はいうが、澁澤自身は「想像力の放恣をきびしく戒めたはずの哲学者にしてからが、この眩暈の誘惑には勝てなかった」ことが愉快でならなかったとみえる。だから、身体的エロスをもつエクリチュール化した「私」の「純粋思考」は、「この眩暈の誘惑」をエクスタシーへと至る過程だと捉えたことは先にみた通りである。

最後に、「一個の球体が途方もなく拡張したり縮小したりする」というイメージの様態を示して、澁澤はこの「入れ子のテーマの眩暈の感覚」を「バロック的な想像力の効果」という。既に「螺旋について」の項などでみたように、運動態のイメージの様態はバロック的な想像力を刺激する。ジョルジュ・プーレの『円環の変貌』から引用された、「宇宙の壮大さが子供の手のなかの玩具となり、一方、子供の微小さが世界を抱く神の巨大さになるところの、この交叉的な運動ほど、バロック的な想像力を特徴づけるものはない」のであって、これはそのまま「眩暈を伴う入れ子のイメージの運動」であると言わざるを得ない。

ここでも「入れ子のテーマの眩暈の感覚」を楽しむために、澁澤はイメージの様態を提示する。図版もある、ボッティチェリによるダンテの『天堂篇』の挿絵と、「プトレマイオスの天球とコペルニクスの天球を比較するの図」である。勿論、図版をみれば明瞭だが、「中世人の考えた宇宙は、より小さい球体がより上級の球体に階層的に嵌めこまれているといったような、いわば同心円によって表わされた宇宙」であった。しかし、この古典主義的で静的な同心円に眩惑されるためには、「バロック的な不安の持主」であったパスカルを代弁者とした「無神論的自由思想家」たちのように、これを畏怖せねばならない。つまり、無限の運動、永久運動のイメージの様態への畏怖、あるいは渇仰の思考の運動が必要だというわけである。

ただここで、「同心円の宇宙の階層的な秩序は曖昧になり、小さな球体が大きくふくれあがったかと思うと、大きな球体がみるみる小さく縮んだりする」ようになるバロック的イメージの様態が、「コペルニクスの学説は、世界が人間のまわりを回転するのをやめたということを教えただけでなく、また世界にはそもそも中心点などというものが存在しないこと、世界は全く同質にして同価値の諸部分から成るもので、その統一性は、ただ自然法則の普遍妥当性のうちにしかないということをも教えた」と澁澤によって言い換えられているのは見逃せない。何度も述べたことだが、これこそサドの捉えた自然観であり、澁澤の思考の源泉となる、澁澤が決して手離さなかった思考であるからである。

「ユートピアとしての時計」の項でみた思考が繰り返されている。十六、十七世紀の思想家が「いかに小宇宙としての時計の比喩を好んだ」か、それはやはり時計が「縮小された宇宙の比喩になる」からだ。「コペルニクス以後のバロックの宇宙観」、及び思考もまた、望遠鏡や顕微鏡がもたらした宇宙の拡張、縮小のイメージの様態を提示したものである。澁澤がいう、「対象の急激な拡大と収縮」を可能ならしめる思考の運動は、ヴァレリーの「或る一つの形象を考えれば、私の精神はどうしても、それと相似の大小幾多の形象を考えてしまうような」思考の運動と同様のものであるが、澁澤の思考の「私」性が消滅して、それらのイメージの様態に眩惑され、エクスタシーに達するのはエクリチュール化した「私」の「純粋思考」の運動態である。澁澤はここで永久運動をする「純粋思考」を「入れ子」にしたまま、ハムレットの胡桃と同様の「胡桃の中の世界」の言説の思考を終了することになる。

第五章　思考の紋章学

『思考の紋章学』(初版、河出書房新社、一九七七年、装丁・著者自装)

『思考の紋章学』

『思考の紋章学』の「あとがき」で澁澤は、思考の「紋章学」とは「ペンとともに運動をはじめた私の思考が、抽象の虚空に一つの形」、つまりイメージの様態を描き出すエッセー集だと断定する。さらに河出文庫版の「あとがき」では、これは一読すれば明瞭だが、「この『思考の紋章学』は、私が初めて日本古典を題材にして書き出したエッセーだということもできるだろう」とも述べている。それでは、澁澤自身が「その意味でも、この作品は一つの転機になっているように思う」という、図版は皆無で、加えて澁澤の思考の対象はさらに日本の古典まで拡大した、「ペンとともに運動」する澁澤の思考の軌跡を丁寧に追うことにしよう。

一　「ランプの廻転」

この項はまず、三島由紀夫が『小説とは何か』で、柳田國男の『遠野物語』の一部を引用しつつ、「幽霊という非現実の存在を現実化させる力について論じている部分」に、三島が存命中から澁澤は「ちょっと異議を差挟んでおきたい」と思いつつ出来ずにいた、澁澤の意見の提示から始められる。澁澤は柳田國男の文章を挙げているが、ここではそれは割愛して、三島が注目した、その日に死去した「佐々木氏の曾祖母」の幽霊の姿は見えなかったが、「炭取がくるくると廻つた」という箇所だけを挙げる。三島が注目したのは「炭取の廻転が幽霊の実在の紛う方なき証拠」であって、三島によれば、「これこそ日常的な現実を非日常的な超現実に切り替える、いわば『現実の転位のための蝶番』のようなものだ」というのである。

そこで澁澤がいう異議とは、三島の論理には「二つの現実の混同」があったとして、その「二つの現実とは、一つは佐々木氏の曾祖母の死んだ日の遠野郷の現実と、もう一つは柳田の筆が描き出した物語の現実」で、「炭取が廻ったという物理的な事実は、それをその場で見ていたひとには『現実の転位』」だが、柳田が描く現実では、「柳田の言語表現力には直接」関係がないし、「また今日、柳田の文章を読む私たちにとっては、さらに何の関係もない」というものだ。つまり、「現実」と言説で再構築された「現実」の腑分けをするという、澁澤自身が言うように、当り前の論の展開である。それよりも、この澁澤の言説のくどくどした展開は、「私は、たとえば炭取などといった、つまらない日常の器物に着目し、よしんば論理は短絡していようとも、その日常の器物の不思議な廻転にこそ、小説を小説たらしめる本質があると主張した三島の文学観に、深い共感をおぼえるのである」と言いたいがための、澁澤の思考の運動だと捉える必要がある。

一体に、澁澤が魅力を感じる三島とは、「『遠野物語』にふくまれる百余篇の物語のなかから、くるくると廻る炭取などといった、子供っぽい奇妙なオブジェを選び出し、これを象徴的な価値にまで高めなければ気が済まなかったところ」にあったわけで、澁澤の思考が熱狂するのは、この『遠野物語』における「炭取の廻転」という言説によって表出された、「日常の器物」の廻転というイメージの様態にあるのである。エクリチュール化した「私」の「純粋思考」も、廻転といった『胡桃の中の世界』に横溢していたバロック的な運動のイメージの様態にこそ反応するところで、澁澤はここからは、「炭取のような日常の器物を廻転させる」イメージを泉鏡花の『草迷宮』に求めてゆくことになる。

『草迷宮』を少し引用しよう。「…然し又洋灯《ランプ》ばかりが、笠から始めて、ぐる〳〵と廻つた事がありました。やがて貴僧《あなた》、風車のやうに舞ふ、其の癖《くせ》、場所は変らないので、あれ〳〵と云ふ内に火が真丸《まんまる》になる、と見て居る内、白くなつて、其《それ》に蒼味がさして、茫《ぼう》として、熟《じつ》と据《すわ》る、其の厭《いや》な光つたら」。

これは「平田篤胤の聞書『稲生物怪録』に出てくる化けもの屋敷の描写のディテールにぴったり符合する部分が幾つか」あるようだが、澁澤が言いたいのは、「この『草迷宮』の化けもの屋敷においても、妖怪の存在を認知する」ための指標となるイメージの様態は、あくまでも「日常の器物の廻転」ということに尽きるということである。

ここで澁澤は、「ランプが廻転しようと炭取が廻転しようと、それがどうした、そんなことは文学の本質に何の係りもないではないか、というようなことを言い出すひとは、おそらく、柳田國男や泉鏡花の良い読者では決してあり得まい」と面白いことを言っている。まして、三島由紀夫だけではなく、澁澤の良い読者にも、そういう人はなれないだろう。なぜなら、最初から澁澤はこの項で「文学の本質」などを論ずるつもりなどないからだ。そもそも澁澤の思考の対象は「ランプの廻転」なのである。そしてそこで、澁澤の「私」性が消滅して顕現するエクリチュール化した「私」の「純粋思考」が、その廻転するもの、あるいは「廻転する螺旋構造を内包」した「迷宮」に対してエクスタシーに達すればよいのである。さらに、既に『胡桃の中の世界』にある「胡桃の中の世界」の項でみたように、そこには「眩暈の誘惑」がなければならないし、イメージの様態が同心円状であったり、「入れ子」の構造がみえてくるものでなくてはならないのである。勿論それは、膨張したり収縮したりする永久運動を繰り返す運動態でなければならないことは言うまでもない。

澁澤は「ランプの廻転」からイメージを拡大して、鏡花の『草迷宮』一篇全体が、「廻転する螺旋構造を内包」した「迷宮」であるという。澁澤は、『草迷宮』の「粗筋をざっと説明」したあと、『草迷宮』には「三つの時間が三重構造になって、空間的に投影すれば同心円状に積み重なり、その同心円の中心に秋谷屋敷という、いわば迷宮の中心たる至聖所(あるいは魔の住処)が配置されている」という。つまり迷宮のイメージの様態が、「同心円状」の三重構造だというわけだ。澁澤の三つの時間の解説は省く。ただ、迷宮の中心に位置する第三の時間は「秋谷屋敷の現在」で、そこには鏡花好みの「魔人の眷属に守護されている高貴な女人が登場する」ことは記さねばならないだろう。なぜなら、その女人は、『草迷宮』の主人公である葉越明が幼い頃、「今は亡き母から聞いた手毬唄の文句を、ふたたび聞きたいという夢のような熱望に駆られて、日本全国を行脚」して、ついに「三浦半島の葉山に近い」秋谷屋敷に辿り着いた、三重構造の中心に現われる女人だからである。

この三つの時間は「同心円状に重なって」運動する。そして「第一の時間も、第二の時間も、すべて迷宮の中心たる第三の時間に向って収斂する」。さらに第三の時間の中心にいる女人は、「いずれの時間にも美女が介在した」が、それらの転身の姿だという。澁澤は「第三の時間の支配する秋谷屋敷」は「魔圏」、つまり「迷宮」のアナロジーで言えば、ここにはミノタウロスが棲んでいるというのだ。こうして澁澤の言説の思考は、「秋谷屋敷の迷宮」はミノタウロスが棲むギリシア神話の「迷宮」のイメージの様態と重ねられる構造と捉えながら、澁澤自身が「驚きの念を禁じ得ない」と熱を帯び始めるのである。

エクリチュール化した「私」の「純粋思考」が動き出す。なぜなら、鏡花の迷宮は主人公の明が眠り込んでしまう点、言い換えれば、ギリシア神話の迷宮と違って、「旅人が脱出することを欲しない迷宮」である点だけが決定的に異なっているからだ。既に何度も書いたことだが、まさに「純粋思考」は、澁澤の思考の「入れ子」という迷宮にいつも眠り込んでいるのと同様のイメージの様態であるからである。

『草迷宮』の主人公もまた、鏡花が種本にしたのではないかと思われる『稲生物怪録』の「豪胆な少年のように、化けものと積極的に戦う気持」は毛頭ない。「イニシエーションの試練を受けても、それによって新しく生まれ変る、つまり、一人前の大人になるということ」もなく、「永遠の母性憧憬という夢のなかに、その自我をぬくぬくと眠らせたままでおく」存在なのである。

澁澤は、「秋谷屋敷という一つの迷宮世界」は「主人公たる明の退行の夢の世界でしかなかった」という。イメージの様態も提示する。それは同心円状で、「しかも今度は、すべての物語の時間がヴェクトルを逆にして、明の夢に向って収斂する」運動をする。澁澤は「明の夢が大きくふくれあがって、すべての物語を呑みこんでしまったのだ」ともいう。「退行の夢とは、いわば出口なき迷宮」、それは結局「永遠の堂々めぐりに終る」イメージである。

しかし、澁澤の思考は一般に言われるように、「鏡花には超越への志向」が欠如していたという方向には向かわない。澁澤は「鏡花が一般のやり方とは逆のやり方で、無意識に彼自身の超越を実現していたような気がしてならない」という。つまり、鏡花の「退行とは、もしかしたらマイナスの超越、あえて言えば逆超越ではあるまいか」というのだ。

イメージの様態でいえば、これも既に何度も書いてきたことだが、同心円状の構造を持ちながら運動を永久に止めず、それでいてそこには、「内面性と膨張の弁証法」、「大と小の弁証法」、止揚する超越運動がみられる。つまり、それは超越と逆超越の螺旋の永久運動、スパイラルな永久運動をする「入れ子」の状態を構築してゆくイメージの様態ということになる。勿論、これは「入れ子」の状態を保持しているのであるから、澁澤の思考と、澁澤の「私」性が消滅するとともに顕現するエクリチュール化した「私」の「純粋思考」とのイメージの様態そのものであることも了解ができよう。先に挙げた「あとがき」にある「ペンとともに運動をはじめた私の思考」が、「抽象の虚空に一つの形」を描き出す「紋章」とは、「純粋思考」であることも、ここで同様に了解できる。鏡花の時間である「迷宮の螺旋構造」は、「たとえ時間が何重構造」になっていても、「それは中心の究極の円のなかに吸収されてしまって、最後には無時間の夢」になるのだ。「純粋思考」の永久運動にも時間概念はなく、無時間状態だ。そしてそれは鏡花のように、「類型を限りなく作り出す」。アナロジーや「入れ子」のイメージの様態の類型の限りなさはどうか。それらの類型と飽きることなく遊び続ける幼児の夢、退行の夢は無時間であるのは当然である。勿論、それは「人間の瞬く間を世界とする」。思考しているのは澁澤だろうか、エクリチュール化した「私」の「純粋思考」だろうか、もう区別がつかなくなってくる。

ここで澁澤は、生涯「迷宮体験から逃れられなかった作家」としてカフカを想起する。ただ、澁澤も言うように、鏡花の想像力は「水のイメージ」を好み、カフカは「石や甲殻のイメージを好む」違いはあるが、ともに「退行の夢に憑かれていたという点」で共通している。それは当然の思考の運動とみなければならない。カフカの『巣』の一節は、見事に「純粋思考」が澁澤の思考の「入れ子」のイメージの様態であることを証明する。引用しよう。

「ここにこそ、半ば平和に眠り、半ば楽しく目ざめながら、私が歩廊のなかで過ごす快い時間の意義がある。これらの歩廊は、のびのびと身体を伸ばしたり、子供のように転げまわったり、うっとりと横たわったり、満ち足りて眠りこんだりするために、私の身体にぴったり合うように造られているのだ」。

澁澤はこれを「母胎内の感覚」、あるいは「極小の迷宮」で、「母胎そのもの」というのだが、首肯できない。これは「世界中の民俗」に鑑みて言っているようだが、カフカの「歩廊」が螺旋状に続く迷宮は、まるで『胡桃の中の世界』にある「螺旋について」の項で言説化されていたピラネージの「空想の牢獄」そのものではないか。あるいはサドが幽閉された牢獄と言ってもよい。しかも、そこには「自分の喜ばしい孤独」が保障され、何よりも無時間なのだ。それにその歩廊はカフカの場合、「私の身体」に伸縮自在に形を変えるのだ。それよりも決定的なのは、カフカであれば「私」、鏡花であれば明という青年だ。「退行の夢」は胎児がみるものではない。永遠の幼児でもある大人がみるものだ。

澁澤も了解していたと思われる。鏡花には、「母胎のなかで息苦しく窒息しそうな感覚」は皆無だったという。鏡花が保持する思考である「伸縮自在の同心円の迷宮」のイメージの様態は、その迷宮に「個としての顔のない、人形のような女の類型を限りなく再生産」した。それを澁澤は「男の精神として、健康」だと面白く言い切っている。澁澤の思考の「入れ子」である「純粋思考」が過ごす迷宮のイメージの様態が、「伸縮自在の同心円の迷宮」であれば、「個としての顔のない、人形のような女」とは、汎神論的な身体的エロスをもつ「純粋思考」の多様な観念のイメージの様態のアナロジーに他ならない。それは「類型を限りなく再生産」するだろう。飽きるということもなく、永久に運動するだろう。

澁澤は最後にエリアーデの「中心のシンボリズム」という比較宗教学の領域における概念を挙げている。もう気づくだろう。澁澤はそこから、「何によらず物体の廻転を愛するという傾向のなかにも、このシンボリズムがあらわれている」という。なぜなら、「独楽であれ、ランプであれ、炭取であれ、迷宮であれ、およそすべての物体の廻転運動は、中心軸を抜きにしては考えられないからである」。そして「この廻転と中心軸の愛好のうちにこそ」、澁澤自身の「精神の健康を保つ秘密がある」と断定する。澁澤の思考の「紋章」が、くっきりと像を結んだと言わなければならない言い切りかたである。

ただ、少しつけ加えれば、廻転のイメージの様態は、同心円の運動態、「入れ子」状態の超越、逆超越の止揚を繰り返す弁証法的なイメージであると了解できるが、澁澤が愛好する中心軸とはどのようなイメージの様態なのかがわからない。廻転する中心にあるのだから、それは不動のようにみえる、廻転を超越した高速廻転で、もはや人間の眼にみえるものではないのではないかと思われる。虚無のイメージの様態で、捉えることが出来ない永久運動をする人間性を超越したものだ。つまり、エクリチュール化した「私」の「純粋思考」が中心軸に顕現するものであると言説化する以外にはないだろう。なぜなら、澁澤の思考の運動のエネルギーは、汎神論的で身体的なエロスと合一、止揚した愛好のスパイラルな運動を繰り返して、いつしか「私」性を消滅するまで廻転するからだ。既に書いたことだが、澁澤の思考が自ら消滅することで生みだした「純粋思考」とは、思考の中心軸で廻転する怪物であると言わねばならないからである。

二 「夢について」

まず澁澤は、上田秋成の『夢応の鯉魚』を挙げ、それをリライトした石川淳の『新釋雨月物語』所収の『夢応の鯉魚』を挙げて、「物語」における夢の語りの展開法をみる。勿論、ここから澁澤が「文学の本質」など論ずるつもりがないことは認識しておかなければならない。否、澁澤の指向対象である日本の古典に対しての、澁澤の思考の運動をこそみておかねばならない。ここでは上田秋成と石川淳、二人の「物語」における夢の時間の構成について言及しているが、澁澤の関心はあくまでも、「文芸上に夢が意味をもち得るとすれば、それはやはり現実との関連においてであり、どこまでが夢で、どこからが夢でないかという、その境界線のごときもの」の識別はどうなっているのかということに尽きる。もっと言えば、「現実のなかに置かれた別世界としての夢、現実のなかに一定の場所を占める夢」、そうした「夢の空間、トポロジーをもった夢の空間」についてこそ興味がある。しかし、これもまた既に何度も書いたように、澁澤が「現実のなかに置かれた別世界としての夢」を同心円状の「入れ子」になる空間としてイメージしているとみてよいだろう

ヴァレリーの夢とは「それが不在のあいだだけ観察できる現象」であるという言葉を挙げながら、澁澤は、「私たちが夢の空間にすっぽり包まれている時には、その世界が夢であるとは誰も思わず、現実にいるものと信じこんでいる。夢の空間から排出されて、つまり目覚めることによって、初め

て私たちは夢を夢として意識する」のだという。だから夢とは、「ことごとく私たちが脱出したあとの空虚な空間、夢の脱け殻」なのだという夢の鮮明で堅固なイメージの様態を提示する。

後の方で澁澤自身も述べているが、この夢ひとつにしても、「くっきりした遠近法をもって構成したようなイメージ」の様態、澁澤が言うところの「幾何学的精神」、つまり「幾何学的精神」に則った澁澤の思考の運動は、日本の古典を読む限り、欠如しているかも知れない。しかしそれだからこそ、日本の古典を指向対象とした澁澤の思考が捉えるイメージの様態は、エクリチュール化した「私」の「純粋思考」の好むところであるし、読み手も楽しめるわけである。

例えば、「私たちが夢のなかで夢をみている」状態は、人が「夢をみていることを意識している一つの夢」であって、その人は「その意識している夢を現実と見なす錯誤に陥っている」というわけで、「この意識を二重三重に複雑化しても、夢と現実との無限のいたちごっこ」の状態は、同心円状のイメージの様態として捉えられるだけである。

ここでは、夢の同心円状の運動状態を、澁澤は「タマネギ構造」といい、現実もまた同様のイメージの様態だという。つまり、既にみたように同心円状のイメージの様態をもつ構造、「タマネギ構造」の夢だけではなく、現実までも指向対象として思考する澁澤によってはじめて、このような言説が可能となるわけである。

それは、「たとえば私は現在(一九七五年九月十八日午前三時十八分)、世の中のほとんどすべてのひとが寝静まっているとき、わが家の書斎の机に向い、しきりに原稿用紙にペンを走らせつつ、夢と現実のいたちごっこに関する埒もない妄想を追っているところであるが、この私が夢をみているのではないという証拠は一つもないのだし、このペン、この原稿用紙が、夢のなかのペン、夢のなかの原稿用紙でないという証拠は一つもないのである」という言説になる。さらに決定的な「夢と現実」のタマネギ構造のイメージの様態は、「いや、それどころか、興義が鯉の口から吐き出されたように、この私もいつか、澁澤龍彥という夢から決定的に吐き出されないという保証は何もないのだ」という言説に到達することになる。ただ、澁澤がいう幾何学的精神による思考の運動が捉える堅固なイメージの様態は、その「くっきりした遠近法をもって構成」して言説化すればするほど、澁澤という書き手の「私」性の堅固なイメージの様態だけではなく、「澁澤龍彥」という実存の人物さえも、そのイメージの様態の構造を破壊してしまうことは忘れてはならない。

ではどうすればよいのか。読み、書き続ける澁澤の思考のイメージの様態であるタマネギの皮を一皮むいて、エクリチュール化した「私」の「純粋思考」というほとんど虚無の永久運動をしている不動の、イメージの様態の構造を絶えず破壊し続ける、それゆえに堅固な思考を、澁澤の思考の運動の言説化として提示する以外にはないのである。

先に書いたが、読み、書き続ける澁澤自身が幾何学的精神による思考の運動をもって、「夢と現実」のイメージの様態を明瞭にしようとすると、「私」性そのものを消滅させてしまってイメージ化が困難であるのに、もともと幾何学的精神が欠如した日本の古典の作者たちは、どのように夢をイメージ化したか。澁澤は『万葉集』巻第四にある、笠郎女《かさのいらつめ》の歌を挙げる。

「わが思《おもひ》を人に知るれや玉匣《たまくしげ》開き明けつと夢《いめ》にし見ゆる」

勿論、澁澤がこの歌にみるのは「閉ざされた夢の空間の中心に一個の玉匣、つまり箱があるという二重構造」をもつイメージの様態である。玉手箱のように、玉匣の蓋を開けると、玉匣の箱のなかには、「夢の中身が物質のようにいっぱいに満ちあふれて、夢の空間」を満たすイメージである。これは『万葉集』の巻第九の「水江の浦島の子を詠む」の長歌にある「玉櫛笥《たまくしげ》 少し開くに 白雲の 箱より出でて 常世辺《とこよへ》に 棚引きぬれば」の記憶が重なってのイメージだが、ここから「夢をみること」は「玉匣をあけることだ」と考えれば、夢の二重構造が三重になる運動のイメージを誘発していることがわかる。

とまれ、「タマは明らかに魂である」から、この箱は「夢を入れる容器、魂を入れる容器」と考えられるという。澁澤はそこからイメージの連鎖で、箱には「女陰のシンボルとしての機能」もあるとして、「パンドラの箱の神話」にみる精神分析の、「膣オナニーの意味」まで想起している。しかしこのとき、身体的エロスをもつ、エクリチュール化した「私」の「純粋思考」が動き出していることは間違いがない。なぜなら夢である魂を入れる箱の夢の二重構造は、そのまま夢である魂の「純粋思考」を「入れ子」にした箱、容器としての澁澤の思考のイメージの様態に他ならないからだ。

だから澁澤の思考は、夢を「睡眠中の空虚を満たすべく侵入してきた意識のようなもの」と言説化し、既に何度も書いてきたことだが、澁澤の読み、書くという行為と同様に「思いが熱く」なれば、「玉匣の蓋は自然」に開き、「純粋思考」は顕現するのである。澁澤がこれを「恋の夢のメカニズム」で、「このメカニズムはエロティックでもある」と捉えるならば、夢を指向対象として、澁澤の思考における「恋の夢のメカニズム」のイメージの様態は、エクリチュール化した「私」の「純粋思考」が顕現するエロティックなイメージの様態のアナロジーとして、二重構造になっていることになる。

こうして繰り返される澁澤の思考と「純粋思考」のメカニズムが了解できれば、澁澤がここでいう「夢の空間の中心に玉匣」があるという構造は、「いわば同心円の構図であるが、玉匣は夢の中身をたえず放射するので、この同心円の内側の小さな円は、ダイナミックに拡大したり収縮したりする」という、『胡桃の中の世界』で既にみたイメージの様態もよりよく了解できるのである。勿論、この二重構造の中心にある同心円状の構造、「入れ子」の構造が「ダイナミックに拡大したり収縮したりする」イメージの様態こそ、「純粋思考」であるのだが、これが永久運動をするゆえに、澁澤には堅固なイメージ化が出来ない。それゆえに澁澤は何度も博物誌的な拡がりをみせて多様な愛好の指向対象を用意するのである。

つまり澁澤の思考の運動とは、「純粋思考」を顕現させるための「私」性の消滅行為でもあれば、澁澤は勢いこの「純粋思考」のイメージの様態、あるいは自己の思考と「純粋思考」との同心円状、「入れ子」の状態の拡大、縮小を繰り返すアナロジーの様態をみせる指向対象、ここでは夢という指向対象のイメージの様態を繰り返し取り上げる以外には方法がないということになる。丁寧に澁澤のエッセーを読んできた読み手は、『思考の紋章学』において、いよいよ澁澤が関心をもつ思考の運動の指向対象だけではなく、「純粋思考」がアナロジーの方法をもちいて対象とする観念のオブジェまでも、ともに愛好して楽しむことができるようになる。勿論、その観念のオブジェは、「無益な、無責任な、しかも美しい紋章のような形」をしているものである。澁澤にとっては、それらの観念のオブジェは意味ではない、まして本質ではない、あくまでも観念のイメージの様態という構造を提示し、それを言説で再構築する思考の運動態であると言えるものなのである。

後半は、澁澤が愛好する夢の同心円状の構造のイメージの様態がみられる「王朝時代後期の説話集」のなかから、『今昔物語』巻三十一の第九話を取り上げる。物語は割愛するが、話の内容は、主人公が旅の宿で、若い妻が「見知らぬ男と一緒に、どことも知れぬ空き家で食事をし、それから男と一緒に抱き合って寝ている」のを壁の穴からみて、その場へ飛び込むという夢を帰宅して妻に語ると、その夢とそっくりの夢をみたと妻に告げられるというものである。「二人同夢」のようだが、夫の夢と妻の夢は必ずしも一致していない。夫の夢は「妻がみている夢を眺めている夢」だと澁澤はいう。つまりこれも同心円状の構造をもつイメージの様態とみれば、夫は「同心円の内側の小さな円」である「妻の夢のなかに飛びこむ」のだという。「二人同夢」の同心円状の構造、「入れ子」の構造に、運動を澁澤はみているのである。つまりここに、澁澤は何かの意味を求めてはいない。だから、同心円状の構造のイメージの様態の例として、もう一つ、江戸時代の怪談集『御伽婢子』巻之三にある「妻の夢を夫面《まのあたり》に見る」を紹介するだけである。

澁澤の言説は、『夢応の鯉魚』、『今昔物語』、『御伽婢子』は「いずれも純粋に日本種の物語ではなく、元をただせば中国種の物語」として、「無限に入り組んだ論理やイメージのたわむれ」のイメージの様態をもつ構造、つまり「抽象の虚空」に描く形を求めて、中国人の思想に傾斜する。確かに澁澤が言うように、漢字の発明も「気違いじみたイメージ主義者」のなせるところである。

『胡桃の中の世界』にある「胡桃の中の世界」の項で既にみた「入れ子」構造のイメージの様態が、ここで再び「箱の中から箱、またその箱の中から箱といった」チャイニーズ・ボックスの卑近な例として示されている。

だから、ロジェ・カイヨワが引用する『紅楼夢』第五十六回の賈宝玉の夢のエピソードもその内容は割愛するが、夢が同心円状の構造、「入れ子」の構造をもちながらも運動態であるゆえに、「眩暈のするような無限連続のイメージ」になる。ただ、賈宝玉は夢のなかで自分自身に出会う内容は、澁澤も言うように「自我分裂のテーマ」を包含するが、澁澤はあくまでも、「宝玉が見たように、夢のなかに自己の模像を見るということは、要するに夢そのものもまた、現実の模像なのだ」ということが言いたいのである。

「現実と夢」は同心円状の構造、「入れ子」の構造のまま、互いに拡大したり収縮したりして、相手を併呑する動きをみせる。それに「無力な私たち」はただ翻弄されるだけだ。しかし、既に『エロスの解剖』にある「サド＝マゾヒズムについて」の項などで書いたように、眩惑され、翻弄される「私」性は、内側に身体的エロスのサド＝マゾヒズムの快楽を「入れ子」としてもつ。エクリチュール化した「私」の「純粋思考」を、同心円状の構造、「入れ子」の構造の運動態としてイメージすれば、先に澁澤が夢を入れる箱を「女陰のシンボルの機能」と捉えたように、これは夢への夢の挿入、現実と夢との互いに繰り返される侵犯行為としてのサド＝マゾヒズムの運動としてみることができるのである。

最後にあるボルヘスの『宮殿の寓話』もまさに、このエロティックな同心円状の構造、「入れ子」の構造の挿入行為の運動のイメージの様態がみられる。少し内容に触れると、或る日、黄帝が詩人を宮殿に招いて、宮殿内、迷宮庭園をくまなく案内した。そこで詩人は「この宏壮な宮殿の果てしない過去から現在までの一切の歴史、そこに住んだ一切の人間や動物や神や装飾品や付属物」を詠みこんだ詩を創作した。ところが、それを聞いた黄帝は「わしの宮殿を盗みおったな」と叫んで、ただちに詩人を殺害したというのである。ボルヘスの作品においては、「詩と宮殿とが等価」であると捉え直せば、当然、宮殿が存在する現実と、詩という夢とは等価となる。すれば「入れ子」の構造の運動は、夢による現実への挿入行為となり、現実の宮殿は崩壊する。また、現実による夢への挿入行為は詩とともに詩人の殺害となる。つまり、その行為は互いに挿入する、挿入されるという運動のイメージの極北であり、身体的エロスのエクスタシーを保証するものと捉えられることになる。

三 「幻鳥譚」

この項はまず、『堤中納言物語』のなかの「虫めづる姫君」の女主人公について、澁澤は述べる。澁澤が愛好する指向対象の「昆虫や爬虫類」が、「虫めづる姫君」という古典には多く表出されているからだ。イメージの様態も明瞭なので、虫の名前の列挙も始まるだろう。エクリチュール化した「私」の「純粋思考」は、この列挙する澁澤の、フロイトがいう幼児の「多形倒錯」に似た思考の運動による言説化が大好きなのだから仕方がない。

「純粋思考」を「入れ子」にしたままの澁澤の愛好の対象は、虫から当然「虫めづる姫君」に向かう。だから、国文学者たちの、彼女に対する「異常性格者」とか「変態性欲者」とかの悪口雑言はまったく受けつけない。さらに、「純粋思考」は「異常性格者」、「変態性欲者」をこそ、人間超越の様態とみているのだからなおさらである。

次に、「虫めづる姫君」のなかに出てくる昆虫や爬虫類の名前が列挙される。澁澤の思考が「この昆虫の楽園に君臨する」イメージの様態を想起しているから当然である。「蝶や毛虫」、「かいこ、いぼじり(かまきり)、かたつぶり、けら、ひきまろ(ひきがえる)、いなかたち(不詳。一説には「かなへび」ならんという)、いなごまろ(しょうりょうばった)、あまひこ(やすで)、くちなわ(蛇)」、蟬などの名前が言説化される。

このように、昆虫の名前を列挙して、「みずからも昆虫によく似た美しい姫君が何を意味するかについて、自分なりの見解を述べておきたい」と澁澤はいうのだ。この言説にみられる澁澤の熱気を感じないだろうか。「みずからも昆虫によく似た美しい姫君」なのである。『夢の宇宙誌』にある「天使について」「アンドロギュヌスについて」の項、あるいは「玩具について」の註「怪物について」から読み取れるヘルマフロディトスや怪物を、天使やアンドロギュヌスと等価なものとしたように、澁澤は愛好する昆虫においても、「アンドロギュヌスについて」の項で述べているように、人間を超越した「完全性という概念」が思考されているのである。

だから澁澤にとっては、「虫めづる姫君」とは「少女期（精神分析学のいわゆる「クリトリス段階」）のなかに閉じこもったまま、なかなか女（蝶）になることのできない娘」、つまり繭のなかに入った娘のイメージの様態なのだ。これは「入れ子」にされた娘のイメージでもある。また澁澤は述べていないが、「純粋思考」は、フロイトが言うように、クリトリスは小さなペニスでもあるから、繭の「入れ子」の状態の姫君は、成長を逆転させたヘルマフロディトスであり、アンドロギュヌスとも捉えることができるのである。

「虫めづる姫君とは虫そのものである。虫と少女とは完全にアナロジカルなのである」と澁澤の言説が進めば、澁澤の想起するルイス・キャロルの『不思議の国のアリス』第五章のアリスが遭遇する、あの無気味な「茸の上にすわって水煙管をふかしている」毛虫もまた、アリスのアナロジーとしてイメージを重ねることができる。これは汎神論的エロスをもつ「純粋思考」と区別がつかない、アナロジカルな思考である。澁澤がこの五章で指摘しているアリスと毛虫とのアナロジカルなイメージの様態は、毛虫が蛹になり蝶になるまでの変成と、アリスが「変な気持」になる「初潮後の肉体の変化」とでさらに重ねられている。

ところで澁澤は、同心円状の構造、「入れ子」の構造の運動態を、毛虫から繭、蝶へと変成する「メタモルフォーシス」と言っているが、これもまた、澁澤の思考のシンボルである繭が「メタモルフォーシスのシンボルだからである」。

『夢の宇宙誌』にある「玩具について」の最後や、『エロスの解剖』にある「玩具考」の項で、澁澤が熱狂した言説の運動がみられたハンス・ベルメールの関節人形の「少女」を想起すれば、澁澤だけではなく、『アリス』の作者ルイス・キャロル、「虫めづる姫君」の作者も、金井美恵子がいう「男は少女を夢みつづけることができる」だけではなく、それを破壊し、また一体となりたいという夢をみつづけることができるものなのである。

澁澤は、「虫めづる姫君」については最後にもう一つ、少女(子供)を主人公にしたこの物語は、日本文学の伝統のなかでみれば、「催馬楽や風俗歌をもふくめた、古代歌謡」の系譜に繋がる『梁塵秘抄』との類縁が考えられるという。つまり、「子供や動物が主人公となり得る物語の世界」、それは当然「御伽草子の世界」と通底するものであり、イメージの様態が明瞭なものとして、「鳥獣戯画の世界」にも通じるものだという。さらに澁澤は言いたいのだ。それは、「何なら動物文学の伝統と言ってもよい」と提示するからである。

さてここから、澁澤の思考の冒険と言ってもよい「あの古今集が確立し、新古今集が絶頂にまで高めたところの、子供や動物とはまったく縁のない、蒼ざめた観念世界の秩序の伝統」である「古今伝授」について述べることになる。勿論、澁澤の思考は対象を愛好する「動物文学」からの「古今伝授」への突入となる。

ともかく、この澁澤の思考の動きが面白いのだ。「古今伝授」のなかで、「三木三鳥の口伝」の裡「三鳥」についてのイメージを提示しようと試みるのだが、最初から澁澤自身も「まるで幽霊のように実体のない鳥」という印象をもつ。取り敢えず、最も普通に取り上げられる「稲負鳥(いなおおせどり)、喚子鳥(よぶこどり)、百千鳥(ももちどり)」の「三鳥」のなかから、特に「稲負鳥」の「実体のない」、つまりイメージが把握できないものを澁澤は追う。そして辿り着くのが、「歌学のデカダンス期に幽霊の鳥が出現する必然性は、すでにその最盛期の美学のうちに胚胎していた」と捉えることなのである。

澁澤は、三島由紀夫の『日本文学小史』を「遠慮なく」引用する。「(古今集)百三十四首の春歌の中で、もつとも頻出度の高い『花』といふ一語をとつてみるだけでも、古今集の特色がわかる。……『花』は正に『花』以外の何ものでもなく、従つて『花』と呼ぶ以上にその概念内容を執拗に問ふことは禁じられてをり、第一さういふ問は無礼なのである」という言説を挙げて澁澤は、「花」の「概念内容を執拗に問ふ」という箇所に傍点をつけている。そうなのだ。「『花』なら『花』の概念内容が最初から空無だったわけ」ではなかったし、古今集の詩的空間にあっては、

「『花』なる概念は外界の秩序と均衡」を保持していたが、やがて「観念と外界との均衡」が破れ、果ては「観念の秩序」さえ腐敗したのである。

「かくて新古今の美学はネクロフィリア（屍体愛好）に似てくる」と澁澤はいう。しかし、「それでも屍体愛好は一つの美学」であり、思考である。また「高度に自律的な観念世界の美学、言語的秩序の美学」であり、思考なのである。勿論、これは「花」だけではなく、澁澤が捉えようとした「三鳥」に対する思考でもある。ただ、これはヨーロッパ詩人たちの「花」や「鳥」の「概念内容を執拗」に問いつつ、「紅雀――羽毛の竪琴」のような喩法にすることでは決してない。澁澤は、「新古今の美学を象徴主義」などと軽軽にいうことはできないという。「あえて言えば喩法の禁欲主義」と捉えることができるというだ。

澁澤はここで「新古今の高度の喩法」を、「要するに主観（心象）と客観（自然）とを重層的にダブらせて、ついにはこれを互いに浸透し溶融し合わせるという主客消去の手法」と説明している。しかしこれでは、澁澤の言説が愛好する「三鳥」への思考の動きは止まったままである。そこでエクリチュール化した「私」の「純粋思考」が顕現する。

つまり、もともと「花」にしても「三鳥」にしても、澁澤の思考はイメージの様態を提示することである。しかし、イメージの様態を提示できない「古今伝授」にある「実体のない鳥」を愛好する澁澤の思考には、イメージそのものが「思考の紋章学」、その「概念内容が最初から空無」で、「高度に自律的な観念世界」、「言語的秩序」で構築された「花」や「鳥」という名前（言葉）としてある、「実体のない」オブジェのイメージの様態を愛好する、「入れ子」としてある「純粋思考」が包含されていたということである。改めて澁澤は、「歌に詠まれるべき自然は、歌の伝統によって決定された既知の自然でなければならなかった」という。当然これは「三鳥」もまた、「伝統のなかにあると認定された生きもの」ゆえに、その「生きものの概念内容」は不問に付さねばならないというわけである。

ところで、「純粋思考」が捉えた愛好のイメージの様態をなぜ言説化しないのかと不思議に思っていると、少し後でやっと「私は、ヨーロッパの紋章学の冷たい抽象主義を思わせる、幽霊鳥の美学を必ずしも愛していないことはないのである」と吐露しているところがある。「それでなかったら、こんな主題のエッセーはそもそも書かなかったにちがいない」ともうそぶいている。

しかしイメージの様態を提示して自ら遊びたい澁澤の思考は、「純粋思考」とはそこが違う。最後は、「虫めづる姫君」や『梁塵秘抄』に表出された名前の虫たちを言説化することで遊びたい。澁澤は、『梁塵秘抄』にあるのは「いぼじり、かたつぶり、いなごまろ、ひき、蝶などが、文字通り手の舞い足の踏むところを知らず、子供たちとともに舞い狂っているかのごとき」中世の「生き生きとしたイメージ」であると言説化し、自らも楽しむ。

さらに、ルイス・キャロルがまさに「虫めづる少年」だったことが、キャロルの伝記作者コリングウッドによって紹介されているとして、「この平和な家で、男の子は奇妙きてれつな遊びを発明した。最も珍奇な思いがけない動物を周囲に集めたのである」という言説を挙げている。「虫めづる少年」とは澁澤自身のことではないかと思ってしまうが、ここでは、虚無で実体のないオブジェに対してイメージの様態を求める、澁澤の思考の「入れ子」になった永久運動をするエクリチュール化した「私」の「純粋思考」が、澁澤の指向対象が「概念内容」をもたないイメージの様態へと向かうときには、顕現してくるものであることが了解できればよいだろう。

四 「姉の力」

この項では、「あとがき」にある「ペンとともに運動」を始める「姉の力」という観念に対する澁澤の思考が、どういうものかが如実にわかるエッセーだとまず捉えた方がよい。なぜなら、最初は「新プラトン主義ふうの女性崇拝の思想ともいうべきもの」を扱う「一五七〇年以降のフランスの群小詩人」たちによる「エロティックな詩を集めた『デロシュ夫人の蚤』」という詩選集から、クロード・ビネの詩の三聯を挙げ、その詩にみられる巨大な女体と蚤の大きさになった詩人との関係を示して、既に何度も書いた「大きさの相対性あるいは弁証法ともいうべき想像力のたわむれ」を好む澁澤の思考が言説化されるのだが、この詩から「女性を一つの世界あるいは風景と見なし、みずからを小さな生きものに縮小させるという詩人の願望」は、ボードレールの『悪の華』のなかの「巨大な女」の夢想や、イタリアの映画監督フェデリコ・フェリーニが映像化する「巨女」のイメージの様態の提示に変容する。そして「姉の力」という観念のイメージは、「人類に共通する神話的な女のイメージ」、つまり「巨大な女」のイメージに通底する「大地母神」のイメージの提示に向かって思考が動くことになる。

そしてその「巨大な女」のイメージは、森鷗外が『山椒大夫』を「説経正本の筋を大きく改変してまでも、大地母神としてもよい「姉娘たる安寿の生き方」、つまり「姉の力」を書きたかったからだという主題に変転する。最後に「姉の力」という観念のイメージは、さらに「大地母神としての観音」のイメージへと、澁澤も言うように酩酊するような思考の動きをみせるのである。

しかしこの思考の運動が到達するのはやはり、澁澤が好む「十七世紀ドイツのエジプト学者」アタナシウス・キルヒャーの「中国や日本の観音はエジプトのイシス女神と同一起源だという、突拍子もない学説」の提示なのだ。キルヒャーの『支那図説』第三部の「支那の偶像崇拝について」には、「神々のうちの第一位」を占める「日本の阿弥陀」は「エジプトのハルポクラテス、すなわち幼児ホルスに相当するという」。そして「幼児ホルス」は「一般には、母の膝にのった、髪の毛を長くした裸体の赤ん坊の姿で表現される」という。

ところが面白いのは、キルヒャーの『オエディプス・アエギプティアクス』及び『支那図説』に載る「阿弥陀の図」は、「両手で数珠を繰り、胡坐をかいて坐っている珍無類な服装をした東洋人の姿」で、とても「義理にも仏像とは言えない」。またそれは、「水中から茎をのばした睡蓮のような、奇怪きわまる植物の花の上に、頭からすっぽり衣をかぶって坐っている、顔の周囲に放射状の太陽光線の描かれた、支那の観音像」でも同様に言えることであるという。

キルヒャーの言説からイメージされる様態と、図版がないからわからないが、澁澤が言説化する「阿弥陀の図」との、このイメージの差異は澁澤の思考には問題にならないということである。つまりここは、「エジプトからインド、中国にいたる大地母神の系譜」をもって、「図像学的には滅茶苦茶」でも、キルヒャーが、「姉の力」という観念を「巨大な女」から「大地母神」へとイメージを拡大し鮮明にさせながら、最後は阿弥陀観音像まで、図像学的な言説なり、図像を提示しているというのを楽しむ澁澤の思考の動きをこそみなければならないというわけである。

最後に澁澤は、おそらくキルヒャーには、それでも「『姉の力』は遍在しているという信念」があっただろうという。さらに加えて、エズラ・パウンドは「ピサ詩章」で、「収容所の幽閉生活を理想世界に変容させるために、しばしば大地母神に祝福を捧げ、観音のイメージを喚起」したともいう。ここで先の「幻鳥譚」の項にあった「実体のない」イメージの様態の「概念内容」に澁澤は触れてくるのだ。これは、「姉の力」という観念をアナロジカルに「実体のない」イメージの様態だけで提示する、「概念内容」を求めない澁澤の思考というよりも、ほとんど澁澤の思考と区別がつかない、「入れ子」になったエクリチュール化した「私」の「純粋思考」の運動であると言わねばならないものである。

五　「付喪神」

この項は、花田清輝の『室町小説集』のなかの「画人伝」に出てくる百鬼夜行と、「力婦伝」に出てくる井光(いひか)のイメージの様態を最初に提示する。ちなみに、井光は『古事記』にも『日本書紀』にも登場する「古代の吉野に住んでいたという有尾人(ホモ・カウダトウス)、すなわち尾のある人間のこと」である。ともあれ、百鬼夜行の器物の化け物にしても井光にしてもイメージは明瞭で、人間以下、「それより下等の段階の動物もしくは自然物に近いような生きもの」、あるいは「むしろ無機物に近い」もので、博物誌的で汎神論的なものを愛好する澁澤の渇仰する化け物たちである。

一体に花田清輝でもそうだが、こういう「変なもの」、化け物を指向対象として掘り出してくる思考は、「人間の文化の歴史」あるいは自然を「一種の博物誌の連続」と捉える思考である。つまり、化け物たち、無機物に近いような生きもの、ここでは完全に無機物の「物」までも、自然のなかにあっては、人間と横並びになるものとして考える思考ということだ。

ここで「人間よりも動物を、動物よりも無機物を、というのが花田清輝の『錯乱の論理』以来の一貫した主張」であるならば、澁澤は「一種の感動を誘われる」という。勿論、この思考の運動はそのまま澁澤のものでもあるからだ。だからめずらしく澁澤は、「百鬼夜行や井光に関するかぎり、花田清輝にまんまと先を越されてしまったことを、いささか残念に思っているほど」だと吐露している。

それゆえ澁澤は、ここでは井光のことにはまったく触れず、御伽草子の一つである『付喪神記《つくもがみ》』

について述べる。そしてそこにみられる思考の動きは、「恐怖と魅惑の二方向に引き裂かれた」物に対する「奇妙な執着」、つまり「フェティシズム」だというのだ。だから澁澤のフェティッシュの概念規定は、「生命を吹きこまれた物体」となる。さらに澁澤は、「古代においては、そこら中がフェティッシュだらけ」で、「古代人は、山川湖沼はもとより、或る種の動物や植物や、石や貝や玉などにも、自由に霊魂が宿るものと考えた」と、折口信夫の「ものは霊《もの》であり、神に似て階級低い、庶物の精霊を指した語である」という言葉を重ねてフェティッシュのイメージを強化している。「古代的なフェティッシュの世界」とは自然のものが横溢している世界である。しかし、人が霊魂に懐疑的になるとともに、「追いつめられた霊魂が新しい隠れ家を発見する」ために浮遊する。そこで霊魂が住むところは、それまでの「岩石草木のような自然物」か、「ごく単純な、玉とか鏡」だったものが、「技術の進歩」とともに、多様な道具に霊魂が宿るようになった。つまり澁澤が言いたいのは、多様な道具への霊魂の宿りは、道具を「第二の自然」と捉えるならば、反対にフェティッシュを氾濫させたという「室町時代の器物のお化け」は、人間が対峙する多様な自然を分節化したフェティッシュの一つの様態に過ぎないというわけである。しかし澁澤は、フェティッシュを折口信夫がいう「小さい神」のイメージとも重ねているとみなければならない。室町時代の「百鬼夜行」のパレードには愛好を示すからだ。

　後半は、イメージの様態を提示したい澁澤の思考の動きのままに、「百鬼夜行図」について述べてゆく。リトアニアの中世美術史家ユルギス・バルトルシャイティスの『幻想の中世』を引用しながら、日本の「百鬼夜行図」と「北方ルネサンス期のボッシュやブリューゲル」の作品をイメージさせながら、画家、絵師の「物に対する彼らの執着」は、「やがて物の内部に宿る霊魂を呼びさまし、ついには物を生動せしめる」に至ったのだという。

一般には、「死んだ物に、電流を通すように生命を流しこむ」のだから、物は恐怖の対象になろうが、反対に「恐怖の対象でしかない物のお化けを描き出した人間は、何よりもまず、物を過度に愛した人間だった」と澁澤はまたここでも、指向対象を愛好する身体的エロスをもつ思考の動きを確認している。その「入れ子」であるエクリチュール化した「私」の「純粋思考」もまた、「物を過度に愛した人間」の思考に違いがないからだ。

ここで澁澤は、三島由紀夫の『金閣寺』の第八章に、『付喪神記』の冒頭の文章があることを想起して、金閣寺もまた「器物の化けものとアナロジカルなフェティッシュ、恐怖と魅惑をこもごも放射する一つの物体」だという。「建築物のような大きなものでも、観念の世界では、いくらでも小さなフェティッシュになり得る」という、この繰り返される思考の運動は、運動の激しさから澁澤の言説が熱を帯び始めているのがわかるところである。

伊藤若冲の「付喪神と題された奇妙な絵」のイメージの様態を示す。茶釜、水指し、茶壺、茶筅、竹蓋置き、茶杓などの「いわゆる茶道具の化けものどもが手足をはやして、大きな目玉をぎょろぎょろさせながら、ぞろぞろと行進している」。そこにみられる「あの克明な細密描写」は、「あの独特な中心のない装飾的空間構成で、同じ種類の物をすべて洩れなく、一つの画面のなかに並べつくそう」とする思考の動きを誘発する。そして若冲の「博物誌的好奇心で、生きて動く小さな物を、標本のように画面に定着させようと」する情熱は、澁澤の思考の運動を活性化させるのである。

それよりも「中心のない空間構成」は、ボッシュやブリューゲルにも共通にみられることから、「中心に向って整序される一神教的な秩序をきらい、かえって周辺に向って拡散される汎神論的な無秩序」を好む思考が運動してはいないかと澁澤はいう。それは澁澤の思考がイメージの様態を提示しているのだから、「百鬼夜行」とは「精霊的な自然の無秩序」の様態であり、「いろいろな物体のなかに入ったり出たりする霊魂、神に似て階級の低い、小さな庶物の精霊」が自在に飛び交っている、まさに「自然そのもの」のイメージの様態である。そして重要なのはここからで、この「自然そのもの」のイメージの様態を愛好する澁澤は、思考の運動をもって熱狂したまま、自らが「自然の無秩序」なフェティッシュなものへと飛び込んでゆくのである。それは澁澤が「フェティッシュということ」に関して「いちばん鮮明」なイメージを最後に述べるからである。このとき、熱狂のなかにある澁澤の「私」性の言説化は、「百鬼夜行」も「付喪神」も主題とともに消滅させてしまうことになる。

そのフェティッシュのイメージの様態は、ルイス・ブニュエル監督の映画『小間使の日記』にある、「ジャンヌ・モロー扮する小間使セレスティーヌに、ユイスマンスの小説『さかしま』の一節を読ませていた老人は、やおら立ちあがると、部屋の隅の戸棚の扉をひらき、ずらりと並んだ女物の靴のコレクションを彼女に見せる」シーンである。この老人が「やおら立ちあがる」動作にどれほど身体的エロスが触発されることか。フェティッシュとは、「純粋思考」と区別がつかない澁澤にとっては、ユイスマンスの『さかしま』や部屋の隅の戸棚や、「ずらりと並んだ女物の靴」だけではなく、小間使セレスティーヌを演じたジャンヌ・モローの声、さらにはジャンヌ・モローの身体そのものが、愛好のフェティッシュな物体、オブジェなのである。

別のシーンでは、「老人は戸棚から、ぴかぴかに光った編み上げのブーツを取り出し、これを自分で彼女にはかせ、彼女に部屋のなかをぐるぐる歩きまわるよう命ずる。その彼女の長靴をはいて歩くさまを眺めながら、老人は次第に目を輝かせ、呼吸を切迫させてゆく」。澁澤の言説が熱くなる。「それまでは一個の死んだ物体にすぎなかった長靴が、彼女の足を呑みこみ、彼女と運動を共にすることによって、みるみるその内部に生命を充実させてゆく」。「冷たいエナメル」は、「肉の香り」をもって蘇り、女の足はペニスとなり、その足を呑み込む長靴はヴァギナとなる。「この長靴は、女の足を包みこむと同時に、一瞬にして化して精霊を得た」と澁澤はいうが、この女の足と長靴の合一、止揚の言説化をみていると、既に何度も書いた『夢の宇宙誌』にある「天使について」「アンドロギュヌスについて」の項で、イメージされた天使、アンドロギュヌス、ヘルマフロディトスが想起されてくる。そしてここではじめて、エクリチュール化した「私」の「純粋思考」がエクスタシーに達しようとしているのがみえてくるのである。

六　「時間のパラドックスについて」

十七世紀イギリスの文人トマス・ブラウンの『壺葬論』から始めて、幸田露伴の『新浦島』までを取り上げて、澁澤がこの項で述べるのは、「時間の腐蝕作用」についてである。最初に紹介されるトマス・ブラウンの『壺葬論』には、「地上の栄光や権力のモニュメントを空しいものと見る、諸行無常の思想にも似たものが認められる」が、それよりも澁澤が注目するのは、「時間の腐蝕作用によく耐える硬い物質に対する、ブラウンの変ることなき愛好心」である。勿論これもまた、『胡桃の中の世界』にある「石の夢」、「宇宙卵について」、「ユートピアとしての時計」の項にみられる澁澤の思考の動きと同様のものである。

トマス・ブラウンが『壺葬論』で、古代の骨壺から見出された「一個の青いオパール」に対して惹きつけられたのも「つまるところ、気の遠くなるほど長い時間によく耐えた、宝石の不滅の輝きのため」と澁澤は捉える。先に挙げた『胡桃の中の世界』にある「石の夢」の項でも引用されていたロジェ・カイヨワの「石は老齢だ。生命よりも人間よりも以前から存在しているからだ。石は人間に、その最初の道具、最初の武器のための材料を提供した。その隠れ家も、その神殿も、その墓も」という石の礼讃の言説が挙げられ、「たしかに石は、いや、鉱物一般は、すでに生命の発生する以前から地球上に存在していたのであり、また将来、かりに地球上の全生命が絶滅したとしても、やはり依然として存在しつづけるにちがいないのである。時間は或る種の酸のように、そのなかに浸っている生きとし生けるものを腐蝕し、汚染し、これを徐々に崩壊せしめるにいたるが、この時間という腐蝕性の酸に対して、一向に弱味を見せないのが石という物質であろう。石はいわば永遠に時間に汚染されない純潔な物質、超時間性あるいは無時間性のシンボルなのだ」と澁澤の言説は熱を帯びてくる。

先に挙げた『胡桃の中の世界』にある「ユートピアとしての時計」の項でみた澁澤の思考は、こうして思考の運動の回転を上げて、エクリチュール化した「私」の「純粋思考」のイメージの様態を、石のアナロジーとして捉え、「純粋思考」を「かりに地球上の全生命が絶滅した」としても、「永遠に時間に汚染されない純潔な物質、超時間性あるいは無時間性」をもつものとして、ここでも確認するのである。

石の「時間の腐蝕性」から超越した「超時間性あるいは無時間性」をイメージする澁澤の思考がさらに突き進むのは、「仙郷淹留説話」の一つ『述異記』の上巻にある王質爛柯の故事にみる、「仙郷の食物をひとたび口にすれば、時間の作用を防禦する一種の被膜、一種の遮蔽物のごときものが身のまわりに生じて、その腐蝕作用を完全に免れる」というものである。澁澤の思考は、ここでは「石室の内部が現実とは異った世界」とは運動せず、一気に、これは「人間みずから石のような硬質の存在になるのだと考えてもよい」と言説化する。「入れ子」である「純粋思考」に澁澤の思考が一体化するに等しい。愛好が昂じると、その多様な対象物と一体となりたいとは、先の項でみたフェッティッシュに対する澁澤の思考の動きであったが、それと同様に澁澤の思考にある汎神論的な指向対象であるフェッティッシュは、いかに多様に拡大しようとも、すべて自らがフェッティッシュそのものになるという運動だったということがここからも了解されてくる。

澁澤が挙げる将棋、碁、チェスでも構わない「棋」もまた、「時間の腐蝕作用」に侵されないものだという。なぜなら、そのボルヘスがいう「儀式」に似た遊戯的な思考の運動は、人間が「棋」というフェッティッシュと一体となる運動態だからである。もう一つ澁澤が挙げているマルセル・デュシャンの例の方がわかり易い。澁澤は、一九二五年、デュシャンが八年にわたって取り組んできた「奇妙な大ガラス作品を未完成のうちに放棄」して以来、デュシャンにとって「時間に汚染されないガラス」は、いつしかフェッティッシュなものとなり、それと「楽しみながら」時間を弄んでいるのは、ガラスと一体となる観念的な行為によって、「時間の腐蝕作用」に侵されず、無時間の永遠性を獲得しているからだというわけである。

「時間の腐蝕作用に抗するために、みずから石に化する」というフェッティッシュを愛好するゆえの一体化の思考は、「中国の神仙思想においては、さして珍しくもない思考」で、これは「たえず生命の燃焼や可能性を求めて、永遠に満足するということを知らないヨーロッパのファウスト的人間には、まったく理解を超えた」思考であると澁澤はいう。

そこで最後に登場するのが、「明治以後の日本の文学者で、神仙思想に関する蘊蓄の最も博大だった」幸田露伴というわけだ。澁澤が取り上げるのは露伴の『新浦島』である。さて『新浦島』を読めば、浦島太郎の「第百代目にあたる末孫」である主人公次郎は、仙人を志し、呪文を唱えて呼び出した聖天に「身体を頭から真二つ」に断ち斬られ、次郎と同じ姿をした同須という召使を得るという、いかにも澁澤が好む奇談である。物語の最後は、「ままならぬ人生に飽きはて、古馴染みの女の処置に困じきり、ついに召使に命じて、わが身を北方の紅蓮澗《ぐれんかん》の水に浸し、生きながら一個の化石となってしまう」のである。

澁澤はこの石と一体化する思考を、『ファウスト』第一部におけるメフィストとの契約の場面にみられる「悪魔をも凌駕する無限追求の権化のようなファウスト的人間」の思考に対して、「時間の停止をひたすら願い、みずからを石と化せしめてまで、無時間あるいは超時間のユートピアのなかに立てこもろうとする」次郎の思考と捉えるのだ。

もう理解できることだ。『神聖受胎』『サド復活』で縦横に探究したサドの自然、ユートピアについての思考や、『胡桃の中の世界』にある「胡桃の中の世界」の項で考え、言説化された澁澤の思考と、ここでもまた逢着することになる。澁澤はいう。「歴史の圧迫を逃れるために設定されたフィクショナルな空間が、仙郷あるいはユートピアなるイメージだとすれば、時間の腐蝕作用に抵抗する物質として考えられた石という観念も、明らかに前者と等価のものでなければならぬであろう。要は、空間的な拡がりを有するイメージと、物体として凝集されたイメージとの差にすぎない。石とは、すなわちユートピアなのである。ユートピアという空間を一点に凝集した物体なのである」。

ここには何度も挙げた「内面性と膨張の弁証法」、「大と小の弁証法」の思考も運動する。また、同心円状の構造、「入れ子」の構造もみることができる。そして何よりも石が、「ユートピアという空間を一点に凝集した物体」のイメージの様態であるならば、アナロジーとして澁澤の思考の「入れ子」としてある、エクリチュール化した「私」の「純粋思考」は、澁澤の思考の運動を一点に凝集したイメージの様態として捉えてよいということになる。

七 「オドラデク」

オドラデク。そう、カフカの『家長の心配』という「原稿用紙でせいぜい四枚ばかりの短篇」に出てくる純粋な物体、オブジェである。この項が「最後はやはり、独楽」で締め括られるのは目にみえているオブジェでもある。それに澁澤はここでは少しも触れていないが、既に『胡桃の中の世界』にある「ギリシアの独楽」の項で、このカフカの短篇『家長の心配』に出てくる、オドラデクについては述べているのである。

さて、この名前からして奇妙な一度聞いたら忘れられないオドラデクについて、この項ではカフカの文章の引用があるが、それは省いて、澁澤のオドラデクの説明を引用しよう。「オドラデクなる物体」は「あらゆる点で無意味な物体」で、「何らかの用途のために人間の手で作り出されたものか、それとも自然の生成物か、それさえも判然としない正体不明のオブジェ」である。それは「ただ作者の頭のなかで像をむすび、作者の筆によって、異様に克明に描出されたものにすぎない」と考えざるを得ないものなのである。

ここからは「幻鳥譚」の項でみた「三鳥」のように、その「概念内容」を問うと無意味になるという澁澤の思考の運動が働くことになる。当然だろう。オドラデクは、「ただ作者の頭のなかで像をむすび、作者の筆によって、異様に克明に描出されたもの」であるからだ。有機的なもの、特に人間は、必ず一つの到達点であり、大きな目的として死があるゆえに、「すべての行動に意味が生じてくる」が、オドラデクのような「生から目的をも意味をも」奪う「不死なる無志向の状態」の物は、「機械や道具」のように「他から使役されること」による第二義的な意味や目的さえもない物体としてある。

この「完全な無意味性」、「概念内容」の虚無は、澁澤が言うように「物自体の顕現」と捉える以外にはない。オドラデクの場合であれば、「現象の背後にある物自体が、カフカの思惟を通過することによって、突然、目に見える具体物となって顕現したかのような感じ」なのである。勿論、澁澤がいう「カフカの思惟」というのは、カフカの思考の運動が生みだし「作者の筆」によって表出されるもので、突然、現前化する具体的なイメージの様態のオドラデクは当然、澁澤が読むことで顕現するものである。だからこそ澁澤が言うように、「この物体は現象によっては何としても説明がつかず、また説明がつかないから一層刺激的なのだ」。これはまさに「幻鳥譚」の項で、「三鳥」として言説化されてはじめて、顕現する物、オブジェに対峙したときの、澁澤の思考の運動と同様のものであることが了解されてくる。

しかし、一体にこの澁澤の思考の運動は、『思考の紋章学』を半分ほど読んできて想起すれば、廻転するランプも、夢そのものも、巨女も、大地母神としての観念も、器物のお化けも、石もすべて澁澤が愛好する指向対象の物、オブジェであって、オドラデクと同様に澁澤が読み、書くことで顕現させてきた物たちである。つまり、この指向対象が多様で博物誌的な拡大を呈するのは、物、オブジェにあるのではなく、澁澤自身の思考の運動が提示するイメージの様態そのものが、「内面性と膨張の弁証法」、「大と小の弁証法」的な動きはあるものの、無意味性、概念内容の虚無を包含したイメージを顕現させるからである。つまり、これこそが澁澤の「私」性が消滅してはじめて顕現する、エクリチュール化した「私」の「純粋思考」が捉えることができるものなのである。

澁澤もそれは気がついている。続けて「オドラデクの無意味性の魅力」は、「作者たるカフカが知らぬ間に彼自身に取り憑いた、何とも解釈しようのない一種のコンプレックス」としてのオドラデクであり、独楽のイメージだと述べているからだ。後はこういうカフカの思考の運動は、澁澤の思考の運動そのものであると指摘するだけである。

さらに、ヴィルヘルム・エムリヒの「目的と意図を実現すべき日常的な活動の世界から締め出された、子供と老人の年齢層を代表している」オドラデクの解釈を挙げながら、澁澤は「必ずしも他人には通じなくてもよい、自分用の解釈遊び」をする。このエムリヒの言説を敷衍して、ミシェル・カルージュの『独身者の機械』を援用しながら、「オドラデクのなかに、目的と意図のある生殖活動(結婚生活)の世界から締め出された、オナニズム(独身生活)の表象」をみてゆくのだ。これはまた、『エロスの解剖』にある「オナンの末裔たち」の項で述べられていた、オナニズムとは一種のフェティシズムであるという澁澤の思考を想起させる。先の「付喪神」の項では、フェティッシュは「生命を吹きこまれた物体」と概念規定されていたが、フェティシズムとは、実存の概念内容を問わない、人形のような物体、オブジェを愛好するような「一種の表象愛」でもあるからだ。

オドラデクのイメージの様態を独楽のイメージとして捉える澁澤は、「唸りをあげてまわる独楽のイメージそのものに、はたしてオナニズムの表象を見ることが可能であるかどうか、一向に私は知らない」と、これは『胡桃の中の世界』にある「ギリシアの独楽」の項ではなく、「胡桃の中の世界」の項で述べられていた同心円状の構造、「入れ子」の構造の運動態のイメージを独楽に重ねて述べている。ジャン＝ポール・ヴェベールの指摘を援用して、澁澤はカフカには独楽だけではなく、「ぴょんぴょん跳びはねるセルロイドのボール」のような「目くるめく廻転の末に力弱まって顚倒するという性質をもった、子供らしい小さなオブジェに対する執着があった」というが、これもまた澁澤の愛好のオブジェである。

ここで澁澤自身も、「埒もない思考のオナニズムにふけっている」ようだといって、カフカにみられる「物と名前、物と表象世界との乖離」に言及する。まず「物とは、私たちの感覚に直接に触れてくるもの、私たちの認識主観が所与の素材を秩序づけたものとは、まったく別物だということ」を澁澤はいう。しかしこれは、名前は人間の「認識主観が所与の素材を秩序づけたもの」であって、人間の「感覚に直接に触れてくるもの」との二項対立の関係をいっているのに過ぎない。エクリチュール化した「私」の「純粋思考」が、澁澤の「私」性の思考が消滅すると顕現するのは、ここからと言わねばならない。

「純粋思考」は、この物、つまり指向対象と澁澤の「ペンとともに運動」をはじめる表象との関係を、このような堅固な静的で動きのないものとは考えてはいない。既に少し書いているが、「純粋思考」は永久運動をする運動態で、この思考の運動態には、澁澤が表象化する言説がまずあるだけなのである。つまり、澁澤がいう「物と名前、物と表象世界」の二項の関係が、最初からあるのではなくて、名前、表象だけがまずあるということである。オドラデクという名前は、恣意的なものでも、そのとき澁澤が思考するような「私たちの感覚に直接に触れてくる」もの、オブジェそのものでは決してない。

澁澤の思考では、未だ「名前とは偶然のものであり、表象とは根拠のないもの」という言説になるが、「純粋思考」は名前の恣意性を問題にしないだけではなく、「表象とは根拠のないもの」ではあるが、この表象だけしか「純粋思考」は生みだせないし、言説化できないことを了解している。だから、名前や表象を剝ぎ取った「物自体のみが、私たちをぎょっとさせ、私たちを陶然とさせ、私たちを途方に暮れさせる」と言説化する澁澤の思考には首肯できない。「純粋思考」はそうではなくて、この表象、名前を言説化してそこに発生、顕現する物に、はじめてぎょっとし、陶然とするからである。

最後に、カフカはオドラデクだけではなく、また「無意味な動物をも多く描いた」として、澁澤は愛好する「無意味な合の子動物」からの想起で、谷崎潤一郎の未完の長篇『乱菊物語』に出てくる「海鹿(あしか)と馬とのあいだに出来た合の子」、谷崎潤一郎の命名による「海鹿馬(あしかうま)」を挙げる。谷崎が描く「海鹿馬」の引用は省くが、こういう怪物を「驚くべく丹念に描写」する「谷崎潤一郎の生得の無邪気さとでも言うべきものを、私は限りなく愛する」と澁澤はいう。澁澤の思考の運動は、愛好する指向対象を陸続と想起しては言説化するのである。

さらに、「潤一郎の説明によると、海鹿馬の脚の先には、指と指のあいだに膜、つまり海鹿のような鰭がある」と言説化する澁澤は、当然カフカの『審判』のなかに登場するエロティックで猫のような女レーニをここに想起することになる。レーニはKの膝の上に乗り、いかにも秘密を明かすような調子で、「あたしにはちょっとした片輪のところがあるのよ」と言って、「右手の中指と薬指とを拡げると、そのあいだには皮膜」、水かきがあったのだ。「何という自然のたわむれだろう」と叫んで、Kはその指に接吻する。澁澤だけではない、誰もがそのレーニの右手の中指と薬指との間にある水かきにぎょっとし、陶然となる。

こういう一種の畸形のイメージは、澁澤が繰り返すように何の意味もない。しかしこれこそ、「純粋思考」が捉えるカフカの表象の言説である。右手の指の間に畸形の水かきをもつレーニの描写があってはじめて、読み手は物、オブジェである水かきにKとともにエロティックな衝撃を受けるからである。

「最後はやはり、独楽」で締め括りたい澁澤は、マックス・エルンストが、一九二四年にアルフレッド・ジャリの戯曲の主人公たるユビュ王を描いた「ユビュ皇帝」について、ユビュ王が「一個の独楽(それは樽のようにふくらんでいて、種類から言えば唸り独楽に近い)の形で表わしている」と言説化して、ユビュ王をオドラデクの独楽のイメージと重ねている。しかしそれでも、澁澤の思考が「入れ子」にしている、永久運動をして「唸りをあげてまわる独楽のイメージ」の「純粋思考」の様態だけは、捉えられてはいないとみなければならない。

八 「ウィタ・セクスアリス」

この項では当然のことだが、「ウィタ・セクスアリス」が森鷗外の小説の題名と似ているからといって、鷗外の『ヰタ・セクスアリス』についてだけを、澁澤が述べようとしているのではないとまず捉える必要がある。それは最初から、荷風日録『断腸亭日乗』にある「その何月何日という日付の上に、印刷用語でナカグロ」と呼ばれる「小さな黒丸」(荷風の原本では朱点)について述べていることからもわかる。

またいままでみてきたように、澁澤がエッセーを書くときの思考の運動である、荷風の「性欲的生活」から始めて、サド、後藤新平、ノヴァーリス、鷗外、谷崎潤一郎、大手拓次、狩野亨吉、そして「ぐるりとまわって、どうやら円環を閉じたような趣き」にするために荷風へと収斂する言説化で、力業とは感じさせない巧みさがここにもみられる。ただ、「ああ、今回はずいぶんくたびれた」といい、「結論らしい結論は出なかった」と澁澤が吐露しているところに、澁澤の「私」性が消滅して、エクリチュール化した「私」の「純粋思考」が、澁澤自身の「性欲的生活」を浮かび上がらせているとみた方がよい。

だから、最初にある荷風日録『断腸亭日乗』の日付の上に付けられたナカグロの印を、「イマジネールなもの(白丸)」をも含めて「荷風好みの語彙を用いれば淫楽に関係あるもの」と捉え、ここに荷風の年齢、六十四歳を鑑み、「性の快楽と死の不安」をして「楯の両面」と考える、澁澤の思考に注目する必要がある。澁澤は、「一般に、或る年齢層においては、性の快楽と死の不安とは楯の両面であり、べつに荷風のような記録マニアでなくても、その日記のなかに、オナニーや夢精の回数、あるいはコイトゥスの回数などを、記号によって記録する習癖のある者は世間にざらにいるのではないか」と言説化するからだ。

続けて、「人間は死ぬまでに何回に及ぶ射精の痙攣に身をふるわせ、その都度、どのくらいの量のスペルマを喪失しつづけなければならないのか、といったようなことを考えて、ふと空恐ろしいような気分を味わったことのある者は、おそらく私ばかりではあるまい」という澁澤の思考の運動は、「私たちはもっぱら死ぬために生きているのである」という「純粋思考」が澁澤の思考の核を浮上させることに等しい動きをみせる。形而上学ではなく、鷗外の『ヰタ・セクスアリス』に言説化された少年の自慰に対するものも含めて、澁澤自らが実践でエクスタシーに達するまでの、身体的エロスと合致した死を、荷風の『断腸亭日乗』の黒丸をして、快楽は死を「入れ子」にしていると捉えているとみなければならないという思考の運動がここにはある。

荷風の実践的な性交の行為とは、「子供を生んだり家庭をつくったりすることを根っから欲せず、女を性の玩弄物としてしか見ようとしない男」のもので、見方によれば「正常かつ健康」なものだったと澁澤はいう。つまりこの荷風の実践的な性交行為とは、「オナニーや夢精の回数、あるいはコイトゥスの回数などを、記号によって記録する」ことを指向対象として愛好する澁澤にとっては、「私」性を消滅させようもないものである。

それよりも、澁澤自身の性と合致した死の意識をもつ思考は、荷風の「ひたすら『ガラスの城』に身を閉じこめて、絶対に他人のなかへ入ろうとしない精神」によって、「性のメカニズムは、あたかも自己運動する機械のように単調な興奮と喪失の繰り返し」の運動を裡にもつ思考と重ねられるものである。この自己回転する精神が、荷風の思考の運動の謂であれば、それはそのまま「単調な興奮と喪失の繰り返し」である「性のメカニズム」と重ねられる「純粋思考」の思考の運動であることは言うまでもない。なぜなら、「荷風の性の観念」を「一種のテクノロジーに支配されている」と澁澤が言説化することで、読み手は永久運動をする澁澤の思考の「入れ子」となった、「純粋思考」の一種のテクノロジーが支配する思考の運動をみる思いがするからである。

荷風の『腕くらべ』第三章「ほたる草」にある最後の文章を澁澤は引用して、「まるで性器と眼だけしかない化けものの愛撫のようではないか」と感嘆しているが、引用する最後の一文にある「これまで経験した中での一番濃厚な実況やら、又これまで見た浮世絵師の絵本の中での一番不自然な形やらを、われとわが眼にゆつくりと目撃しやうと冀つたのである」という思考の言説化とは、荷風の「性器と眼」はともにイメージの様態をそこにまざまざと提示しながら、言説化する運動がみえるものなのである。言説化される荷風の小説が登場人物の男も女も、操り人形のように作りものの印象を免れがたいとしても、「性器と眼」の実践的働きをもつ思考の運動は、イメージの様態の提示を嬉々としてひたすらめざすものである。

そして澁澤が、「荷風散人の文学を偏愛」するのは当然と思われるのも、性器の運動と一体化した眼の欲望(これは三島由紀夫にもマルセル・プルーストにもみられるものだが)は、荷風の性愛の異常な「のぞき」行為にあるからである。「のぞき」行為とは、実践の性愛行為の裡に、「これまで経験した中での一番濃厚な実況やら、又これまで見た浮世絵師の絵本の中での一番不自然な形やら」を想起する思考の運動によるものに他ならない。さらに、「のぞき」行為によって想起すべきものはかならず、イメージの様態をともなわなければならないのは言うまでもない。

澁澤も同様にイメージの様態を想起する思考の運動をもつ。サド侯爵の晩年の日記にある「ギリシア文字のパイに似た、φなる記号」を想起し、後藤新平のドイツ留学中の日記にみられる「女陰の形」を想い出す。「女陰の形」のイメージの様態のために、荷風の白丸(○印)とサドの「ギリシア文字のパイに似た、φなる記号」を想起して、アナロジカルに重ねてしまうこの澁澤の思考は、性愛行為としての「のぞき」による自慰の実践的な行為と同様のものとみなさねばならないものである。

さらに、サド侯爵の日記には「一瞬、φイデーの起ることがあった」と記されているとして、そのイメージの様態を澁澤は、七十四歳のサドの「幽霊のような性欲の幻影」だという。イデーというところにも澁澤は注目して、ノヴァーリスの日記を引用して、ノヴァーリスの「いきなり朝から襲いかかる情欲の発作のあとは、どうやらいつも哲学的、思索的な明るい気分がつづくらしいのだ」というロマン派の思考の運動を想起する。つまりサドと同様に、「情欲と哲学とは一直線で結びつく」というわけである。これで「のぞき」行為が、「情欲と哲学」的な思考による性愛行為に他ならないことから、澁澤の言説化が向かう方向が示されることになる。

また「のぞき」ではないが、鷗外の『ヰタ・セクスアリス』にみられる少年の自慰の場面の言説化に対して、「そもそも春画のシーンを空想して反復することが可能なほど、意識的に勃起や射精を促すことのできる少年が、どうしてそこに快感の源泉を発見しない」のか、「色情のイメージと肉体の反応」とが一致しているのに、少年の性的快感だけが抜け落ちているはどうしてかと澁澤は疑問を呈している。それに対して谷崎潤一郎の描く『神童』には、主人公春之助は「心身ともにどっぷり」自慰にふける言説化がなされているという。勿論、ここで鷗外の自慰行為の描写の「抑圧のメカニズム」が、「対世間的」に働いているかどうかという問題は澁澤には興味がない。ここはあくまでも鷗外と谷崎潤一郎の小説にみられる、澁澤の「のぞき」行為的な引用による、自慰行為の言説化なのである。

澁澤の言説が向かうのは、「死ぬまで童貞の生涯を送った詩人大手拓次」が「下宿屋から毎日のように風呂屋に通い、ちらりと垣間見た女湯の裸体を、その都度、かなり克明に日記に記録していた」こと、つまり大手拓次の「のぞき」という自慰行為を誘発する性愛行為の源泉になる日記である。澁澤は、大手拓次の日記を引用しながら、ここにみられる大手の「網膜のなかに生け擒りにした女たちのイメージを、記憶像として再現しながら、おのれの欲情に思うさま身をまかせる。もっぱら対象の不在を契機」として成り立つ、「典型的なオナニスト、小心な、繊細な、心やさしき独身者の告白」による「性的欲望の世界」をこの項の一つの結びとする。しかし、それとは反対に「あらゆる知識と書物とポルノグラフィーの蒐集家である明治のエンサイクロペディスト、狩野亨吉」の、「一段と大きいスケール」の「のぞき」の性的対象を源泉とする、身体的エロスをもつエクリチュール化した「私」の「純粋思考」が運動するような、怪物的人物の紹介にまで至ると、これは「サドや荷風」と通底する「一種の貪婪な記録マニアであり、記号マニアであり、かつ性をテクノロジーとして理解することのできる、強靭な唯物論的思考」のことも一貫して澁澤がこの項で言わんとしていたことが了解されてくる。

つまり澁澤は、この項では自身も含めた、眼の欲望による「のぞき」行為の実践的行為によって触発される、身体的エロスの自慰行為は、覗く対象のイメージの様態を想起する思考であり、「あらゆる知識と書物とポルノグラフィー」という多様な指向対象を「唯物論的な思考」で貫く眼の欲望が、「自己運動」するテクノロジーを志向することに他ならないということを提示していることになる。テクノロジー化する「自己運動」は、人間による実践的な自慰行為であれば、限界があり不可能であるが、眼の欲望による自慰行為としての言説の運動であれば、澁澤自身にも可能になる。しかし、この身体的エロスをもつエクリチュールをめざし、それを「自己運動」のテクノロジーとして捉える澁澤の思考の運動は、この言説の運動が限界を超えたとき、澁澤の「私」性は崩壊し消滅する思考の運動でもある。そしてそこにこそ、エクリチュール化した「私」の「純粋思考」が顕現し、言説の「自己運動」の回転数をテクノロジーの領域まで引き上げて、澁澤自身では完全には捉えられなかったエクリチュールを可能とすることができるのである。しかしこれはまた、見果てぬ夢であろう。ただ、澁澤が指向対象にするものがいかに多様であろうと、澁澤の思考は、「入れ子」とした「純粋思考」に止揚する運動を繰り返していることだけは決して間違いではないのである。

九　「悪魔の創造」

先の「ウィタ・セクスアリス」の項と同様にこの項も、西行のエピソードから始まり、また西行のエピソードへと戻るという形式のエッセーである。既に書いたが、これは澁澤が言うように、「形式感覚」として看過してよいものではなく、この主題を転じてゆく「オドラデク」の項でいう独楽のイメージのように、澁澤の思考の動きは回転するのである。勿論、その原動力は「ウィタ・セクスアリス」の項でみた、想起する思考の運動である。

さて、この項では『撰集抄』巻五第十五にある西行の「死者の骨を材料にして人間を造出する、奇怪な反魂の秘術」、つまり西行による「人造人間造出」のエピソードから始められる。詳しい話の内容は省くが、要するに、その話で西行は人造人間を作りはするが、その人造人間を見捨て、その後二度と人造人間は造出しなかったというのである。ここに澁澤は「一種の形而上学的な不安」ゆえの意識がみられるというが、澁澤の思考の動きは、この「西行の人造人間造出のエピソード」にみられるイメージの様態の提示にこそ眼目があったと思われる。さらにそのイメージの様態は、人造人間を造出して破壊するという一連の思考の運動と連動している。続けてヨーロッパの伝説で、「十三世紀最大のスコラ哲学者」アルベルトゥス・マグヌスが人造人間を造出した話を想起して、澁澤は述べているが、この人造人間もまた、最後は破壊されるのである。

なぜか。澁澤は、人造人間を人形と同様なものとイメージしているからだ。だから「ユダヤ伝説のゴーレムは、粘土で造った人形だった」という言説化になり、またゴーレムは、西行が造出した人造人間も含めて、「作者の人格の裂け目から出てきた幻影」として「やはり煙のように」消えてしまうという思考の動きとなるのである。

だから、次に紹介される「浄瑠璃評釈書『難波土産』巻之一の発端に載録された、近松門左衛門の芸能に関する言説の一部」は、人形が霊異を表わす内容となっている。ただ、話のなかで、「御殿女中は恋人そっくりの人形」を作らせたから、「その人形のあまりの迫真ぶり」に、気味が悪くなって人形は捨ててしまうのである。これもまた、「一種の形而上学的な不安」と澁澤は述べているが、人造人間は、人形であり、作者の幻影であり、ゴーレムのように「額に刻まれた聖なる文字を消し去られると、たちまち崩壊して一塊の粘土に帰してしまう」ものであるという、イメージの動きのある様態の提示こそが、澁澤の回転する想起とともに一貫していることの方が重要である。

続けて、近松の人形にみられるリアリズムが顕著に言説化されているものとして、ヴィリエ・ド・リラダンの『未来のイヴ』を澁澤が挙げるのは当然のことだが、ここには「エロティックな要素がしのびこむ」。それは、澁澤はこの項では触れていないが、既に『夢の宇宙誌』にある「玩具について」の項の最後で、澁澤が熱狂して述べたハンス・ベルメールの「関節人形」のイメージの様態を、『エロスの解剖』にある「玩具考」の図版とともに想起すれば、了解できることである。玩具である人形は造出するが、破壊しなければならない。この思考の動きをもとに、『未来のイヴ』のエディソンのように、「現実の女を愛するのも、その模像である人形を愛する」のも同じであるという結論になる。

後は『胡桃の中の世界』にある「胡桃の中の世界」の項で澁澤が述べていたことを想起すれば、ホムンクルスが「ガラス瓶のなかで培養された精液から発生する一種の矮人《こびと》」であったことから、「西欧の人間造出の歴史には終始一貫、女性原理が欠如していた」と述べて、『未来のイヴ』のエディソンだけではなく、ホフマンの『砂男』、ホーソンの『ラパチーニの娘』、ソログープの『毒の園』の男たちまで挙げて、「彼らは、必ずしも人形製作者」ではないが、とことわりながらも、「これらの娘たちも、父によって造られた一種の人造人間、一種の人形」と澁澤は結論づけるのである。

澁澤はここから、人形とその造出者、あるいは愛玩者の関係を「父娘の近親相姦」のテーマに結びつけようとする。フロイトが『砂男』の分析で、青年ナターナエルにおける、自動人形オリンピアへの愛を「ナルシシズム的陶酔」であり、「人形を愛する青年と人形とは同一である」と結論づけたことからの思考の動きである。だから青年ナターナエルは、自動人形オリンピアの「架空の父」という澁澤の捉え方になる。

先に書いたが、澁澤のこの造出者、愛玩者と人形との関係のエロティックな「父娘の近親相姦」関係への思考の運動には、ハンス・ベルメールと彼が造出した関節人形との関係における、イメージの様態が想起されているはずだ。澁澤の思考の「入れ子」になった、エクリチュール化した「私」の「純粋思考」と澁澤との関係とのアナロジーまでを考えれば、それは一層明瞭になる。勿論、これは人形の「架空の父」の位置に澁澤自身が象嵌されるからである。

この澁澤の言説は熱を帯びていると言わざるを得ない。澁澤はこう述べる。「しかしながら、この父は、たぶん架空の父であろうというのが私の観測だ。リラダンにしてもホフマンにしても、総じてロマン派作家や様式作家の多くは、現実の父という立場には、ほとんどまったく縁がないのが通例なのである。何ならエドガー・ポー、ボードレール、ノヴァーリス、あるいは毛色の変ったところでニーチェという、たちまち頭に浮かぶ例をあげておいてもよい。少なくとも無意識では、彼らは生命の連続を嫌悪していたから、あえて父たることを選ばなかったのだと思われる。このように、むしろ現実の父たることを拒否する立場の者が、ひそかに架空の父に自己を擬して、人形を愛するのではあるまいか。そして、それこそ人形愛好のメカニズムなのではあるまいか。フロイトの言う、人形に投影された自己愛なるものも、ここまできて初めて、その論理の円環を閉じることになるであろう」。

つまり、この澁澤の思考の運動そのものの、「人形愛好のメカニズム」が、澁澤が「私」性を消滅させて顕現するエクリチュール化した「私」の「純粋思考」だと思われる。ただ、澁澤は自らの思考に、「純粋思考」が「入れ子」になった構造を読み取ることはできない。なぜなら、澁澤の思考と「純粋思考」とは合一、止揚し一体化して区別がつかないからだ。さらに澁澤の思考には、「純粋思考」に対する、澁澤の思考を意識的に消滅させてしまうような愛好の思考がみえてこない。どこまでも澁澤の主体性が厳然とあるからである。

そしてこれもまた、ハンス・ベルメールの「関節人形」のイメージの様態を澁澤が想起しているだろうし、澁澤の思考の運動の源泉になるサドの自然観、あるいはサド＝マゾヒズムに通底する、創造と破壊の反復されるイメージの様態を想起していると思われる、『未来のイヴ』の第二巻第四章にある、エディソンの実験室の「薄紫の絹のクッションの上に置かれた」動く人工の「青白い血まみれな女の片腕」のイメージの様態が示される。破壊された人形は、「現実と遮断されていながら、なお現実とつながりたいという憧憬を表現している」と、『未来のイヴ』を論じたロス・チェンバーズの言説を挙げながら、澁澤は、その「片腕」は「いわばイリュージョニズムの哲学をみごとに具象化した」ものだという。

だからここで、川端康成の『片腕』が引きあいに出されるのも当然の思考の動きである。澁澤は、『片腕』は「そのモティーフから暗鬱なオブセッションにいたるまで、リラダンの『未来のイヴ』とほぼ完全に重なり得る」作品だというが、「純粋思考」は、破壊された人形の片腕のイメージの様態だけを思考しているのである。澁澤は『片腕』から、娘の片腕をベッドのなかで愛撫している男の、「私の片腕が落ちてゐる」という場面を引用して、「康成の人間的交流への絶望の深さ」をいうが、身体的エロスをもつ「純粋思考」はあくまでも、「エディソンによって発明」された「抽象的哲学的な人造人間の腕ではなくて、執拗な即物的描写」の積み重ねによって現前化する「若い娘のみずみずしい腕」のオブジェとしてのイメージの様態をこそ愛好する。「しかも、それは一本の腕という、肉体の全体から切り離された部分であることによって、一種の人造人間、あらゆる内容を受け容れる一つの鋳型たろうと努力している腕」であることが重要なのである。

『片腕』は、あの川端康成の静謐に内奥で燃え上がる極北のエロティシズムが言説化された短篇である。ただ、「自分の右腕と娘の右腕とをつけかへたのに気がついた時のやうな、おどろきの叫びはなかつた。私の肩にも娘の腕にも、痙攣や戦慄などはさらになかつた。いつのまに、私の血は娘の腕に通ひ、娘の腕の血が私のからだに通つたのか。腕のつけ根にあつた、遮断と拒絶とはいつなくなつたのだらうか」と引用しながら、澁澤は、この引用部分を「たとえ愛はなくても、一瞬のユートピアがここにある」とあっさりと結論づけてしまう。

しかし、最後に西行のエピソードに戻った澁澤が、南方熊楠が挙げる西行の「泡子伝説」にある、

「西行の飲み残した茶椀のなかの茶」を飲んだ茶屋の女が、十ヵ月後、子供を産み、それが西行の子供であったという奇譚を、最初にあった『撰集抄』の人造人間に対して、ホムンクルスと称するという言説化と、先の川端の『片腕』に対する言説化では、澁澤の思考の動きに差異があることがわかる。

それは、先にも少し書いたが、澁澤には人形を愛玩する、あるいは多様な愛好するオブジェに対して、「私」性、主体性がまず堅固にあるからである。人形を愛好するのはあくまでも、「父に自己を擬した」澁澤であって、その澁澤が「娘」としての人形を愛玩するのだ。川端のように、自己と指向対象の娘とで心を通わせ、愛し合うというのではなく、決して澁澤は、「娘」としての人形、人形としての「娘」、あるいは多様な澁澤が愛好するオブジェたちと愛し合うというイメージの様態をみせることはないと捉えなければならない。

これは澁澤が思考の源泉としたサドの自然観に、最初からみられたものだと思われる。サドは、自然のもとですべての人間の生き死にが支配されていると捉えるが、そこに君臨するのはサドの思考の怪物である悪徳の人物たちである。なぜなら、サドの自然は、サドの言説化による自然に他ならないからだ。言説化するサドが、オブジェとしての小説を愛好して創造し、それを破壊するのは当然のことである。この自明の理こそサドの自然観であるからだ。川端の『片腕』の「私」のように、サドにも澁澤にも、人形のような人間の片腕と、自らの片腕を交換して合体するという思考の運動などは、決してみられない。

十　「黄金虫」

この項では、澁澤が愛好してやまないエドガー・ポーについて述べる。ただ、澁澤は冒頭、エドガー・ポーの『黄金虫』については、「高く伸びた一本の樹木の上から垂直に吊るされた、金属のような光輝と重量のある一匹の甲虫のイメージ」を想起すると述べて、最後に「黄金虫」が「ポーの全体を示す一つのシンボルでしかない」として終っている。

ではこの項で澁澤が述べたかったことは何だったのか。それは二つある。一つは、『胡桃の中の世界』にある「ユートピアとしての時計」の項で少し触れられている、フランスのテーマ批評家ジャン＝ポール・ヴェベールの「ポー作品をすべて時計のテーマによって分析しよう」とする言説を援用しての、「時計」についてであり、もう一つは、「ポーの黄金虫が象徴的にあらわしているように見える上昇と下降、あるいは飛翔と落下の心理学」を、「ダイダロス説話」でみてみるというものである。

しかし、この二つのテーマを貫いている澁澤の思考は、アナロジーという思考の運動をみせていることは看過できない。最初に澁澤が、テーマ批評をおこなうジャン＝ポール・ヴェベールに瞠目したのも、澁澤とイメージの様態を同じくする『黄金虫』のなかにある「樹上から紐で吊られた甲虫を、鎖の先にぶらさがった時計の錘りの類同物(アナロゴン)と見なしていた」というところだというのも、その証左になろう。

そこでヴェベールのポー作品におけるテーマ批評にそって「時計」のイメージの様態をみてゆくのだが、その前に、このテーマ批評とは、「いかに厳正なテーマ批評家」といえども程度の差はあるが、「主観的恣意性に左右されることを免れないのではあるまいか」という疑問が澁澤にはある。なぜなら、澁澤自身の思考の運動は、「自分の気に入った作家のなかに、自分の気に入ったテーマしか決して見つけ出そうとはしない」という徹底した主観的な動きをするからだ。しかし、もともと澁澤は、多様な指向対象に対しても、自分が愛好したものだけに思考の運動が働くことは既にみてきたことで、「自分の気に入った作家」の作品だけではない。澁澤にとっては、カルパッチオの画集をみれば、テーマは犬であり、ルイス・ブニュエル監督の映画であれば、イメージの様態として浮かび上がるのは、「必ず不具者や乞食」で、それがテーマとなる。フェティッシュであろうが、コンプレックスであろうが、これが澁澤の思考の運動のイメージの様態なのだと改めて捉えなければならないだろう。

とまれ、ヴェベールの分析の冴えがみえる『赤死病の仮面』による時計のアナロジーは、「怖ろしい赤死病が国中を荒らしまわっているのに、プロスペロ公の城だけは外界の恐慌に対して固く閉ざされており、この外界と絶縁した自己完結性が、この城を時計あるいは文字盤として特徴づけている」と捉えるところにあるという。加えてこれは、「『鐘楼の悪魔』の円形をなした町についても、『アッシャー家の崩壊』の沼のほとりの邸における兄妹の幽閉生活についても、同じように言えることであって、おそらく、ポーの物語の展開される舞台の大半が、このような孤立と閉鎖の特性を顕著に示している」と澁澤はいう。

澁澤が述べていないのでさらにつけ加えれば、この「孤立と閉鎖の特性を顕著に示している」アナロジーから想起されるのは、サドの自然であり、ユートピアであり、サドが描く城そのものである。また、『胡桃の中の世界』にある「螺旋について」の項で述べられていた、ピラネージの「空想の牢獄」がイメージの様態として鮮明に思い浮かぶし、それをそのまま、サドの世界としてユルスナールがいう「人工的でありながら不吉な現実的世界、密室恐怖症的でありながら誇大妄想狂的な世界」とすれば、ピラネージの「空想の牢獄」だけではなく、オウム貝の殻やカタツムリの化石にみられる迷宮のイメージの様態、「幾何学とエロス」の項にあったルドゥーの「快楽の家のプラン」や、「宇宙卵について」の項にある「宇宙卵」、『胡桃の中の世界』にある「胡桃の中の世界」の項の「胡桃」と陸続と想起されてくる。

さらにここでは、澁澤の思考の運動が、ポーの作品におけるヴェベールのテーマ批評に触発されて熱を帯びているのがわかる。そうなれば、エクリチュール化した「私」の「純粋思考」が顕現してくるのは言うまでもない。なぜなら既に書いたことだが、澁澤の思考の運動は、愛好する指向対象に対して一方的に主体性を確立させていて、澁澤の思考の運動も、澁澤の「私」性が消滅することではじめて、「純粋思考」が顕現することができるからだ。そして、「純粋思考」の方からしか澁澤の思考の運動は捉えられないことも忘れてはならない。

「孤立と閉鎖の特性」をもつピラネージの「空想の牢獄」のイメージの様態は、「純粋思考」のイメージの様態そのものであることは、既に「螺旋について」の項で書いたことである。そこから「純粋思考」にみえてくる澁澤の思考の運動態は、何度も挙げた「内面性と膨張の弁証法」、「大と小の弁証法」をもつ、同心円状の構造、「入れ子」の構造の運動態である。澁澤の「私」性の消滅によって澁澤の思考は、「純粋思考」によって照射され、指向対象となり、反対に「純粋思考」の「入れ子」になった構造と捉えればよいだろう。

澁澤の思考の運動を、「純粋思考」がイメージの様態としてピラネージの「空想の牢獄」と捉え直すと、ヴェベールがいう「ポーの作品が自己完結性をもった、一個の時計」のアナロジーは、ポーの「庭園もの」と言われる小説にみられる「空間の造形において比類なく発揮された、単調と見紛うばかりな完璧性」であるし、「時間を空間的に置き換えて表現するための装置」としての時計のアナロジーも、ポーの世界における空間的な認識であり、その再構成となる。そしてそれがそのまま、澁澤の思考の運動のイメージの様態として捉えることができるというのが、「純粋思考」の思考の運動である。

ただ、その例として、ヴェベールが挙げているポーの『妖精の島』のイメージの様態は、島ゆえに水に囲まれていて、「自己完結的」で円形をなし、「この島の周囲をぐるぐるまわる、妖精を乗せた小さな舟は、時計の針」であるという「円環運動」をヴェベールはみているが、澁澤はそこにはアナロジカルなものをあまりみないのである。

これはまた、『胡桃の中の世界』にある「ユートピアとしての時計」の項の最後に、澁澤が「死んだ時計」への愛好を吐露していたのを想起する必要がある。つまりここではじめて、ヴェベールの「円環運動」のアナロジーを退けて、澁澤は自らの「死んだ時計」への愛好と通底する、ポーの独特の「死の観念」を提示するのである。マリー・ボナパルトの「ポーの風景は死のように静かである」という言葉を引用しながら、「生命が時間とアナロジカルだとすれば、死は風景、すなわち空間とアナロジカル」である。「したがって、時間を空間的に表現する(時計におけるように)ということは、生を死によって表現するということとアナロジカルなのだ。ポーのネクロフィリア(屍体愛)は、おそらく彼の空間への偏愛、あるいは時計への嗜好と一つのものである」というわけである。澁澤の思考の動きが言説化と一体化して実にわかり易い。

ここでポーの『楕円形の肖像』が例として挙げられる。これは画家とモデルになる妻とがいて、「やがて肖像画が完成され、生き身そのままの女の姿がカンヴァスの上に描きあげられたとき、すでに妻」はこと切れていたという内容である。澁澤は、「生から死への移行によって、愛する女の肖像は最終的な完成を見る」ということは、「現実の女が死んで、肖像が生き出す」のだから、「死から生へというヴェクトル」が生じても不思議はないという。これは「死んだ女の転生のテーマ」を包含しているというわけである。

澁澤の思考はこう動く。「今まで生きていた現実の女が死んで、今まで死んでいた肖像画の女が生きはじめる。この肖像画の女は、場合によっては墓場から蘇ってくる女であることもある。二人の女が生と死の時間を交替する劇。それがポーの死美人テーマの小説の構造であり、何なら時計の針の運動の意味だと言ってもよい」。勿論、澁澤の思考の核としてあるのは、あくまでも「死んだ時計」のアナロジーである「死の世界」である。「死の世界」は「生の世界」の「入れ子」であるが、核としてある構造を澁澤はイメージの様態としている。つまり、「死んだ時計」のアナロジーである「死の世界」は、「移ろいやすい生の時間」から護られ、時間を消滅させて、永遠を獲得するというのがポーの世界であり、それとアナロジカルに捉えることができる「死んだ時計」を愛好するのが、澁澤の思考の運動であるというわけである。

しかしこれはまた、「生の世界」の「入れ子」になった「死の世界」が永遠の時間をもつゆえに、イメージの様態としては運動態である同心円状の構造、「入れ子」の構造をもつ運動態とは、『胡桃の中の世界』にある「胡桃の中の世界」の項で既に書いた、澁澤の思考の運動がエクリチュール化した「私」の「純粋思考」の運動を「入れ子」にした構造と重ねられるイメージの様態に他ならない。言い換えれば、「生の世界」の「入れ子」になった「死の世界」のアナロジーとして、澁澤の思考の「入れ子」になった「純粋思考」が存在しているという構造がみえてくる。

そしてそこにみられるアナロジーの思考の動きを存分にみせてくれるのが、後半の、「ダイダロス説話」を列挙した後の澁澤の言説である。澁澤は、まず人口に膾炙した「ギリシア神話」を挙げて、同じよう説話として、「ゲルマン種族のあいだで広く語られた『ティドレック・サガ』のなかの、鍛冶師ヴェルンドの伝説」、さらにインドでは「義浄が翻訳した『根本説一切有部毘奈耶破僧事』巻十」に、「妙巧という工匠」とその子「巧容」の話があり、日本では『続群書類従』所収の『月刈藻集』中巻に、「天智天皇の時代、河内の国の春日政澄という工匠」とその子の話があるという。

これらの「ダイダロス説話」の内容は省くが、澁澤が言いたいのは、これらの説話に共通する名工たちと同様に、ダイダロスは名高い迷宮の建築家であったが、「みずから造った迷宮に、みずから閉じこめられるという致命的な失策」を犯してしまうような、「妄想に傾きやすい盲目的な知性、邪悪な知性」の持ち主だったということなのだ。

澁澤は、「反自然の衝動、あるいは人工への意志」と言ってもよい、「邪悪な知性」の持ち主「ダイダロス」の「反自然の衝動」におけるアナロジカルなものを捉えようとする。つまり、ダイダロスは「古代ギリシアの木彫りによる最初の神像の創始者であった」という説話から、「ピュグマリオンとの近親性」を澁澤はみて、ダイダロスの技術を「反自然の衝動において」アナロジカルなピュグマリオンのエロティシズムと結びつけるのだ。「ダイダロスが自分の造った迷宮に閉じこめられたように、ピュグマリオンもまた、自分の造った人工美女に恋して錯乱する。反自然の衝動にやみくもに身をまかせる者は、工学技術者であれエロティシズムの探究者であれ、ひとしく自然から残酷に復讐される」という見地で捉え直す。さらに子である「イカロス」の墜落のエピソードを、「夢における願望充足のメカニズム」とアナロジカルに捉えるのである。

そしてここからが決定的だが、澁澤はエドガー・ポーをまた、ダイダロスとアナロジーで捉えて、その「文学作品や詩を知性」で構築する「生来の工匠的な人間の素質」ばかりでなく、「みずから造りあげた迷宮のような、自己完結的な自意識の密室」に閉じこもり、苦悩する姿をイメージする。まだある。ポール・ディエルの『ギリシア神話のシンボリズム』を援用しながら、ポーはイカロスともアナロジーで捉えられ、それは「ポーの天上的な美の世界への上昇と、地下的な死の世界への下降とは、現実にはみじめな挫折者を運命づけられている身でありながら、なお脱出を夢みてやまないイカロスの太陽への渇望を思わせるから」だという。

さらにエドガー・ポーは、ピュグマリオンともアナロジーで捉えられ、それはポーの好む「大理石のような」とか、「象牙のような」という作中の「美女の肌に対する形容」が、彫像を思わせるだけでなく、ポーの描く美女たちは、「ことごとく血の通っていない一種の幽霊的な存在」で、「みずからの自意識の密室から誕生せしめてでもいるかのように見える」からだというのだ。

この多様な指向対象であるオブジェを、次々と執拗にアナロジカルに結びつけてゆく澁澤の熱狂の言説化は、澁澤の思考の運動が自己回転して、言説そのものが熱を帯び、まるでピュグマリオンが自分で造った人工美女に恋して錯乱するように、澁澤の自らの言説への錯乱がここにみられると言ってよいだろう。なんども書いているが、こういう自らの言説に対する熱狂、錯乱は、澁澤の「私」性を消滅させ、エクリチュール化した「私」の「純粋思考」が顕現する瞬間である。アナロジカルに言えば、迷宮であったり、人工美女であったり、「一種の幽霊的な存在」であったりするものとは、まさに澁澤の思考の運動が自ら「入れ子」にした「純粋思考」のイメージの様態であると言わねばならないだろう。

十一　「円環の渇き」

この項で、澁澤が「円環の渇き」というニーチェの『ツァラトゥストラ』のなかの言葉を用いているのは、「精神医学の領域では、無意識の底に抑圧された経験、外傷(トラウマ)をあたえられた経験にふたたび立ち帰って、これを明るい光のもとに解放する」意味のカタルシスの別名として用いて捉えているに過ぎない。なぜならこの項で澁澤が再び取り上げるのは、「円環構造」のイメージの様態であるからだ。

だから最初に述べられる「シモルグ」という「ペルシアの伝説中の霊鳥」についても、フローベールが『聖アントワヌの誘惑』でシモルグを、「シモルグ・アンカ」と呼んで、ネルヴァルの『暁の女王と精霊の王ソロモンの物語』に登場する「フップ鳥」との混同が指摘できることまではすべて、既に『胡桃の中の世界』にある「動物誌への愛」の項で述べられていたことで、澁澤の言説は繰り返し回転するものと考えねばならない。

つまりこの項で新たにみるべき澁澤の思考は、ボルヘスが愛好し引用する「十三世紀ペルシアの詩人、ファリード＝ディーン・アッタール」の「大長篇比喩詩『鳥の言葉(マンテイク・ツ・タイル)』」にある、「スーフィー派の神秘主義者たちを鳥になぞらえ、彼らが幾多の苦難を経て、ついに神との合一の境地、すなわち消滅境(ファナー)に達する過程をシンボリックに描いた」詩に登場するシモルグを、「円環構造」のイメージの様態で捉える方向に向って動くものとみることができる。

そのボルヘスが要約した『鳥の言葉』の澁澤の引用部分は、「はるかな国に棲む鳥の王」、「三十羽の鳥」という意味をもつシモルグを求めて、鳥たちは冒険の旅に出、七つの海を飛び越え、最後の海「消滅」を越え、最後に残った三十羽が「難行苦行」の末に浄化され、「ようやくシモルグのいる山頂に到達する」というもので、そのシモルグの姿とは意味通りに、「自分たち自身の姿」に他ならなかったという顚末になる。「自分たちこそ三十羽の鳥、つまりシモルグであり、相手もまたシモルグだった」と主体と客体が合せ鏡となって、「かくて彼ら自身の存在は影のように消滅し、永遠に霊鳥と合一する」に至るという、「神と合一して、自己消滅の境地」に達する、「円環構造」をもつ内容となる。これはまさに、エクリチュール化した「私」の「純粋思考」が、思考する身体的エロスのエクスタシーに達するイメージの様態のアナロジカルな言説と言えよう。

次に澁澤が挙げる「ペルシアの神秘主義詩人」アフマド・ガザーリーの『愛に忠実な者たちの直観』の比喩の方がこの点では、より了解し易い。それは、焰と蝶との愛の関係は、蝶が焰に向うのではなく、「焰が蝶の内部に突入してくる」のだという。つまり「焰はすでに蝶の養分ではなく、蝶こそ焰の養分にほかならない」というものだ。これはまた、レトリックの問題としても確かに「ボルヘス好みの同一性の原理」だが、ここにみられる「円環構造」のイメージの様態への澁澤の思考の運動は、『胡桃に中の世界』にある「胡桃の中の世界」の項で既にみた、澁澤の思考の運動から生まれる言説が熱を帯びて、エクリチュール化した「私」の「純粋思考」が顕現するという、幾何学的な思考、同心円状の構造、「入れ子」の構造の思考の運動態そのものである。

澁澤の思考の運動が一つのイメージの様態として、「円環構造」をもつ運動態と考えれば、繰り返される思考の動きは同じであろうとも、澁澤が指向対象とする多様な言説の構築物のオブジェが多様であるから、澁澤自身は飽きることがない。勿論その多様な言説化によるオブジェは、澁澤の愛好のものであるからなおさらである。

澁澤はいう。「私がボルヘスと」ともに、「シモルグの物語、三十羽の鳥の遍歴の物語」に「否応なく惹きつけられる自分を感じざるを得ないのは、何よりもまず、それが円環構造を示しているからであるということを、あらためて断わる必要があるだろうか。私がこれまで述べてきた、主体と客体の合一、あるいは同一性の原理というのも、究極的には、この円環構造の一つのヴァリエーションにすぎないと言っても差支えない」。

それに加えて、「主体と客体の合一、あるいは同一性の原理」、あるいは「円環構造」のイメージの様態から澁澤が想起するのは、「十三世紀の神秘主義詩人ジャラール＝ディーン・ルーミーの組織したスーフィー教団の一派、メフレヴィー派教団」で行われたという、「修道者(ダルヴィーシュ)たちの旋回舞踏」だというのだ。「彼らは脱我の状態に達するために、熱狂的な輪舞の手段に頼り、意識を失って倒れるまで、何時間でも輪になって、ぐるぐる踊りつづけている」というのだ。

この「旋回舞踏」のイメージの様態と、イスラム教徒たちが生み出したイメージの明瞭なアラベスクな装飾模様とをアナロジカルに結びつけながら、澁澤は「神を求める旋回舞踏の動作」を、「無限回帰の円環構造」という。これはまたそのまま、『胡桃の中の世界』にある「胡桃の中の世界」の項の「眩暈を伴う入れ子のイメージの運動」であると言わねばならないだろう。

しかし澁澤は、この眩暈について、「胡桃の中の世界」の項でも、『胡桃の中の世界』にある「ギリシアの独楽」の項でも、さらにこの項でも、ロジェ・カイヨワの『遊びと人間』の第一部の二「遊びの分類」にある「眩暈の追求を基礎」とする遊び「イリンクス」を想起することがないのは、何とも不思議である。もしかしたら、生涯子供をもつことがなかった澁澤ゆえの無反応なのであろうか。ロジェ・カイヨワはこう述べている。「…子供なら誰でも、身体をぐるぐると急速に回転させて、身体のバランスも取れない、知覚もはっきりとは保てない、あの遠くへ飛んで行ってしまいそうな遠心的状態に入る仕方をよく心得ている。子供が、それを遊びとして行なうこと、それが気に入っていることは疑いない」。それだけではない。このとき愛する我が子のはじける笑い声と、その笑顔を決して忘れないのが親としての喜びでもある。

とまれ、澁澤の思考の動きは、この項でも、「無限回帰の円環構造」のイメージの様態へと収斂する。勿論、それは『思考の紋章学』にある「ランプの廻転」や、「夢について」の項で繰り返されている澁澤の思考の運動であり、『胡桃の中の世界』にある「胡桃の中の世界」の項で述べられた同心円状の構造、「入れ子」の構造の運動態と同様のイメージであることは言うまでもない。

ここでは「十三世紀初頭におけるスーフィズムの体系の完成者イブン・アラビー」の言葉である「すべての原因は、それ自身の結果の結果である」を澁澤は挙げて、「要するに、あらゆる創造者は他の創造者の被造物であって、いかなる第一原因といえども、こうした無限回帰の法則から逃れることはできない」と言説化する。しかしこれもまた、『思考の紋章学』にある「ランプの廻転」の項で既にみた泉鏡花が描く『草迷宮』の「秋谷屋敷の迷宮」の構造である同心円状の構造、「入れ子」の構造、あるいは「無限回帰の円環構造」である。「夢について」の項であれば、澁澤がヴァレリーの言葉を挙げながら述べた、夢の二重三重になった動きのある同心円状の構造も同様の澁澤の思考の運動が提示するイメージの様態に他ならない。

さらに後半、中島敦の小説を指向対象に挙げながら、「時間の回帰性あるいは円環構造」をそこにみる澁澤の思考の動きは、『胡桃の中の世界』にある「螺旋について」や、「ユートピアとしての時計」の項で述べられていた思考の運動と同様のものである。しかし、読み手がこの澁澤の思考の運動に眩暈を感じるのは、澁澤がそこに「円環構造」をみる中島敦の『木乃伊』に始まり、『牛人』、『盈虚』、『弟子』、『文字禍』、『孤憑』、『名人伝』、『狼疾記』と続けざまに挙げてゆく、その言説の熱を帯びた思考の回転運動である。これは、澁澤の「私」性の思考が消滅し、エクリチュール化した「私」の「純粋思考」が運動する自明の言説化であると言わねばならない。

例えば、『木乃伊』では、主人公の「エジプトの都メムフィスに入城したペルシア軍麾下の部将パリスカス」が、「サイス市近郊の地下墓所」で遭遇するミイラは、「前世の自分」なのである。中島敦がいう「合せ鏡のやうに、無限に内に畳まれて行く不気味な記憶の連続」、その「目くるめくばかり無限に続いてゐる」同心円状の構造、「入れ子」の構造、「円環構造」は、澁澤の思考の運動を「入れ子」状態にした「純粋思考」が思考し、読む、書くという言説上に幾何学的に並べられることで、読み手の思考をも「目くるめくばかり」に無限に巻き込んでゆく構造と重ねられることになる。

そしてそれは、「原因と結果は鏡像のように、無限の過去に向って無限に連続している」だけではなく、未来の読み手に向って、「無限に連続している」とみなければならない。エクリチュール化した「私」の「純粋思考」の運動は、永久運動として未来へと無限に連続してゆくのは当然のことであるからだ。

さらに、「無限に連続」している「円環構造」のイメージの様態を、言説上で捉えることができるのが『名人伝』である。それは、「天下第一の弓の名人になろう」として、主人公紀昌の「弓の道をきわめた」極意は、もはや弓は実体ではなく、弓の「実像は虚像」と交替し、実像の弓は「空っぽの形骸」と化し、「本当の弓は、紀昌の観念の世界」に移行しているという内容である。「虚の弓と実の弓」、ここにみられるのは「円環構造」というよりも、「入れ子」の構造で捉えた方がわかり易いのではないか。澁澤の言説上で生じる澁澤の思考の運動の実像が、エクリチュール化した「私」の「純粋思考」の虚の「入れ子」になる逆転がおこなわれるイメージの様態がより鮮明にみえてくるからだ。澁澤はここで、実像と虚像は「明らかに照応あるいは等価」であると、「入れ子」の構造である「入れ子」の外側、「入れ子」になった内側の等価性をいうが、これを虚の言説上に置換すれば、実像の澁澤の思考と、虚像の「純粋思考」は等価で、「入れ子」になった虚像の「純粋思考」が実像の澁澤の思考をいつしか併呑して、「入れ子」にした「円環構造」の運動をみせているというわけである。勿論この構造は、さらに外側にいる虚像であり実像でもある、読み手しか捉えることができないのは言うまでもない。

面白いのは『名人伝』について澁澤が、「円環構造」が「幾何学的イメージの迷宮」、つまり、そこには「迷宮の錯雑」はまったくみられないということを強調していることである。これは『胡桃の中の世界』にある「螺旋について」の項で澁澤が述べていたオウム貝の殻やカタツムリの化石の堅固なイメージの様態を想起すれば了解できることである。同心円状の構造、「入れ子」の構造とアナロジカルな迷宮の構造もまた、決してその螺旋の構造は錯雑にはならない。運動としては、実像である外側も虚像である内側も、「植物の螺旋的傾向」を示すスパイラルな動きをみせて連動するからである。

最後に澁澤が、「物語における円環構造」ですぐに想起するのがアルフォンス・アレの『腹の皮のよじれるほど』にある「ありふれた手段」というコントであるというのも面白い。内容は省くが、『叔父さんと甥』の話に出てくる甥が、その話のなかで『叔父さんと甥』の話をする。その『叔父さんと甥』の話のなかでも、やはり甥は『叔父さんと甥』の話をする」という「円環というよりもむしろ入れ子」の構造のコントが紹介されている。そして澁澤はここで、「入れ子のイメージ」の様態をもつ文学作品を、『胡桃の中の世界』にある「胡桃の中の世界」の項でいくつか紹介したことをあかすことになる。この繰り返される同心円状の構造、「入れ子」の構造、「円環構造」のイメージの様態は、澁澤によって言説化されるとさらに運動がとまらなくなるという言説化の構造である。ロジェ・カイヨワがボルヘスの『円環の廃墟』について述べた「夢みるひとは夢のなかで一つの宇宙を分泌する」という見事な言葉を澁澤は挙げて、「叔父さんと甥」の話は当然だが、「叔父さんと甥の話も、アルフォンス・アレの頭の中に入れ子になっている」のだと澁澤は繰り返すのである。しかしさすがにここで、澁澤の言説化された思考の運動と「純粋思考」の「入れ子」の構造の運動については繰り返すまでもないことだろう。

十二　「愛の植物学」

『思考の紋章学』の最後にあるこの項で、澁澤は平安末期に成立した『とりかへばや物語』を「日本文学史上で最初のポルノグラフィー」と捉えて、中村真一郎がつとに「性愛の多様性の分析を唯一の関心事とする『とりかへばや』の世界を、フランス十八世紀の暗黒小説」と比較していることから、当然のごとく、「ただちにサドの『ソドム百二十日』」を想起することになる。

澁澤はこういう。「たしかに『とりかへばや』の世界は、一人の意志的なリベルタンをも登場せしめないにもかかわらず、そこに見られる人間情念の順列組合わせ、性愛の可能性のカタログ的羅列によって、あのサドやラクロやクレビヨン・フィスの閉鎖的かつ静的な世界といちじるしい類似性を示している」。澁澤の思考の運動であるアナロジカルな想起によって、『とりかへばや物語』は『ソドム百二十日』とともに、「性愛の多様性」と「人間情念の順列組合わせ、性愛の可能性のカタログ的羅列」のイメージの様態で捉えられることになる。

また『とりかへばや物語』にみられる兄妹の性倒錯は、「作者によれば天狗の祟りが原因」であることから、天狗の祟りが解ければ、兄妹はそれぞれ本来の姿に戻る理屈になる。それはまさに、澁澤が言うように、「奇妙なデウス・エクス・マキーナ」であり、「デカダンス時代の宿命観」をみせているものである。つまり悪の形而上学は、天狗という最後に絶対的な力をもつ存在(神)があらわれ、物語を収斂させるのだから、「登場人物は安んじて、みずからの意志を捨て、性愛の可能性の実験にふけること」もできるというわけである。

そして澁澤の思考は、多様な性愛の実験、カタログ的羅列の構造である「主体性を欠いた登場人物の無限の組合わせ」による構造をもつ「ポルノグラフィックな世界」を、「植物の性愛の世界」に通底するものとして捉え直すのである。澁澤の思考の回路は、鮮やかに『とりかへばや物語』に始まり、サドの捉える性愛を貫いて、植物の性愛の世界に辿り着くことになる。もともと澁澤の、サドの自然観を自家薬籠中のものとした思考の運動は、植物の性愛の世界を「植物はみずからの意志によらず、昆虫と風を媒介として、無限の乱交を繰返す」というイメージの様態を提示するものなのである。澁澤の思考のイメージでは、花々が咲き乱れた花園はまさに、「無限の乱交を繰返す」、むせ返るようなポルノグラフィックな世界が展開されているのだ。さらにここまで思考が進めば、『とりかへばや物語』の兄妹が「いずれも男女両性を具有した一種のヘルマフロディトスとして機能」するように、「植物の生殖器官である花」もまた、「ほとんどすべて雄蕊と雌蕊を具有したヘルマフロディトス」というアナロジカルなイメージの様態であると捉え直されよう。

澁澤が挙げる、安藤昌益が述べた「木は初発の生を主(つかさ)どり、其の形は頭を土に着け、枝葉は転に向いて、其の形は逆立なり」という言葉をもとに、澁澤の自然という指向対象に対する汎神論的な愛好の思考は、畸形や怪物という概念さえもなく、人間も動物も植物も、身体的エロスをもって乱交を繰り返す思考の運動態と捉えられるものである。ただ、こういう植物の性愛の世界における澁澤のポルノグラフィーの捉え方は、「博物学とユートピアの二方向」に分離するものだが、その二方向も「現実蒐集と閉ざされた世界の構築」と澁澤によって言い換えられると、これはそのまま澁澤のすべてのエッセーの言説のことを言っているのに等しいことが了解されてくる。

ところで、植物を性愛の観念のイメージの様態で捉え、言説化する小説は、澁澤だけではなく、誰もが想起するのはプルーストの『ソドムとゴモラ』であり、その第一部の最初に語り手「私」が覗き見ることになる、シャルリュス男爵と仕立屋ジュピアンとの関係を描く場面である。二人をマルハナバチと蘭との関係のアナロジーと捉えて、プルーストが「めったにすがたを見せない昆虫と囚われの身の花にとって奇跡的交接の可能性が存在することを私はもはや疑わなかった」(吉川一義訳)と言説化することからみて、プルーストは、「人間社会を植物相(フローラ)として眺める作家のタイプに属していた」(クルティウス)と澁澤が自らの思考の運動と重ねてプルーストを捉えているのは見逃せない。

プルーストが花を「囚われの身」とイメージすることからも、『囚われの女』のアルベルティーヌに関するプルーストの言説の、澁澤による引用は重要である。「初期の一日」にある、「目を閉じることによって、意識を失うことによって、アルベルティーヌは、初めて私と知り合った日から私を欺くために身にまとってきた、さまざまな人間的性格を一つ一つ脱ぎ捨てていくのだった。もはや彼女は植物の、樹木の、無意識の生命だけによって生きていた」だけではなく、澁澤は引用していないが、続けて、この「私の生命とはずいぶんかけ離れた、はるかに奇妙な生命でありながら、それでいていっそう私のものとなる生命である」(同前訳)と言説化するプルーストは、勿論語り手「私」とは同一人物ではないが、「私たちの動物的自然のなか」に、「必ずしもエロスの衝動に直接には結びつかない、もろもろの情念が雑多に渦巻いているはずだが、これらの混沌とした情念を次々に捨象してゆけば、最後に残るのは最も原始的」な植物の「無意識の生命」であると捉えられるアルベルティーヌを、プルーストの「ものとなる生命」であるところの言説、身体的エロスをもつ、エクリチュールそのものであると捉えているからである。

プルーストの「囚われの身」である語り手「私」の指向対象、アルベルティーヌは、「無意識の生命」であり、「囚われの女」であると読み進めてゆくと、アルベルティーヌは語り手「私」と重ねられることになる。そしてアルベルティーヌはプルーストのまさに愛好するエクリチュールそのもののアナロジカルな化身ではないかと気づくことになるのである。澁澤はクルティウスを挙げながら、植物の世界は「生に対する受動的な姿勢の象徴」で、「植物界に属する生は『本能と不動の法則性との王国』」と植物の世界への言及を続けるが、身体的エロスの運動をもつのは、プルーストの小説の登場人物であるシャルリュス男爵やジュピアンやアルベルティーヌばかりではなく、まさにプルーストのエクリチュール、さらには澁澤の思考の運動を顕現させる言説化とみなければならないだろう。「生に対する受動的な姿勢の象徴」は、そのままプルーストの言説の運動のアナロジーなのであり、それは読み、書き続ける澁澤の言説、つまり思考の運動のアナロジーでもあるということになる。

また澁澤は、超絶な「小説技巧」を発揮する谷崎潤一郎の『卍』をここに挙げて、「同じように人間的情念の極端な捨象によって、その登場人物たちを植物の生命」に近づけてしまう小説というだけではなく、『卍』にみられる男女の「四角関係」の「乱交の形態」は、まさに植物の「無限の乱交を繰返す」言説化の運動態であり、言説の豊饒なイメージの様態をも保証しているというのだ。こういう「無限の乱交を繰返す」登場人物たちは、谷崎潤一郎の「手で自由に操られ、動かされるところの抽象的存在」、つまり「小説技巧」の語り、言説化という身体的エロスをもつエクリチュールの運動態となっているのである。

さらに澁澤は、ポルノグラフィーの要素としての博物学、現実蒐集の代表として、「十八世紀スエーデンの博物学者カルル・フォン・リンネ」を挙げて、その分類マニアぶりをいうが、それはリンネが植物を「動物のように生きてはいても、地上に根づいて動かないし、その内部に苦痛や快楽を感じる器官を蔵してはいないし、分類しにくい何の秘密をも隠してはいない」と捉えたからだという。ただこのあたりは、ミシェル・フーコーの『言葉と物』の援用がみられて、澁澤の言説化する思考の運動が、読む、書くという原動の源泉から噴出するものであることがよく了解できて面白いのだが、フーコーの『言葉と物』だけではなく、この澁澤の「分類マニア」という言説はまた、サドの「度外れな分類マニア」ぶりを読み手に想起させることになる。

とまれ、分類マニアにとっては、植物は動物のように個体を単位として思考する必要がないのだから、「これほど好都合な領域」はない。植物には「父と子とが完全に同一」、つまり「歴史がない」。「各植物は互いに交換可能」である。植物は「生命というよりはむしろ記号、あるいは幾何学的図形」に近いと澁澤は言説をたたみかける。ここから澁澤は、「この植物の世界の無歴史性」をみて、ポルノグラフィーのもう一つの要素であるユートピア、「閉ざされた世界」を「その成員の両性具有、その性における乱交までをも含めて」植物界のアナロジーと捉えるのである。

しかし、フーコーの『言葉と物』を援用しながら、植物が交換可能の存在で、「生命というよりはむしろ記号」と言説化しながらも、フーコーのいう「言葉」、つまりエクリチュールそのもののへのアナロジカルな澁澤の思考の運動がみられない。これはフーコーの『狂気の歴史』にある思考を把持しながらも、リンネが分類できないものを「変異」と捉え、フーコーが「畸形や狂者を精神病院」に閉じこめることでの、分類の構造と同様のものとして捉え直すことだけに終始していることからでもわかることである。だから読み手にはすぐに、「分類マニア」から想起されるサドについても、サドのエクリチュールについての澁澤の言及は期待できなくなるのである。

ただ、リンネと同様に「サドは度外れな分類マニア」で、「分類しがたいものを分類しようという情熱に取り憑かれている」が、「サドのユートピア」、サドの思考は「もっぱら畸形を保護するため」の思考の運動をみせるという澁澤の言説には注目したい。なぜならサドにとって畸形とは、「道楽者であり、放蕩児であり、無神論者であり、また倒錯者」であり、さらに「いつも涙を流している犠牲者たち」でもあるからだ。サドは「これらの精神的畸形者たち」、つまりサドが捉える自然から分節化される指向対象すべての、畸形であり、怪物であるという多様で汎神論的な愛好のオブジェたちを、「集め、選り分け、点検し、定義し、そして分類しようとする」。澁澤は、「奇怪なグロテスクな対象のみの棲んでいる一つの自然のなかに、秩序を見つけ出そうと躍起になっている狂気の博物学者」のアナロジカルなイメージの様態こそ、サドであるというのである。

勿論、これは同様にサドの自然観をこのように捉え、サドのユートピアをこう捉え、また畸形や怪物を最も愛好して、繰り返し言説化した澁澤の思考の運動そのもののことである。だから澁澤が挙げるサドの『ソドム百二十日』の序章は、サドの「博物学的意図」を説明するだけではなく、サドの自然観、澁澤の思考の運動がどういうものかを明瞭にするものである。サドはその序章でこう述べる。「多様性については、はばかりながら絶対に正確であることを保証しよう。一見したところ、諸君には何ら差異の認められない情欲も、よく研究すれば、明らかに差異あることが認められよう。どんなに微々たる差異であろうとも、差異にはまさしくあの洗練、あのニュアンスがあるのであって、それがこの書物で採りあげられている道楽の種類をいちいち区別し、特徴づけているのである」。

しかしここでサドは、明確に「性愛の多様性」をまさに差異で捉えるのである。「差異にはまさしくあの洗練、あのニュアンス」の差異が認められるというのだ。ではここでサドがいう差異とは何か。エクリチュールによる差異しか考えられないのではないか。だからそこにはサドの言葉による「洗練」と「ニュアンス」の妙が絶えず生まれるということになるのである。

ところがここで澁澤は、「サドの野心は、自然の分類の成立しないところに、一つの分類学を樹立しようという途方もない野心」があったといい、サドの文学空間の各登場人物たちは序列が固定されているようにみえて、「序列の裏でたえず交流するもの」がみられ、リンネの固定された植物の分類にはみられない「階層の秩序は厳然としているのに、あらゆる面で、奇妙にダイナミックな交流や逆転の行われているユートピア」の分類学だというのにとどまっているのだ。澁澤は、この「あらゆる面で、奇妙にダイナミックな交流や逆転」を生みだすものが、サドがいう分類を行なうときにみられるエクリチュールの差異化であることに気がついていないと言わざるを得ない。つまりその差異化を生みだすものがサドのエクリチュールであり、エクリチュールは差異化によって運動するものであることに、澁澤は気がついていないと言い直すこともできるのである。

だからだろう。サドの文学空間にみられる「交流や逆転」を、澁澤は「全能の至上権を楽しんでいる」リベルタンもまた、「あらゆる悪徳を無差別平等に愛好しなければならない」鉄則の永久運動に巻き込まれるといい、さらに「鶏姦としてのソドミー」、「受胎や出産への予兆」のないソドミーこそ、「行使される場所」が「男女両性に共通した唯一の場所」によって行われることで、「性の差別をも実質的に撤廃」されているというのである。つまり澁澤は、あくまでもサド的世界における差異を、サドの言説化により再構築された、「交流や逆転」がみられる「悪徳」による、「無差別平等に愛好」する文学空間内の性愛の差異化とみているのである。

これはそのまま、自然を「無差別平等に愛好」する博物学的で汎神論的な分節、切断をする澁澤の思考の運動であると言うことができる。だから、ここに澁澤が気がつくことがなかったエクリチュールの差異による自然の分類の思考は、澁澤が「私」性を消滅させて顕現するエクリチュール化した「私」の「純粋思考」が捉えるものとなる。こうして澁澤の思考と「純粋思考」は、同心円状の構造、「入れ子」の構造の運動態として、あるときには重なりあい、あるときには離れながらも、永久にその運動を止めることはない思考のイメージの様態であると了解できるのである。

主要参考文献

■はじめに
辻原登『東京大学で世界文学を学ぶ』(集英社、二〇一〇年)
ジャック・デリダ『声と現象』(理想社、一九七〇年)

■第一章
澁澤龍彥『神聖受胎』(現代思潮社、一九六二年)
『澁澤龍彥全集』第二巻(河出書房新社、一九九三年)
澁澤龍彥『サド復活』(弘文堂、一九五九年)
『澁澤龍彥全集』第一巻(河出書房新社、一九九三年)
『ランボー詩集』(ポケット版・世界の詩人6、河出書房、一九六八年)
『ランボオの手紙』(版画荘、一九三七年)
『ランボオの手紙』(角川書店、一九五一年)
アンドレ・ブルトン『黒いユーモア選集』上巻(国文社、一九六八年)

■第二章
澁澤龍彥『夢の宇宙誌』(美術出版社、一九六四年)
『澁澤龍彥全集』第四巻(河出書房新社、一九九三年)
ジョルジュ・バタイユ『エロティシズムの歴史』(哲学書房、二〇〇一年)
澁澤龍彥編『石川淳集』(現代の随想16、彌生書房、一九八二年)
別冊新評『澁澤龍彥の世界』(新評社、一九七三年)
『ホイジンガ選集』第一巻『ホモ・ルーデンス』(河出書房新社、一九七一年)
グスタフ・ルネ・ホッケ『迷宮としての世界』(美術出版社、一九六六年)

ジャン・コクトー『怖るべき子供たち』（白水社、一九五〇年）
マルセル・ブリヨン『幻想芸術』（紀伊國屋書店、一九六八年）
ロベエル・デスノス『エロチシズム』（書肆ユリイカ、一九五八年）
『ジャン・ジュネ全集』第二巻（新潮社、一九六七年）
オノレ・ド・バルザック『セラフィタ』（角川書店、一九五四年）
『エリアーデ世界宗教事典』（せりか書房、一九九四年）
『エリアーデ著作集』全十三巻（せりか書房、一九七三年〜七七年）
ホイジンガ『中世の秋』（世界の名著55、中央公論社、一九六七年）
ジョルジュ・バタイユ『エロスの涙』（トレヴィル、一九九五年）
ピエール・クロソウスキー『わが隣人サド』（晶文社、一九六九年）
ドニ・ド・ルージュモン『愛について―エロスとアガペ』（岩波書店、一九五九年）

■第三章
澁澤龍彦『エロスの解剖』（桃源選書、桃源社、一九六五年）
『澁澤龍彦全集』第六巻（河出書房新社、一九九三年）
ジョルジュ・バタイユ『エロティシズム』（二見書房、一九七三年）
トーマス・マン『選ばれた人　トニオ・クレーガー　他』（世界文学全集28、講談社、一九六八年）
アンドレ・ブルトン『自由な結合』（「この一冊でわかる　20世紀の世界文学　新潮四月臨時増刊」、新潮社、一九九一年）
澁澤龍彦『サド侯爵の手紙』（筑摩書房、一九八〇年）
『ポオ全集』全三巻（新装版、東京創元新社、一九七〇年）
トーマス・マン『トニオ・クレーゲル　ヴェニスに死す』（新潮社、一九六七年）
ボオドレエル『悪の華』（三笠書房、一九五二年）
ガブリエーレ・ダヌンツィオ『死の勝利』（新潮社、一九二八年）
ジャン＝ポール・サルトル『存在と無』上下巻（新装版、人文書院、一九九九年）
ジャン・コクトー『白書』（求龍堂、一九九四年）

ジャン＝ポール・サルトル『聖ジュネ』全二巻（サルトル全集三十四、三十五巻、人文書院、一九六八年）
ギヨーム・アポリネール『月王』（世界文学全集78、講談社、一九七五年）
稲垣足穂『稲垣足穂大全』全六巻（現代思潮社、一九六九、七〇年）
稲垣足穂『少年愛の美学』（徳間書店、一九六八年）
ジョルジュ・バタイユ『マダム・エドワルダ』（河出書房新社、一九六七年）

■第四章

澁澤龍彥『胡桃の中の世界』（青土社、一九七四年）
『澁澤龍彥全集』第十三巻（河出書房新社、一九九四年）
澁澤龍彥『私のプリニウス』（青土社、一九八六年）
『プリニウスの博物誌』全六巻、別巻二巻（縮刷版、雄山閣、二〇一二、三年）
ガストン・バシュラール『大地と休息の夢想』（思潮社、一九七〇年）
ロジェ・カイヨワ『石が書く』（新潮社、一九七五年）
『バルトルシャイティス著作集』全四巻（国書刊行会、一九九一、二、四年）
柳田國男『日本の昔話』（角川書店、一九五三年）
南方熊楠『南方熊楠文集』2（平凡社、一九七九年）
プラトン『ティマイオス・クリティアス』（プラトン全集12、岩波書店、一九七五年）
ヨハネス・ケプラー『宇宙の神秘』（工作舎、一九八二年）
アンドレ・ピエール・ド・マンディアルグ『大理石』（人文書院、一九七一年）
ジャック・モノー『偶然と必然』（みすず書房、一九七二年）
アンドレ・ブルトン『狂気の愛』（思潮社、一九八八年）
ダンテ『神曲』全三巻（『地獄篇』『煉獄篇』『天国篇』、集英社、一九七四、五、六年）
『トマス・ド・クインシー著作集』第一巻（国書刊行会、一九九五年）
『ヴィリエ・ド・リラダン全集』第三巻（東京創元社、一九七五年）
ジャン・ルーセ『フランス・バロック期の文学』（筑摩書房、一九七〇年）

ガストン・バシュラール『空間の詩学』（思潮社、一九六九年）
カール・ケレーニイ『迷宮と神話』（弘文堂、一九七三年）
柳田國男『蝸牛考』（創元社、一九四三年）
『新マルキ・ド・サド選集』全八巻（桃源社、一九六五、六年）
ジュール・ミシュレ『博物誌　鳥』（思潮社、一九六九年）
『古事記　祝詞』（岩波書店、一九五八年）
『日本書紀』上下巻（岩波書店、一九六五、七年）
ジェラール・ド・ネルヴァル『暁の女王と精霊の王の物語』（角川書店、一九五二年）
ギュスターヴ・フローベール『聖アントワヌの誘惑』（岩波書店、一九四〇年）
ジルベール・デュラン『象徴の想像力』（せりか書房、一九七〇年）
ユイスマンス『さかしま』（桃源社、一九六六年）
レヴィ＝ストロース『今日のトーテミスム』（みすず書房、一九七〇年）
エミール・マール『ヨーロッパのキリスト教美術―12世紀から18世紀まで』上下巻（岩波書店、一九九五年）
マルセル・デティエンヌ『アドニスの園―ギリシアの香料神話』（せりか書房、一九八三年）
シャルル・ノディエ『スマラまたは夜の悪魔たち』（森開社、一九七四年）
ホルヘ・ルイス・ボルヘス『幻獣辞典』（晶文社、一九七四年）
マルキ・ド・サド『悪徳の栄え』（角川書店、一九六九年）
澁澤龍彥『黄金時代』（薔薇十字社、一九七一年）
ロラン・バルト『サド、フーリエ、ロヨラ』（みすず書房、一九七五年）
ミシェル・レリス『成熟の年齢』（現代思潮社、一九六九年）
ピエール＝マクシム・シュール『想像力と驚異』（白水社、一九八三年）
ジョナサン・スウィフト『ガリバー旅行記』（朝日新聞夕刊連載、朝日新聞社、二〇二〇年～二一年）
シェイクスピア『新訳　ハムレット』（角川書店、二〇〇三年）
『澁澤龍彥文学館』第十巻（筑摩書房、一九九〇年）
ウィリアム・ブレイク『ブレイク抒情詩抄』（岩波書店、一九五六年）

シラノ・ド・ベルジュラック『月世界旅行記』（弘文堂、一九四〇年）
ブレーズ・パスカル『パンセ』（中央公論社、一九七三年）
ゴットフリート・ライプニッツ『単子論』（岩波書店、一九五一年）
ニコラ・ド・マルブランシュ『真理の探究』（知泉書館、二〇〇五年）
ジョルジュ・プーレ『円環の変貌』上下巻（国文社、一九七三年）

■第五章

澁澤龍彥『思考の紋章学』（河出書房新社、一九七七年）
『澁澤龍彥全集』第十四巻（河出書房新社、一九九四年）
三島由紀夫『小説とは何か』（新潮社、一九七二年）
柳田國男『遠野物語』（新潮社、一九七三年）
泉鏡花『草迷宮』（岩波書店、一九八五年）
上田秋成『雨月物語』（岩波書店、一九五一年）
石川淳『新釋雨月物語』（角川書店、一九八四年）
ポール・ヴァレリー『ヴァレリー文学論』（角川書店、一九五五年）
『万葉集』全三巻（旺文社、一九七四年）
『今昔物語集』第五巻（岩波書店、一九九六年）
ホルヘ・ルイス・ボルヘス『創造者』（国書刊行会、一九七五年）
『堤中納言物語　とりかへばや物語』（岩波書店、一九九二年）
『フロイト著作集』第五巻（人文書院、一九六九年）
ルイス・キャロル『不思議の國のアリス』（堀書店、一九五一年）
『梁塵秘抄』（岩波書店、一九三三年）
三島由紀夫『日本文学小史』（講談社、一九七二年）
森鷗外『山椒大夫・高瀬舟』（新潮社、一九六八年）
エズラ・パウンド『ピサ詩篇』（みすず書房、二〇〇四年）

花田清輝『室町小説集』（講談社、一九七三年）
『折口信夫全集』全三十一巻、別巻一巻（新訂再版、中央公論社、一九六五年〜六八年）
三島由紀夫『金閣寺』（新潮社、一九五六年）
オクターブ・ミルボウ『小間使の日記』（小山書店、一九五一年）
サー・トマス・ブラウン『医師の信仰・壺葬論』（松柏社、一九九八年）
『幸田露伴集　怪談』（筑摩書房、二〇一〇年）
ゲーテ『ファウスト』（講談社、一九九九年）
『カフカ小説全集』全六巻（白水社、二〇〇一年）
ミッシェル・カルージュ『独身者の機械』（ありな書房、一九九一年）
『谷崎潤一郎全集』第十二巻（普及版、中央公論社、一九七三年）
アルフレッド・ジャリ『ユビュ王』（現代思潮社、一九七六年）
『荷風全集』第二十三巻（岩波書店、一九六三年）
永井荷風『私家版腕くらべ』（角川書店、一九六九年）
『ノヴァーリス全集』第二巻（牧神社、一九七七年）
森鷗外『ウィタ・セクスアリス』（改版、岩波書店、二〇二二年）
『谷崎潤一郎全集』第三巻（普及版、中央公論社、一九七二年）
『撰集抄』上巻（現代思潮社、一九八五年）
ヴィリエ・ド・リラダン『未来のイヴ』（光文社、二〇一八年）
『ホフマン全集』第三巻（創土社、一九七一年）
ナサニエル・ホーソーン『ラパチーニの娘』（松柏社、二〇一三年）
ソログープ『毒の園　他』（創元社、一九五二年）
川端康成『片腕』（新潮社、一九六五年）
ジャン＝ポール・ヴェベール『テーマ批評とはなにか―芸術の心理学』（審美社、一九七二年）
『ニーチェ全集』第九巻（理想社、一九六九年）
ホルヘ・ルイス・ボルヘス『伝奇集　エル・アレフ　汚辱の世界史』（世界の文学9、集英社、一九七八年）

ロジェ・カイヨワ『遊びと人間』（岩波書店、一九七〇年）
『中島敦全集』全三巻（筑摩書房、一九七六年）
アルフォンス・アレー『悪戯の愉しみ』（出帆社、一九七五年）
ホルヘ・ルイス・ボルヘス『ボルヘスとわたし』（新潮社、一九七四年）
マルセル・プルースト『失われた時を求めて』8（岩波書店、二〇一五年）
マルセル・プルースト『失われた時を求めて』10（岩波書店、二〇一六年）
『谷崎潤一郎全集』第十一巻（普及版、中央公論社、一九七三年）
ミシェル・フーコー『言葉と物』（新潮社、一九七四年）
ミシェル・フーコー『狂気の歴史』（新潮社、一九七五年）

■あとがき

塚本邦雄『茂吉秀歌『霜』『小園』『白き山』『つきかげ』百首』（文藝春秋、一九八七年）
『橋本多佳子全句集』（ＫＡＤＯＫＡＷＡ、二〇一八年）

あとがき

本書は一読すればすぐに了解されようが、すべて澁澤龍彦へのオマージュで貫かれている。そして本書は私が憧れ書きたいと思っていた、澁澤龍彦という不世出の文学者の思考の動きだけを追いかけた、私自身による、澁澤のエクリチュールの翻訳本である。

だからこれは、塚本邦雄が『茂吉秀歌』第五巻目の解題で述べているように、「徹頭徹尾、異論を承知の上で、おのが獨斷と偏見を貫いた」ものでもある。ただ、澁澤の読み、書くというエクリチュールから澁澤の思考だけを抽出する方法としては、澁澤の文章を読み、書いてゆくごとに発見があったこの方法以外には考えられなかった。

それにしても、書きながら私が提示した澁澤の思考の「入れ子」になった「純粋思考」に、私自身が吸収、併呑されていったときの、目くるめくエロティックなばかりの昂揚感は何ものにもかえがたい体験だった。何という楽しいエクリチュール化した「私」までも解体したままの、澁澤との融合不離のエクリチュールの旅であったことか。

ところで頃日、橋本多佳子の句集を読んでいて、第三句集『紅絲』所収の、あの名句「雪はげし抱かれて息のつまりしこと」にある「こと」とはサドや澁澤が捉えていた自然のことであって、要するに私は、書きながらこの「こと」を支えるエクリチュールに抱擁されたまま快かったのだと気づいたのだった。

尚最後に、今回はアスタルテ書房店主の佐々木洋子さん、そして彩流社の河野和憲さんに大変お世話になりました。感謝いたします。

二〇二二年五月八日

谷崎龍彦

【著者】
谷﨑龍彦
…たにざき・たつひこ…
1955年、三重県生まれ。皇學館大学卒業。澁澤龍彦に私淑して文芸評論を始める。著書には『村上春樹『1Q84』の性表出』『村上春樹の深い「魂の物語」』『『騎士団長殺し』の「穴」を読む』等がある。

Sairyusha

澁澤龍彦《しぶさわたつひこ》の思考《しこう》
エクリチュール化した「私」

二〇二二年七月十日　初版第一刷

著者——谷﨑龍彦
発行者——河野和憲
発行所——株式会社 彩流社
〒101-0051
東京都千代田区神田神保町3-10大行ビル6階
電話：03-3234-5931
ファックス：03-3234-5932
E-mail：sairyusha@sairyusha.co.jp
印刷——明和印刷（株）
製本——（株）村上製本所
装丁——中山銀士＋金子暁仁

ISBN978-4-7791-2831-8 C0095
http://www.sairyusha.co.jp

【彩流社の海外文学】

八月の梅

アンジェラ・デーヴィス=ガードナー 著
岡田郁子 訳

日本の女子大学講師のバーバラは急死した同僚の遺品にあった梅酒の包みに記された手記の謎を掴もうと奔走する。日本人との恋、原爆の重さを背負う日本人、ベトナム戦争、文化の相違等、様々な逸話により明かされる癒えない傷……。

（四六判上製・税込三三〇〇円）

ヴィという少女

キム・チュイ 著
関未玲 訳

人は誰しも居場所を求めて旅ゆく――。全世界でシリーズ累計七十万部以上を売り上げ、二十九の言語に翻訳され、四十の国と地域で愛されるベトナム系カナダ人作家キム・チュイの傑作小説、ついに邦訳刊行！

（四六判上製・税込二四二〇円）

【彩流社の海外文学】

魔宴

モーリス・サックス 著
大野露井 訳

瀟洒と放蕩の間隙に産み落とされた、ある作家の自省的伝記小説、本邦初訳！　ジャン・コクトー、アンドレ・ジッドを始め、数多の著名人と深い関係を持ったサックス。二十世紀初頭のフランスの芸術家達が生き生きと描かれる。

（四六判上製・税込三九六〇円）

蛇座

ジャン・ジオノ 著
山本省 訳

ジオノ最大の関心事であった、羊と羊飼いを扱う『蛇座 Le serpent d'étoiles』、そして彼が生まれ育った町について愛着をこめて書いた『高原の町マノスク Manosque-des-Plateaux』を収める。

（四六判並製・税込三三〇〇円）